ROOM
Hate

Ouvrage dirigé par Bénita Rolland
Collection New Romance ® créée par Hugues de Saint Vincent
Traduit par Sylvie Del Cotto

Photo de couverture : GettyImages/Eye Candy images & Fotolia/ sasamihajlovic
Couverture : Ariane Galateau

Pour la présente édition :
Collection dirigée par Franck Spengler
© Hugo Poche, département de Hugo Publishing
34/36 rue La Pérouse
75116 Paris
www.hugoetcie.fr

ISBN : 9782755636581
Dépôt légal : juin 2018
Imprimé en Espagne

Penelope Ward

ROOM Hate

Roman

Traduit de l'américain
par Sylvie Del Cotto

Hugo Poche

NEW ROMANCE®

CHAPITRE 1

Une voiture a failli me renverser tant j'étais dans un état second en traversant la route, après avoir quitté le cabinet de l'avocat.

Durant toutes ces années, je m'étais appliquée à le chasser de mes pensées. Et voilà qu'il les envahissait de nouveau.

Justin.

Oh mon Dieu.

Justin.

Des images de lui s'entrechoquaient dans ma tête : ses cheveux blond foncé, son rire, ses doigts grattant sa guitare, ses yeux magnifiques profondément tristes et déçus la dernière fois que je l'avais vu, neuf ans plus tôt.

Je n'aurais jamais dû recroiser sa route, encore moins devenir copropriétaire de la même maison que lui. Je ne pouvais pas envisager de cohabiter avec Justin Banks, ne serait-ce que pour l'été. Ou plutôt, il n'y avait aucune chance pour qu'il accepte de partager une maison avec moi. Toutefois, que cela nous plaise ou non, la propriété de la plage de

Newport nous appartenait. Ce n'était ni la mienne ni la sienne. C'était la nôtre. Cinquante-cinquante.

Où diable Nana avait-elle eu la tête ?

J'avais toujours su qu'elle tenait énormément à lui, mais je n'aurais pas pu prédire qu'elle soit aussi généreuse. Bien qu'il n'ait pas de lien de parenté avec nous, elle l'avait toujours considéré comme son petit-fils.

J'ai attrapé mon téléphone dans mon sac et cherché le numéro de Tracy. Quand elle a décroché, j'ai soupiré de soulagement.

– Où es-tu ?

– Sur East Side. Pourquoi ?

– Je pourrais te retrouver quelque part ? J'ai vraiment besoin de parler à quelqu'un.

– Tout va bien ?

Je n'ai pas répondu, puis des fragments d'images de Justin ont lentement envahi mon esprit. Ma poitrine s'est serrée. Il me haïssait. Je l'évitais depuis longtemps, mais à présent, j'allais devoir l'affronter.

La voix de Tracy me sortit de ma rêverie.

– Amelia ? Tu es toujours là ?

– Oui, oui. Tout va bien. Euh… où es-tu, déjà ?

– Rejoins-moi au restaurant de falafels de Thayer Street. Nous dînerons tôt et tu me raconteras ce qui t'arrive.

– D'accord. Je suis là dans dix minutes.

Nous n'étions amies que depuis peu, aussi Tracy ne savait pas grand-chose de mon enfance et mon adolescence. Nous étions enseignantes dans la même école alternative de Providence. J'avais pris ma journée pour rencontrer l'avocat de ma grand-mère.

L'odeur de cumin et de menthe séchée saturait l'air du petit fast-food libanais. Depuis le box du fond, Tracey m'a fait signe, une boîte en polystyrène remplie de riz et de brochettes de poulet recouvertes de tahini devant elle.

– Tu ne prends rien ? m'a-t-elle demandé, la bouche pleine, une grosse goutte de sauce au yaourt au coin de la bouche.

– Non. Pas faim. Je prendrai peut-être un plat à emporter en sortant. J'ai surtout besoin de parler.

– Raconte-moi ce qui t'arrive.

J'avais la gorge sèche.

– Finalement, je vais prendre une boisson. Attends.

La salle s'est mise à tanguer au moment où je me dirigeai vers le réfrigérateur près du comptoir. J'ai acheté une bouteille d'eau et suis revenue m'asseoir en soufflant lourdement.

– J'ai appris une nouvelle assez incroyable aujourd'hui, chez l'avocat.

– D'accord…

– Bon, tu sais que je suis allée le consulter parce que ma grand-mère est décédée il y a un mois…

– Oui.

– Eh bien, j'avais rendez-vous pour faire le point sur ses biens. Il se trouve qu'elle m'a légué tous ses bijoux… et la moitié de sa maison d'été d'Aquidneck Island.

– Quoi ? La belle maison en photo sur ton bureau ?

– Oui, celle-là. Nous y passions beaucoup de temps l'été quand j'étais gamine, mais ces dernières années, elle la louait. La propriété est dans la famille depuis plusieurs générations. Elle est ancienne mais belle, et elle donne sur la plage.

– Amelia, c'est formidable. Pourquoi es-tu contrariée ?

– Eh bien… elle a laissé l'autre moitié à un certain Justin Banks.

– Qui c'est, celui-là ?

Le seul garçon que j'aie jamais aimé.

– Un garçon avec qui j'ai grandi. Nana le gardait quand ses parents travaillaient. Sa maison se trouvait d'un côté, la mienne de l'autre, et celle de Nana au milieu.

– Alors, c'était un peu comme un frère pour toi ?

– Nous avons été proches pendant longtemps.

– À voir ta tête, je devine que ça a mal tourné.

– Très juste.

– Que s'est-il passé ?

Je n'avais pas la force de tout ressasser. Aujourd'hui, j'avais déjà trop de nouvelles à assimiler. J'ai opté pour une version abrégée.

– En gros, j'ai découvert qu'il me cachait quelque chose. J'ai pété les plombs. Je préfère éviter d'entrer dans les détails, mais disons que j'avais quinze ans à ce moment-là et qu'entre les bouleversements hormonaux et les problèmes avec ma mère, la vie était dure. J'ai pris une décision brutale, je suis partie vivre chez mon père. J'ai tout plaqué pour aller m'installer dans le New Hampshire.

Par chance, Tracy ne m'a pas interrogée sur la nature de ce secret. Ce n'était pas le problème qui me préoccupait dans l'immédiat. L'important était qu'elle m'aide à décider de ce que je pouvais faire sans rouvrir de vieilles blessures.

– Alors, en somme, tu as fui au lieu d'affronter votre désaccord.

– Oui, j'ai fui loin de mes problèmes… et de Justin.

– Tu ne lui as jamais reparlé depuis ?

– Après mon déménagement, nous n'avons eu aucun contact pendant plusieurs mois. Je me sentais coupable d'avoir réagi de cette façon. Par la suite, quand j'ai commencé à y voir plus clair, j'ai essayé de le voir pour m'excuser, mais c'était trop tard. Il ne voulait plus me parler ni me voir. Je ne peux pas le lui reprocher. Il était passé à autre chose, il avait rencontré d'autres gens et s'était installé à New York après le lycée. Nous avons complètement coupé les ponts, mais il est resté en contact avec Nana, apparemment. C'était un peu sa deuxième mère.

– Sais-tu ce qu'il est devenu ?

– Je n'ai pas cherché à savoir. J'ai toujours eu trop peur de ce que j'allais apprendre.

– Eh bien, il est temps de s'y mettre.

Elle a posé sa fourchette et a cherché son téléphone dans son sac.

– Euh, qu'est-ce que tu fais ?

Tracy a souri.

– Tu sais que je suis une traqueuse professionnelle. Je le cherche sur Facebook. Justin Banks… c'est bien ça ? Et il vit à New York ?

– Je ne veux pas voir ça, j'ai marmonné en me couvrant les yeux. Il doit y avoir des centaines de Justin Banks de toute façon. Tu as peu de chances de tomber sur le bon.

– À quoi ressemble-t-il ?

– Il avait seize ans la dernière fois que je l'ai vu, il a dû changer. Mais il était blond foncé.

Très mignon. Je revois son visage aussi nettement que si c'était hier. Je ne pourrai jamais l'oublier.

Tracy lisait les informations de tous les Justin Banks qui apparaissaient sur Facebook. Rien ne lui correspondait.

– Justin Banks, New York, musicien à Just in Time Accoustic Guitar.

Mon cœur a bondi, et à ma grande surprise, des larmes sont apparues derrière mes paupières. Mes sentiments remontaient à la surface avec une rapidité déstabilisante. Comme s'il était revenu d'entre les morts.

– Que viens-tu de dire ? Il travaille où ?

– Just in Time Accoustic Guitar ? C'est lui ?

Comme les mots restaient coincés dans ma gorge, je ne dis rien tandis que je réfléchissais au nom. Celui-là même qu'il utilisait quand, gamin, il jouait de la guitare au coin de la rue.

Just in Time.

– C'est lui, j'ai fini par admettre.

– Oh mon Dieu, Amelia !

Mon cœur s'est mis à battre plus rapidement.

– Quoi ?

– Ce mec est…

– Quoi ? Dis-moi, j'ai crié avant de vider mon verre d'eau.

– Il est… splendide. Absolument magnifique.

– Pitié, ne me dis pas ça.

– Regarde.

– Je ne peux pas.

Malgré mon insistance, Tracy a mis le téléphone devant mon visage. Je l'ai pris d'une main tremblante.

Seigneur.

Pourquoi l'ai-je même regardé ?

D'après ce que je pouvais voir, il était beau, exactement comme dans mes souvenirs mais différent en même temps. Plus adulte. Il portait un bonnet et une barbichette plutôt touffue alors qu'à l'époque, il était totalement imberbe. Sur la photo de profil, il s'appuyait sur une guitare et s'apprêtait à chanter dans un micro. Son regard intense m'a donné des frissons. J'ai voulu faire défiler ses photos, mais son profil était privé.

Tracy a tendu la main pour récupérer son téléphone.

– Il est musicien ?

– On dirait, j'ai répondu en lui rendant l'appareil.

Avant, il m'écrivait des chansons.

– Tu vas le contacter ?

– Non.

– Pourquoi ?

– Je ne saurais pas quoi lui dire. Advienne que pourra. Je serai obligée de lui parler à un moment ou à un autre. Mais ce n'est pas moi qui ferai le premier pas.

– Comme allez-vous vous organiser pour la maison ?

– L'avocat m'a remis un jeu de clés et en a envoyé un autre à Justin. Nos deux noms apparaissent sur l'acte de propriété. Nana a également mis de l'argent de côté pour financer les réparations et l'entretien pendant la basse saison. Je suppose qu'il a reçu les mêmes infos que moi.

– Tu ne veux pas vendre la maison, si ?

– Sûrement pas. J'y ai trop de souvenirs, et Nana y tenait énormément. Je vais y aller cet été et, s'il est d'accord, je la mettrai peut-être en location.

– Donc, tu n'as pas la moindre idée de ce qu'il compte faire de sa part ? Tu vas juste y aller dans quelques semaines, et s'il s'y trouve, tu le verras, et sinon, non ?

– En gros.

– Ça promet d'être intéressant.

Quatorze ans plus tôt

Le garçon que Nana a commencé à garder cet été est assis devant la maison. Il ne faut surtout pas qu'il remarque que je l'espionne. Je veux juste l'épier à travers les rideaux de ma chambre, sans qu'il sache que je suis là.

Je ne sais pas grand-chose sur lui. Il s'appelle Justin. Il a à peu près dix ans, comme moi, peut-être onze. Il vient d'arriver de Cincinnati et va vivre à Rhode Island. Ses parents ont de l'argent. Je le suppose, puisqu'ils ont acheté la grande maison victorienne à côté de chez Nana. Ils travaillent tous les deux dans le centre-ville de Providence et paient Nana pour qu'elle s'occupe de Justin le soir, après l'école.

Maintenant, je vois enfin à quoi il ressemble. Il a des cheveux blond foncé un peu trop longs et essaie d'apprendre seul à jouer de la guitare. Ça doit faire une heure que je suis devant la fenêtre, à le regarder gratter son instrument.

Tiens, il a éternué. Sans crier gare, il lève la tête vers la fenêtre. Nos regards se croisent un court instant, et je me cache aussitôt. Mon cœur tambourine dans ma poitrine, maintenant qu'il sait que je l'observe.

– Hé, où es-tu passée ? demande-t-il.

Accroupie, je ne réponds pas.

– Amelia... je sais que tu es là.

Il sait comment je m'appelle ?

– Pourquoi tu te caches ?

Je me relève lentement, dos à la fenêtre, et je finis par répondre :

– J'ai un œil paresseux.

– Un œil paresseux ? C'est comme avoir les yeux baladeurs ?

– Les yeux baladeurs ? C'est quoi ?

– Sais pas trop. Ma mère dit toujours à mon père qu'il a les yeux baladeurs.

– Les yeux paresseux, ça veut dire que je louche.

– Les yeux qui se croisent ? Sans rire ? Trop cool ! Montre-moi !

– Tu trouves ça cool d'avoir un œil qui regarde l'autre ?

– Bah oui. J'aimerais avoir le même ! Comme ça, je pourrais regarder les gens sans qu'ils le sachent.

Il commence à me faire rire.

– Moi, ce n'est pas encore aussi grave que ça.

– Allez, retourne-toi. Je veux voir.

– Non.

– S'il te plaît ?

Sans savoir ce qui me prend, j'accepte de me montrer. Je ne pourrai pas l'éviter éternellement. Mais quand je me retourne face à lui, il a un mouvement de recul.

– Qu'est-il arrivé à l'autre œil ?

– Il est toujours là, dis-je en indiquant mon œil droit. C'est juste un cache.

– Ils devraient faire des patchs de la même couleur que la peau, non ? De là où je suis, on dirait qu'il te manque un œil. J'ai eu la trouille sur le moment.

– Il est sous le cache. Mon ophtalmo dit que je dois le porter quatre jours par semaine. C'est le premier jour aujourd'hui. Maintenant,

tu comprends pourquoi je ne voulais pas que tu me voies !

– Tu n'as pas à avoir honte. J'ai été surpris sur le moment parce que je ne savais pas à quoi m'attendre. Alors, ton œil paresseux est là-dessous ? Je veux le voir.

– Non, en réalité, celui qui est caché va bien. Le docteur dit que si je ne me sers pas du bon, le paresseux va se renforcer et se redresser avec le temps.

– Ah, j'ai compris. Tu peux sortir maintenant ? Tu n'as plus de te raison de te cacher.

– Non, je ne veux pas qu'on me voie.

– Comment tu vas faire demain ? Il y a école.

– Je ne sais pas.

– Tu vas rester enfermée toute la journée ?

– Pour l'instant.

Sans un mot, Justin pose sa guitare, se lève et part chez lui en courant.

J'ai dû l'effrayer, tout compte fait.

Cinq minutes plus tard, il revient au pas de course et reprend sa place devant chez Nana. Il se tourne vers ma fenêtre, et là, je n'en crois pas mes yeux (enfin, mon œil.) Un immense bandeau noir cache son œil droit. Justin ressemble à un pirate. Il s'assied, reprend sa guitare et se met à jouer. Étonnée, je l'écoute chanter. Une version revisitée de « Brown Eyed Girl », sauf qu'il adapte les paroles en « La fille à un seul œil ». Cette fois, je comprends qu'il est aussi adorable que dingue.

À la fin de la chanson, il sort un gros feutre noir de sa poche.

– Je vais colorer ton patch aussi. Tu veux bien sortir maintenant ?

Une vague de chaleur comme je n'en avais jamais connu me réchauffe le cœur.

Avec le recul, c'est probablement à ce moment-là que Justin Banks est devenu mon meilleur ami. C'est également le jour où il m'a donné le surnom qui allait me suivre durant toute l'adolescence : Patch.

CHAPITRE 2

C'était le calme avant la tempête, mais je n'en étais pas consciente.

La propriété était bien entretenue grâce aux bons soins de Cheri, la voisine et grande amie de Nana. Dans la maison d'été de Nana – ma maison de vacances – depuis deux semaines, je croisais les doigts pour que rien ne vienne troubler ma tranquillité. Pas de nouvelles de Justin ni de personne d'autre. Juste moi et mes livres pour remplir cet agréable séjour du début d'été, dans l'air marin qui soufflait sur l'île depuis l'océan.

De toute ma vie, je n'avais jamais autant apprécié la sérénité. À peine un mois plus tôt, j'avais cru que ma vie s'effondrait. Non seulement Nana était décédée mais j'avais découvert qu'Adam, avec qui je sortais depuis deux ans, me trompait. Le soir où je m'en étais rendu compte, nous venions de faire l'amour quand il est allé jeter le préservatif et prendre une douche. Il avait laissé son téléphone sur la table de nuit, et j'ai découvert tous les messages qu'une garce prénommée Ashlyn lui avait envoyés.

En temps normal, il emportait son portable partout avec lui, même aux toilettes, mais ce soir-là, il a dû l'oublier. Plus tard, j'ai cherché la fille sur Facebook et vu que la moitié de ses photos les montraient ensemble. Depuis six mois, je le sentais un peu distant. C'était le coup de grâce. Juste avant de rejoindre ma maison de vacances, j'ai appris qu'Adam était parti s'installer avec elle à Boston.

Donc, c'était une grosse période de changement pour moi. À vingt-quatre ans, j'étais de nouveau célibataire et je commençais une nouvelle vie à Newport, le temps d'un été. Enseignante, je bénéficiais de deux mois de congé. J'envisageais de trouver un boulot temporaire pour la saison mais, dans un premier temps, je voulais profiter de ces quelques semaines de détente.

Mes journées commençaient par un café sur la terrasse de l'étage qui surplombait la plage d'Easton. J'écoutais les mouettes, je survolais le fil des actualités sur Facebook, je lisais mon magazine *In Style* ou je méditais. Ensuite, je prenais un bon bain, aussi long que j'en avais envie, puis je m'habillais et je vaquais aux occupations de la journée. Globalement, je bouquinais, confortablement installée sur le canapé.

Dans le courant de l'après-midi, je préparais mon déjeuner et l'emportais sur la terrasse. Avant la tombée de la nuit, je roulais jusqu'à Thames Street et je faisais les boutiques de Newport, les vitrines de verre soufflé, les bibelots et les peintures de paysages marins. Ensuite, je prenais une glace ou un café dans le coin.

En général, la journée se terminait par un passage sur les quais où j'achetais un homard ou des clams fraîchement pêchés. Je les rapportais à la maison, dans un sac, et les faisais cuire à la vapeur. Puis je m'installais pour dîner avec une bouteille de vin frais et j'admirais le coucher du soleil sur l'Atlantique.

La vraie vie.

Mon train-train est resté le même pendant deux semaines, puis le réveil a été violent.

Un soir, en rentrant de ma balade au bourg avec mon sac de crustacés, j'ai remarqué que la porte de la maison était grande ouverte. Avais-je oublié de la verrouiller ? Était-ce le vent ?

Le cœur battant, je suis entrée dans la cuisine où j'ai découvert une grande fille toute en jambes, avec des cheveux coupés ras, blond platine. Elle ressemblait à Mia Farrow jeune, et remplissait les placards.

Je me suis éclairci la voix.

– Bonjour.

Elle s'est retournée et a porté la main à sa poitrine.

– Oh, mon Dieu ! Tu m'as fait peur.

Elle est venue vers moi en souriant, la main tendue.

– Je suis Jade.

Les traits fins, les pommettes hautes, elle aurait pu être mannequin. J'étais tout l'opposé, avec mes longs cheveux noirs et mes formes généreuses.

– Amelia. Qui es-tu ?

– La petite amie de Justin.

Mon ventre s'est serré.

– Je vois. Où est-il ?

– Il est allé au marché et chez le caviste.

– Vous êtes là depuis combien de temps ?

– Nous sommes arrivés il y a une heure.

– Vous restez combien de temps ?

– Je ne sais pas trop. Nous prenons les choses comme elles viennent. Nous ne nous attendions pas à… ça… la maison.

J'ai baissé les yeux vers ses orteils vernis qui dépassaient de ses chaussures à talons.

– J'imagine. Tu travailles ?

– Je suis comédienne… à Broadway. Enfin, je suis entre deux boulots, mais je ferai sûrement des allers-retours à New York pour passer des auditions. Et toi, que fais-tu ?

– Je suis institutrice en école élémentaire. Je suis en vacances tout l'été.

– Quelle chance !

– Oui, c'est sympa. Et Justin, où travaille-t-il ?

– À la maison, en ce moment. Il vend des logiciels. Il travaille d'où il veut, en réalité. Il donne des concerts aussi. Tu sais qu'il est musicien, je pense ?

– En fait, je ne sais plus grand-chose sur lui.

– Que s'est-il passé entre vous ? Si la question ne te dérange pas…

– Il ne t'a jamais parlé de moi ?

– Juste que vous aviez grandi ensemble et que tu es la petite-fille de Mme H. Franchement, il n'a jamais parlé de toi avant de recevoir le courrier de l'avocat.

Je me suis sentie triste, même si je ne pouvais que m'y attendre.

– Ça ne m'étonne pas.

– Pourquoi ?

– C'est une longue histoire.

– Vous êtes sortis ensemble ?

– Non, pas du tout. Nous étions de bons amis, mais nos chemins se sont séparés quand j'ai déménagé.

– Je comprends. La situation est un peu étrange. Hériter d'une maison tout à coup.

– Ma grand-mère était très généreuse et elle aimait beaucoup Justin. Ma mère est sa fille unique et Nana aimait Justin comme son fils, alors…

– Ta grand-mère t'a laissé la maison plutôt qu'à ta mère ?

– Ma mère et ma grand-mère se sont disputées il y a des années. Heureusement, elles se sont réconciliées avant sa mort, mais ce n'était plus comme avant.

– C'est triste. Je suis désolée.

– Merci.

Jade m'a enlacée spontanément.

– Eh bien, j'espère que nous allons devenir amies. C'est sympa d'avoir une copine avec qui faire du shopping ou se balader sur l'île.

– Oui, bonne idée.

– Tu vas dîner avec nous ce soir, j'espère ?

Je n'étais pas prête à affronter Justin. Je devais trouver un prétexte pour sortir.

– Probablement pas ce soir. Je vais devoir part…

– Tu es douée pour ça, hein ?

Une voix grave, que je reconnus à peine, m'a interrompue.

– Pour quoi ? j'ai demandé en déglutissant, tout en refusant de me retourner.

– Partir, dit-il d'une voix plus forte. Tu es douée pour ça.

Ma respiration est devenue saccadée et quand je me suis retournée, elle s'est bloquée pour de bon.

Putain de merde !

CHAPITRE 3

Justin était là, devant moi. Le garçon que j'avais fui semblait avoir été absorbé par un grand corps élancé mais tout en muscles. Il avait changé en neuf ans. La colère qui déformait ses traits le rendait encore plus séduisant, même si j'aurais préféré qu'elle ne soit pas dirigée contre moi.

Sa peau, d'une belle teinte hâlée, s'accordait aux mèches dorées de sa tignasse châtain clair. Le visage lisse de mes souvenirs avait désormais des traits affirmés, et une barbe naissante en grignotait l'ovale. Une corde et un fil de fer barbelé étaient tatoués autour de son biceps. Il portait un bermuda militaire et un débardeur blanc moulant qui dévoilait son torse bien dessiné.

Pendant que je le dévisageais, j'ai perdu le sens du temps. J'étais trop abasourdie pour répondre et mon cœur hurlait. En mon for intérieur, je savais que ma réaction dépassait la simple attirance physique. Car, malgré tous les changements, une chose était restée identique. Ses yeux. Ils reflétaient la même peine que la dernière fois que je l'avais vu.

Son prénom s'est frayé un chemin entre mes lèvres.

– Justin…

– Amelia.

Sa voix rauque m'a fait vibrer.

– Je me demandais si tu allais venir.

– Pourquoi ça ?

– Je pensais que tu m'éviterais.

– Tu te surestimes. Évidemment, je suis venu. La moitié de la maison m'appartient.

Ses mots m'ont blessée.

– Je ne dis pas le contraire. Seulement… je n'ai pas eu de nouvelles.

– Intéressant, ta façon de présenter les choses.

Mal à l'aise, Jade a interrompu notre échange à couteaux tirés d'un raclement de gorge.

– J'étais en train de demander à Amelia si elle voulait dîner avec nous. Vous pourriez rattraper le temps…

– Apparemment, elle a déjà des projets.

Je me suis tournée vers lui.

– Qu'est-ce qui te fait dire ça ?

– Oh, je ne sais pas… parce que ton sac empeste.

– Ce sont des fruits de mer frais.

– L'odeur n'est pas très fraîche.

– Nous ne nous sommes pas vus depuis neuf ans et tu m'agresses déjà ? Il est toujours aussi grossier ? j'ai demandé à Jade.

Sans la laisser répondre, il a lancé :

– C'est toi qui me rends comme ça.

– Tu crois que Nana apprécierait ton attitude ? J'ai le sentiment qu'elle ne nous a pas légué sa maison pour que nous nous bagarrions.

– Elle nous a laissé sa maison parce qu'elle tenait à nous deux. Ce n'est pas pour autant que nous devons être proches l'un de l'autre. Quoi qu'il en soit, si l'opinion de Mme H avait été si importante pour toi, tu n'aurais pas disparu.

– C'est un coup bas.

– La vérité n'est pas toujours facile à entendre, j'imagine.

– J'ai essayé de te contacter, Justin. Je…

– Je ne veux pas parler de ça, Amelia, c'est du passé.

C'était agaçant qu'il m'appelle par mon prénom. Hormis le jour de notre première rencontre, il m'avait toujours appelée Patch, ou Patchy. Venant de lui, mon nom me faisait l'effet d'une gifle, comme le rappel de la distance qui s'était creusée entre nous avec le temps.

Justin s'est renfermé, passant de la colère à la froideur. Il est sorti chercher les courses dans sa voiture après avoir claqué la porte derrière lui.

J'ai frissonné et me suis tournée vers Jade qui, ahurie, regardait désespérément de droite à gauche.

– Bon, c'est un bon début, j'ai blagué.

– Je ne sais pas quoi dire. Je ne l'ai jamais vu comme ça, pour tout te dire. Je suis vraiment désolée.

– Ce n'est pas ta faute. Crois-moi, je le mérite probablement.

Après son accueil grossier, la situation s'est aggravée pendant le dîner. Il m'a ignorée ouvertement jusqu'à la fin de la soirée. C'était plus blessant que toutes les insultes du monde.

Si j'avais trouvé la soirée horrible, la nuit blanche que j'allais passer ensuite promettait un lendemain matin encore pire.

Justin semblait avoir trouvé un moyen de libérer sa colère en se défoulant sur Jade. Disons qu'avec le temps, jouer de la guitare n'était pas l'unique talent qu'il avait développé. En pleine nuit, les gémissements de Jade m'ont réveillée. Les murs tremblaient littéralement. Après ça, je n'ai pas réussi à me rendormir. Je me retournais dans tous les sens, ressassant les paroles de Justin et imaginant la scène dont je percevais les bruits. J'utilisais mon imagination à mauvais escient, mais c'était plus fort que moi.

À sept heures du matin, comme la maison était silencieuse, j'ai supposé qu'ils dormaient pour se remettre de leurs frasques sexuelles. Je suis descendue sans bruit faire du café et, à ma grande surprise, j'ai découvert Justin seul devant la large fenêtre de la cuisine qui donnait sur l'océan. La cafetière était en marche. Dos à moi, et torse nu, il n'avait pas remarqué ma présence.

J'en ai profité pour admirer sa carrure, la peau impeccable de son dos sculpté. Son bas de survêtement noir épousait ses belles fesses arrondies.

Je n'avais jamais réalisé qu'elles étaient aussi parfaites. Dans ces circonstances, mon attirance m'agaçait, mais ça ne m'a pas empêchée de le reluquer. Il avait un tatouage rectangulaire au milieu du dos. Même en plissant les yeux, je n'ai pas réussi à voir ce qu'il représentait. Brusquement, il s'est retourné et a posé sur moi un regard incendiaire.

– Ça t'amuse de mater les gens quand tu crois qu'ils ne te voient pas ?

Prise de court, j'ai dégluti.

– Comment savais-tu que j'étais là ?

– Ton reflet dans la vitre, maligne.

Imbécile.

– Tu n'as pas réagi, j'ai cru que tu n'avais pas senti ma présence.

– C'est ce que je vois.

– Tu fais tout pour que je te haïsse, ou quoi ? Si c'est le cas, tu t'en sors très bien.

Au lieu de répondre, Justin s'est retourné face à la fenêtre.

– Pourquoi tu fais ça ?

– Quoi, ça ?

– Tu dis des trucs pour m'énerver et après tu te fermes.

Il a continué à s'adresser à la fenêtre.

– Tu préférerais que je ne fasse que t'énerver ? J'essaie de contenir ma colère, Amelia. Tu devrais te réjouir que je sache me freiner… contrairement à certains.

– Tu pourrais au moins me regarder quand tu me parles !

Il s'est retourné, a marché lentement vers moi et a penché son visage vers le mien. Quand il a parlé, j'ai senti son souffle sur mes lèvres.

– C'est mieux ? Je suis assez près de toi ?

Je sentais son haleine. Mon corps flanchait de le sentir aussi près, alors j'ai reculé.

– C'est bien ce que je me disais, a-t-il rugi.

Je suis allée ouvrir le réfrigérateur et j'ai fait semblant de chercher quelque chose. Ça m'ennuyait de devoir tirer un trait sur mes matins paisibles.

– Tu te lèves toujours aussi tôt ? j'ai demandé.

– Je suis matinal.

– Je vois ça… et gai comme un pinson, j'ai dit avec ironie. Toutefois, certains d'entre nous ont besoin de repos.

– J'ai très bien dormi cette nuit.

– Je sais… après m'avoir traumatisée. Tu as dû dormir comme une bûche après avoir baisé la moitié de la nuit. Vous pourriez être encore plus bruyants, la prochaine fois ?

– Excuse-moi. Si je ne peux pas baiser sous mon toit, où suis-je supposé le faire ?

– Je n'ai pas dit que tu ne pouvais pas. Sois plus respectueux, c'est tout.

– Définis le respect.

– Faire doucement.

– Désolé, je ne baise pas doucement.

Bien que sa réponse m'ait déplu, quelque chose me disait que je l'entendrais résonner dans ma tête en fin de soirée.

– Laisse tomber. Tu ne connais pas le sens du mot respect, à l'évidence.

– Te respecter ? Pourquoi ? Parce que tu ne baises pas ? Pourquoi tu ne te trouves pas un mec qui sent la morue sur le port ? Peut-être qu'après, tu te mêleras moins des affaires autres.

– Un mec qui sent la morue ?

– Tu sais, les mecs qui vivent sur les bateaux… ceux qui vendent le poisson puant que tu as mangé hier soir.

Je me suis contentée de secouer la tête en levant les yeux au ciel, refusant de gratifier sa méchanceté d'une réponse.

Il m'a surprise en prenant la cafetière.

– Tu veux du café ?

– Tiens, tu es sympa maintenant ?

– Non, je me disais que tu devais avoir une raison de rester là. Sûrement le café.

– C'est ma cuisine.

Il m'a fait un clin d'œil.

– Notre cuisine.

Il a attrapé deux tasses dans le placard.

– Tu le prends comment ?

– Avec du lait et du sucre.

– Je le prépare pendant que tu vas mettre un soutien-gorge.

J'ai baissé les yeux vers mes seins, libres sous mon tee-shirt blanc. Comme je ne m'étais pas attendue à tomber sur lui à cette heure matinale, je n'en avais pas mis. Trop embarrassée pour noter qu'il les avait remarqués, je suis allée m'habiller.

À mon retour, il buvait son café, de nouveau devant la fenêtre.

– C'est mieux comme ça ? j'ai demandé en faisant allusion à ma robe.

Il s'est retourné et m'a regardée brièvement de la tête aux pieds.

– Définis « mieux ». Si « mieux » signifie que je ne vois plus tes seins… alors oui, c'est mieux. Si mieux signifie mieux voir, c'est discutable.

– Ma robe ne te plaît pas ?

– On dirait que tu l'as cousue toi-même.

– Elle vient d'un magasin de l'île. Elle est faite à la main.

– À partir d'un sac de pommes de terre ?

– Je ne crois pas.

Peut-être ?

Il a ricané.

– Ton café est sur le plan de travail, Cosette.

J'allais lui renvoyer une réplique bien sentie quand j'ai réalisé que c'était probablement ce qu'il cherchait. Je devais le tuer à coups de gentillesse au lieu de montrer ma colère.

– Merci. C'est gentil de me l'avoir préparé.

Connard.

J'ai bu une gorgée et l'ai recrachée aussitôt.

– Qu'as-tu mis là-dedans ? C'est trop fort !

Au lieu de me répondre, il a éclaté de rire. Dommage que ce soit à mes dépens, mais c'était la première fois que je l'entendais rire. Il m'a fait brièvement remonter le temps, seul rappel que cette ordure irrésistible avait été mon meilleur ami.

– Tu n'aimes pas ?

– Un peu fort. Qu'est-ce que c'est ?

– Du café fusion.

– Qu'est-ce que c'est que ça ?

Il est allé sortir une boîte et un sachet du placard.

– Ma recette personnelle. Du café cubain mélangé à ça.

Il brandissait un sachet noir décoré d'une tête de mort blanche.

– C'est quoi, ce truc ?

– Du café. Je le commande sur Internet. Rien d'autre n'est assez chargé en caféine pour moi.

– C'est pour ça que tu m'en as proposé, hein ? Tu savais que je n'aimerais pas cette… mixture.

Au lieu de répondre, il s'est mis à rire à nouveau. Jade est entrée dans la cuisine, vêtue d'un tee-shirt noir qui devait être celui que Justin avait oublié d'enfiler.

– Qu'est-ce qu'il y a de drôle ?

Les yeux pétillants de Justin la regardaient de derrière sa tasse.

– Nous prenons juste le café, a-t-il ricané.

Jade a secoué la tête.

– Tu ne bois pas sa bouillasse, j'espère ? Je ne sais pas comment il fait pour aimer cette horreur.

Me raccrochant à mon plan de l'avoir par la gentillesse, j'ai bu une autre gorgée en hochant la tête.

– C'est vrai qu'à la première gorgée, c'est assez corsé, mais ce n'est pas mauvais.

C'est dégoûtant.

– Méfie-toi, cette cochonnerie est puissante. Justin est immunisé, mais la première et dernière fois que j'en ai bu, je n'ai pas fermé l'œil pendant quatre jours.

Justin a eu un petit rire.

– Apparemment, c'est nous qui avons empêché Amelia de dormir cette nuit.

Jade s'est tournée vers moi.

– Oh, merde, je suis désolée.

– Pas grave. J'ai fini par m'y habituer.

– C'est là que tu as commencé à regretter de ne pas te joindre à nous ? a-t-il pouffé.

Hors de question que je réponde.

Plus je le trouvais arrogant, plus j'étais déterminée à finir sa boue infâme pour le contrarier.

– Franchement, c'est fou comme c'est bon.

Jade a changé de sujet.

– Amelia, ça te dirait d'aller au bourg après le petit déjeuner ? J'aimerais beaucoup que tu me fasses découvrir l'île.

– D'accord, ça serait sympa.

Elle est allée vers Justin et a enroulé les bras autour de sa taille.

– Tu veux venir avec nous, Bébé ?

– Non, j'ai des trucs à faire, a-t-il dit avant de terminer sa tasse et de la poser dans l'évier.

– Alors, ce sera une sortie entre filles.

Le café avait pris possession de moi. Pendant que nous marchions dans Newport, Jade devait sans cesse me demander de ralentir. Avec ses talons, elle n'arrivait pas à me suivre.

Dans l'après-midi, nous avons fait une pause. Nous nous sommes assises sur un banc qui donnait sur les dizaines de voiliers amarrés au port, le soleil brillait sur l'eau.

– Comment as-tu rencontré Justin ? je lui ai demandé.

– Je passais une audition dans une boîte, l'Hades. Justin devait jouer dans la soirée. Il ne m'a pas quittée des yeux pendant qu'il chantait et, après le concert, il est venu me voir. Quand il a dit qu'il avait chanté le dernier morceau en pensant à moi, j'ai été séduite. Depuis, nous sommes inséparables.

J'avais le visage en feu. Je refusais d'accepter que ce soit par jalousie. L'idée qu'ils aient eu une connexion aussi intime pendant un concert me perturbait, pour une raison que je ne comprenais pas. Peut-être parce que ça me rappelait les chansons qu'il m'écrivait avant. On aurait pu croire que rien ne me troublerait après avoir enduré leurs ébats de la nuit.

– Quel genre de musique joue-t-il maintenant ?

– Des reprises, de Jack Johnson par exemple, et il compose pas mal de morceaux aussi. Il joue surtout dans des clubs, mais son manager essaie de lui décrocher un vrai contrat.

Elle ajoute :

– Les filles sont folles de lui. J'ai du mal à m'y faire.

– C'est sûrement difficile pour toi.

– Oui, vraiment. Et toi ? Pas de petit copain ?

– Je viens de rompre.

Je passai une demi-heure à lui raconter mon histoire avec Adam. C'était facile de parler avec Jade, et quand je lui ai dit qu'il m'avait trompé, elle a semblé sincèrement fâchée.

– Eh bien, c'est le genre de choses qu'il vaut mieux découvrir maintenant quand tu es encore jeune, au lieu de perdre dix ans avec un type comme lui.

– Entièrement d'accord.

– Il faut qu'on te trouve un garçon cet été. J'ai vu des tas de beaux mecs aujourd'hui.

– Vraiment ? Les seuls que j'ai vus se tenaient par la main.

Elle rit.

– Non, il y en a d'autres.

– Je ne suis pas prête à me lancer dans une nouvelle histoire.

– Qui parle de ça ? Juste… pour le sexe, t'amuser, surtout après ce que t'a fait ton ex. Tu mérites une aventure torride, un mec qui te fasse grimper aux rideaux tout l'été. Un qui t'obsède même quand il n'est pas là.

C'est triste, mais c'est ton amoureux qui hante mes pensées en ce moment.

Ses intentions étaient bonnes, alors j'ai souri et hoché la tête même si je ne désirais pas vivre une aventure.

En rentrant à la maison, nous sommes passées devant le Sandy, un restaurant réputé pour ses concerts et son excellente nourriture. Une pancarte était accrochée en vitrine : *Recherchons serveuse pour l'été.* Comme il y avait une université de l'autre côté du pont, les étudiants rentraient chez eux l'été et les restaurants du coin manquaient de personnel saisonnier.

Je me suis arrêtée net devant l'entrée.

– Ça ne te dérange pas si je vais me renseigner ?

– Pas du tout. Moi aussi, ça m'intéresse en vérité.

Ils avaient désespérément besoin de personnel. Comme Jade et moi avions toutes deux des expériences de serveuse, nous avons rempli des fiches de candidature. Nous sommes ressorties avec un boulot en poche. Le responsable nous avait globalement dit que nous pouvions travailler autant de soirs que nous le voulions. C'était impossible de passer à côté de revenus supplémentaires et d'un emploi aussi flexible. Jade était particulièrement ravie d'entendre qu'elle pourrait s'absenter au dernier moment pour passer des auditions à Manhattan. Nous devions commencer le lendemain.

Dans la soirée, Jade a proposé de fêter la bonne nouvelle autour d'un dîner sur la terrasse, à l'étage de la maison. Je n'avais pas réalisé qu'une journée sans Justin m'avait apaisée.

Mais en rentrant, des papillons dans le ventre, j'ai senti son eau de toilette. Justin buvait une bière dans la cuisine quand Jade lui a sauté au cou.

Il était grand – plus d'un mètre quatre-vingts – et Jade n'était pas beaucoup plus petite que lui. À côté d'eux, j'étais une naine.

Mon Dieu, qu'il est beau !

Justin avait troqué son bermuda militaire contre un jean noir et une chemise grise à bandes noires qui épousait son torse. Ses cheveux étaient différents. Il les avait lavés, peut-être ? Le bleu de ses yeux ressortait, des yeux plongés dans ceux de Jade.

Elle a passé les doigts dans ses cheveux et l'a embrassé.

– Tu m'as manqué, Bébé. Devine ? Nous sommes embauchées au restaurant de la plage.

– Tu leur as dit que tu risquais de rentrer à New York à tout moment ?

– Ça ne les dérange pas. Globalement, je peux travailler quand je veux.

– Vraiment ? Ça me paraît bizarre. Mais si tu le dis… tu es sûre qu'il n'a pas des vues sur toi, Jade ?

– Il m'a dit la même chose.

– Bon, alors c'est pas ça.

Il m'a fallu un instant pour comprendre l'insulte. Jade a changé de sujet avant que j'aie pu me défendre.

– Il fait doux. Ça te dit qu'on dîne tous les trois sur la terrasse ? Nous pourrions faire un barbecue avec le steak que j'ai mis à mariner.

Je n'ai pas eu le cœur de préciser que je n'aimais pas la viande rouge. Justin croirait que c'était un prétexte pour échapper au dîner.

Ta meilleure arme est la gentillesse.

– Je ne suis pas très bonne cuisinière, mais je peux préparer une grosse salade.

Justin a frappé le plan de travail.

– Super. Je vais allumer le gril pendant qu'Amelia astique les concombres.

Il commençait à sortir quand j'ai crié :

– Tu sais ce que Nana te dirait si elle était là ? De te laver la bouche au savon pour en enlever les grossièretés.

– Le savon ne m'empêchera pas de l'ouvrir.

Je suppose que j'aurais dû me réjouir qu'il m'adresse la parole au lieu de continuer à m'ignorer. Nous progressions, non ?

Après avoir découpé la laitue, les carottes, l'oignon rouge, les tomates et les concombres, j'ai rajouté une vinaigrette au miel faite maison. J'ai apporté le tout à l'étage, où Justin et Jade étaient déjà installés à table. Jade avait servi trois verres de merlot et Justin en sirotait un en admirant la mer, qui était déchaînée ce soir-là.

Au moment de commencer à dîner, Justin ne m'avait ni regardée ni parlé. Je me suis servie de salade composée et de pain et, au bout d'un certain temps, ils ont remarqué que je ne mangeais rien d'autre.

– Tu n'as pas touché au steak, a dit Jade, la bouche pleine.

– Je n'aime pas la viande.

Justin a gloussé.

– C'est pour ça que tu ne trouves pas de mec !

J'ai posé ma fourchette.

– Quel con ! Franchement, je ne te reconnais plus. Comment ai-je pu être ton amie ?

– Je me suis souvent posé la question, jusqu'à ce que je n'en aie plus rien à faire.

Je me suis levée et suis descendue dans la cuisine. Appuyée contre le comptoir, j'ai essayé de me calmer.

Jade est arrivée sans bruit derrière moi.

– Je ne comprends vraiment pas ce qui se passe entre vous deux ni pourquoi il refuse d'en parler. Tu es certaine que vous n'êtes jamais sortis ensemble ?

– Je te l'ai déjà dit, Jade. Nous n'avions pas ce genre de relation.

– Tu veux bien me raconter ce qui s'est passé.

– C'est plutôt à lui de le faire. Franchement, je ne voudrais pas le mettre encore plus en rogne en dépassant mes limites. Et puis, s'il est furieux, c'est à cause de la manière dont je suis partie… de ma disparition. Tout ce qui s'est passé avant cela ne compte plus. Il m'en veut d'avoir géré les choses de cette façon.

– Retournons à table et essayons de passer une bonne soirée.

À l'étage, Justin, le visage fermé, remplissait son verre de vin. J'avais envie de le gifler, mais d'un autre côté, je me sentais coupable d'avoir provoqué cet élan de colère.

S'il s'en moquait comme il le prétendait, il n'aurait pas réagi ainsi.

J'ai posé la main sur son bras.

– Tu voudrais bien me parler ?

Il a écarté vivement son bras.

– J'ai tourné la page. Je n'ai rien à dire.

– Pour Nana ?

Il a relevé brusquement la tête, ses beaux yeux bleus assombris.

– Putain, arrête de la remettre sur le tapis. Ta grand-mère était une femme merveilleuse. Elle était la mère que je n'ai pas eue. Elle ne m'a jamais tourné le dos comme à peu près tout le monde dans ma vie. Cette maison symbolise Mme H, et c'est pour ça que je suis ici. Je ne suis pas ici pour toi. Tu me demandes de parler, mais tu n'as pas l'air de comprendre que je n'ai rien à dire sur une histoire vieille de dix ans. J'ai tout effacé. C'est trop tard, Amelia. Je m'en moque que toi et Jade deveniez copines, d'accord ? Mais ne te fatigue pas à passer par elle pour m'atteindre, parce que nous ne serons plus amis. Tu m'as mis de mauvais poil, et je ne veux pas passer l'été dans cet état. Nous sommes colocataires. Rien de plus. Arrête de faire comme s'il y avait autre chose. Arrête de faire semblant d'aimer mon café. Arrête de faire comme si tout était super. Arrête tes conneries et regarde les choses en face. Nous ne sommes plus rien l'un pour l'autre. (Il s'est levé avec son assiette.) J'en ai assez, Jade. Je t'attends dans la chambre.

Jade et moi sommes restées silencieuses, à écouter les vagues se fracasser sur la plage.

– Je suis désolée, Amelia.

– Mais non. Il ne faut pas. Il a raison. Certaines choses sont irréparables.

Malgré ma complaisance apparente, une larme a roulé sur ma joue.

Onze ans plus tôt

Maman est encore sortie. Qui sait où elle est et avec qui. Je n'ai jamais pu compter sur ma mère, Patricia. Dans aucun domaine. Seules deux personnes sont là pour moi : Nana et Justin.

Le bon côté, quand ma mère me laisse seule comme presque tous les soirs, c'est que je peux sortir en douce pour aller où je veux. Nana suppose que ma mère est à la maison la moitié du temps, alors elle ne peut pas me l'interdire.

Justin et moi avons prévu de nous retrouver dans un quart d'heure. Nous allons traîner au centre commercial avec des gars du collège. Ils appartiennent au groupe des plus cool, dans lequel Justin et moi essayons de nous faire accepter. C'est vrai que la plupart du temps, nous restons tous les deux, sans être associés à aucune bande.

Il m'attend au coin de la rue, les mains dans les poches. J'aime beaucoup qu'il porte sa casquette de base-ball à l'envers, avec ses mèches châtain clair qui dépassent sur les côtés. Je remarque de plus en plus ces petits détails ces derniers temps. C'est dur de les ignorer.

Il vient vers moi.

– Tu es prête à y aller ?

– Ouais.

Justin se met à courir.

– Faut qu'on se dépêche. Le prochain bus passe dans cinq minutes.

Je ne sais pas pourquoi l'idée de traîner avec ces gamins me rend nerveuse. Justin a l'air détendu. En général, il a plus d'assurance que moi.

Quand nous pénétrons dans le centre commercial, les néons contrastent brutalement avec la nuit hivernale. Nous devons les retrouver du côté de la zone de restauration. Nous cherchons le plan de l'ensemble de trois étages.

Mon cœur bat fort quand nous marchons vers deux garçons et une fille qui se tiennent devant le stand de bretzels. Justin a remarqué mon appréhension.

– Sois pas nerveuse, Patch.

Dans mes souvenirs, la première phrase qui soit sortie de la bouche de Chandler a été :

– C'est quoi ce truc ?

– Quoi ?

– Tu t'es chié dessus, Amelia ?

Mon cœur martèle mes côtes. J'aventure un regard vers mon entrejambe. Malgré ma nervosité, je sais que je n'ai pas perdu le contrôle de mes intestins. Quand ça arrive, on s'en rend compte, non ? En fait, c'est du sang. Je ne m'y suis pas préparée, parce que c'est la première fois que j'ai mes règles. À treize ans, je suis en retard par rapport à la plupart des filles. Et ça tombe au pire moment possible.

Justin suit mon regard, puis note mon air paniqué.

– C'est du sang, j'articule à son intention.

Sans hésiter, il hoche la tête d'un coup sec, comme s'il avait la situation en main.

– C'est du sang, déclare-t-il.

– Du sang ? Dégueulasse ! s'écrie Ethan, l'autre garçon.

– Amelia s'est poignardée avec mon couteau en venant.

Je relève brusquement la tête et le regarde, incrédule.

Chandler ouvre des yeux ronds.

– Elle s'est poignardée ?

– Ouais, fait Justin en souriant.

À ma grande surprise, il a sorti un couteau de sa poche.

– Tu vois ce truc ? Je l'ai tout le temps sur moi. C'est un couteau de l'armée suisse. Enfin bref, je le montrais à Amelia dans le bus et je l'ai mise au défi de se le planter dans le ventre. Dingue comme elle est, elle l'a fait. Et voilà, maintenant, elle a du sang sur son pantalon.

– Tu rigoles ?

– Je préférerais, mec.

Les trois garçons échangent des regards.

– Jamais rien entendu d'aussi cool, déclare Chandler.

Ethan me donne une tape sur le bras.

– Putain, Amelia, tu parles d'une histoire de fou !

Justin rit.

– Ouais, bon, on s'est dit qu'on allait quand même passer dire bonjour, vu que nous étions presque arrivés. Mais je ferais bien de l'emmener aux urgences.

– Sympa d'être passés, mec. Tu donnes des nouvelles ?

– Pas de problème.

– Qu'est-ce que tu viens de faire ? je chuchote quand nous nous éloignons.

– Ne dis rien. Marche.

L'air frais nous frappe à la sortie des portes tournantes du centre commercial. Sur le trottoir, nous nous fixons un instant avant d'être pris d'un fou rire.

– Je n'arrive pas à croire que tu aies inventé cette histoire abracadabrante.

– Tu n'as pas de raison d'avoir honte de la vérité, mais j'ai vu que tu étais gênée. Alors, j'ai voulu faire quelque chose. Tu te tirais les cheveux.

– Ah bon ? Je ne m'en suis même pas rendu compte.

– Tu fais ça quand tu es très nerveuse.

– J'ignorais que tu l'avais remarqué.

Son regard se pose sur mes lèvres.

– Je remarque tout ce qui te concerne.

Le feu aux joues, je change de sujet.

– Je ne savais pas que tu avais un couteau.

– Je l'ai en permanence sur moi. Tu sais, au cas où il se passe un truc quand nous sortons. Je dois pouvoir te protéger.

Mon cœur, qui bondissait un instant plus tôt, se met à battre à tout rompre pour une tout autre raison.

– Je ferais bien de rentrer.

– Il y a un supermarché, juste là. Va acheter ce qu'il faut. Demande-leur s'ils ont des toilettes.

J'entre et je dépense l'argent que je gardais pour les jeux vidéo de la salle du centre commercial pour m'acheter une boîte de serviettes hygiéniques taille maxi et une culotte de grand-mère à bas prix. J'essaierai les tampons plus tard, quand j'aurai le temps de chercher à comprendre comment ça s'utilise.

Quand je ressors, Justin enlève son sweat à capuche et me le donne.

– Tiens, enroule-le autour de ta taille.

– Merci.

– On fait quoi, maintenant ? demande-t-il.

– Je dois rentrer ! J'ai du sang plein mon pantalon.

– On ne voit rien avec mon sweat.

– Je ne me sens pas à l'aise.

– Je n'ai vraiment pas envie de rentrer, ce soir, Patch. Je sais où nous pourrions aller... où nous ne connaîtrons personne. C'est un endroit où je vais seul, parfois. Suis-moi.

Justin me guide sur les trottoirs de Providence.

Après une dizaine de minutes, nous tournons en direction d'un petit bâtiment rouge. Je lève les yeux vers l'enseigne lumineuse.

– Un cinéma ?

– Ouaip. Ils passent le genre de films dont personne n'a jamais entendu parler ou dont personne ne parlera jamais. La bonne nouvelle ? Ils ne vérifient pas l'âge.

– Ce sont des films interdits ?

– Non. Pas le genre de film avec des acteurs nus, comme ceux que mon père regarde. Plutôt des films étrangers avec des sous-titres.

Justin achète deux billets et du pop-corn à partager. La salle, pratiquement vide, sent l'humidité. C'est parfait, personne ne me verra ici.

Malgré les sièges collants, c'est exactement ce dont j'avais besoin.

Ils passent un film français avec des sous-titres, L'amour vrai. *Les images sont fascinantes, et l'intrigue est plus sérieuse que les comédies que je regarde habituellement. Mais c'est parfait. Non seulement ce qui passe à l'écran, mais aussi celui qui est assis à côté de moi. Je pose la tête sur l'épaule de Justin et remercie le ciel d'avoir un ami qui sait toujours exactement ce qu'il me faut.*

À cet instant, j'ai éprouvé un sentiment lancinant que je finirai par identifier naturellement avec le temps et qui atteindra son apogée peu avant que je prenne la fuite.

Ce n'était pas le dernier film indépendant que Justin et moi regarderions ensemble dans ce petit cinéma rouge. Il est devenu notre repaire secret pour les deux années suivantes. Les films indépendants sont devenus notre passion. Nous ne venions pas là pour être vus ou pour croiser des copains de l'école. C'était un endroit où nous pouvions tous deux échapper à la réalité sans qu'on nous juge, un lieu où nous étions ensemble et absorbés dans un monde différent.

L'après-midi suivant, de ma fenêtre, j'écoute Justin qui est assis sur le perron de Nana. Il joue une nouvelle chanson, que je n'ai jamais entendue. Elle s'inspire de « I Touch Myself » des Divinyls, mais il chante en fait : « Je me suis poignardée. »

Comment lui résister ?

CHAPITRE 4

Deux semaines plus tard, nos relations ne s'étaient pas améliorées. Au lieu de me provoquer, il m'ignorait totalement.

La maison comprenait quatre chambres. Comme j'en avais aménagé une en salle de gym, Justin avait installé son bureau dans l'autre. La journée, sa voix étouffée me parvenait à travers la porte quand il passait des appels professionnels. La société qui l'employait semblait vendre des solutions informatiques aux entreprises.

Jade et moi travaillions presque tous les soirs au Sandy, et parfois l'après-midi aussi. Un jour, nous étions en pause quand nous avons entendu le propriétaire du restaurant, Salvatore, se plaindre que le groupe qui jouait le soir les avait brusquement lâchés. Le Sandy était l'endroit le plus prisé de l'île pour les concerts. L'établissement était plus connu pour sa musique que pour sa nourriture. C'était mauvais pour les affaires.

– Je me demande si ça intéresserait Justin de jouer ici, a chuchoté Jade.

Je me sentais patraque, mais à la simple mention de son nom, j'ai été prise de nausée.

– Tu crois qu'il aimerait jouer dans ce genre d'endroit ?

– Il est habitué à de plus grosses scènes, mais on ne peut pas dire qu'il soit débordé en ce moment. Il a pris son été, mais je crois qu'il regrette. Il meurt d'envie de monter sur scène. Ça pourrait lui faire du bien de se remettre le pied à l'étrier dans une petite salle. Il n'y aura pas de pression ici. Personne ne le connaît dans le coin.

L'idée de voir Justin chanter me donnait la chair de poule. D'un côté, ce serait merveilleux. D'un autre, j'aurais du mal à supporter sa présence toute une soirée. Comme il y avait peu de chance qu'il accepte, je préférais ne pas me rendre malade avec ça, du moins tant que ce n'était pas concret.

– Je vais en toucher deux mots à Salvatore, dit Jade.

J'essayai de changer de sujet.

– Vous allez vous marier, Justin et toi ?

Pourquoi cette question ? Je m'étais demandé à quel point c'était sérieux entre eux, et c'était sorti tout seul.

Jade a hésité.

– Je ne sais pas. Je l'aime sincèrement. Je l'espère, si nous arrivons à concilier nos différences.

– Des différences ? Lesquelles ?

Elle but une gorgée d'eau, l'air pensif.

– Eh bien, Justin ne veut pas d'enfants.

– Quoi ? C'est ce qu'il t'a dit ?

– Oui. Il trouve irresponsable d'avoir des enfants à l'heure actuelle, à moins d'être sûr à cent pour cent d'être un bon parent. Il pense que ses parents n'auraient pas dû avoir d'enfant et que ce n'est pas son truc.

– Vraiment… ?

– Comprends-moi bien. Je ne veux pas devenir mère tout de suite. Pour l'instant, ma priorité, c'est ma carrière mais un jour, plus tard, j'aimerais avoir des enfants. Alors, s'il ne change pas d'avis, ça pourrait devenir un problème.

– Il changera probablement d'avis avec l'âge. Il est encore jeune.

Elle a secoué la tête.

– Je ne sais pas. Il prend ça au sérieux. Il ne veut même pas coucher avec moi sans préservatif, même si je prends la pilule et que nous sommes monogames. Il refuse de prendre le moindre risque tellement il a peur. Il est super-parano.

– Eh bien, dis-je seulement, en rejetant des images d'eux au lit.

Ça m'attristait qu'il soit fermé sur le sujet à cause de ses parents. Ils travaillaient tout le temps et ne s'occupaient jamais de lui quand nous étions gamins. Sa mère partait fréquemment en voyages d'affaires. C'est pour cela que Nana avait joué un rôle essentiel dans sa vie. Honnêtement, ma mère non plus n'aurait pas dû avoir d'enfant. Mais sa négligence ne m'empêchait pas de vouloir devenir mère, un jour ou l'autre.

Jade me dévisageait.

– Tu te sens bien ?

Le stress de retrouver Justin me rattrapait. J'étais sur les nerfs, et ça me rendait malade.

– Je ne suis pas en forme aujourd'hui. J'ai mal au ventre et à la tête.

– Rentre à la maison. Je te remplace et j'expliquerai que tu ne te sentais pas bien.

– Tu ferais ça ?

– Bien sûr ?

– À charge de revanche.

– Crois-moi, il y aura bien un jour où je devrai faire un saut à New York, et ce sera à ton tour de me remplacer.

– D'accord.

En chemin, bien que je me sois promis de l'ignorer, Justin hantait mes pensées. Le projet de Jade de l'inciter à jouer au Sandy m'angoissait. Je ne l'avais pas entendu chanter depuis plusieurs années. Je me demandais comment sonnait sa voix, maintenant qu'elle était plus grave et plus expérimentée.

La vieille Range Rover noire de Justin était garée devant la maison. Il nous croyait au travail, Jade et moi. Je devais passer par la cuisine pour monter dans ma chambre, et j'espérais ne pas le croiser sans Jade pour faire tampon entre nous.

La cuisine était déserte. J'ai pris une bouteille d'eau et un analgésique et suis montée sur la pointe des pieds pour éviter d'avertir Justin de ma présence.

L'écho de respirations accélérées, provenant de sa chambre, m'a stoppée net en haut des marches.

J'entendais le froissement des draps. Les battements de mon cœur redoublèrent. Il ne s'attendait pas être dérangé en plein après-midi.

Oh, mon Dieu.

Il est avec une fille.

Merde.

Comment peut-il faire ça à Jade ?

Je devais passer devant sa chambre pour me rendre dans la mienne. Par chance, le sol du couloir était moquetté. La main sur le cœur, j'avançais prudemment vers sa porte entrebâillée. Je fermai brièvement les yeux, me préparant à ce que risquais de découvrir en jetant un œil à l'intérieur.

Rien n'aurait pu me préparer à ce qui se passait derrière cette porte.

Il n'y avait pas de fille.

Les yeux fermés, Justin était couché sur le lit. Seul, sur le dos. Son jean ouvert, baissé sur ses cuisses. Sa main gauche tenait fermement son membre imposant tandis que, de l'autre, il pressait ses parties.

Putain de…

Ravalant l'afflux de salive qui me venait dans la bouche, j'observais le mouvement brutal de sa main. Il était tellement excité que des bruits de succion s'échappaient de sa paume trempée.

J'étais consciente de faire une grosse erreur en l'observant. En réalité, je n'avais jamais rien fait d'aussi minable. Mais je n'arrivais pas à détacher mon regard de lui. Impossible. Si ça devait m'envoyer en enfer, tant pis. Je n'avais jamais assisté à une scène aussi intense, jamais imaginé qu'on puisse se donner autant de plaisir seul.

Je voulais voir la fin.

J'avais besoin de savoir comment ça se terminait.

La bouche de Justin était entrouverte, le bout de sa langue glissant régulièrement sur sa lèvre inférieure comme s'il cherchait à goûter quelque chose, ou quelqu'un.

J'ai envie que ce soit moi.

Je tremblais, mon clitoris pulsait. Mon désir de le rejoindre était absolu. Ses gestes me captivaient. Je n'en étais plus à me demander si c'était mal de l'épier.

J'étais hypnotisée.

Il empoignait le drap d'une main tandis que l'autre massait de plus en plus rapidement son sexe. À chaque caresse, son corps se tendait davantage. Je mouillais, émerveillée que mon corps l'emporte sur la raison.

Ses râles de plaisir alimentaient ma fascination. J'avais l'intime conviction que ce spectacle me procurait la plus forte excitation de ma vie. La jouissance ne me venait pas facilement en temps normal. Pour cela, j'avais besoin de mon vibromasseur, d'un film porno et même, parfois, je ne parvenais pas à me détendre suffisamment pour jouir. En cet instant, je devais croiser les jambes pour maîtriser le besoin.

Lorsqu'il a léché sa lèvre, ma langue picotait d'imaginer sa bouche humide sur mes lèvres. Pendant que sa main pompait, j'imaginais que sa queue plongeait en moi. Je n'avais jamais autant désiré quelqu'un.

Ses cheveux blonds étaient ébouriffés, plaqués derrière sa tête, appuyée contre la tête de lit. Le cliquètement de la boucle de sa ceinture se renforça lorsqu'il souleva son bassin en cadence, son poing caressant plus fort pour suivre le mouvement. L'intensité du plaisir qu'il se donnait me désorientait.

Son souffle s'est fait plus saccadé, ses yeux ont roulé en arrière. J'ai dégluti et observé, fascinée, les filets de semence jaillir de son gland comme une fontaine. En jouissant, il a laissé échapper des grognements de plaisir, les bruits les plus excitants que j'aie jamais entendus de la bouche d'un homme.

Mon cœur tambourinait dans ma poitrine. Devant cette scène, j'avais perdu le sens des réalités. J'avais l'impression d'avoir partagé chaque mouvement, chaque sensation avec lui, sauf que je n'étais pas autorisée à jouir. À croire que j'avais perdu la raison durant ces quelques minutes. C'était la seule explication possible au fait que mon corps me trahisse, libérant un soupir involontaire… *un gémissement* ? Quel qu'ait été ce bruit, Justin a sursauté. Il a tourné la tête vers moi. Nos regards se sont croisés brièvement, puis j'ai dévalé l'escalier.

Humiliée.

Mortifiée.

Le cœur dans la gorge, j'ai franchi la porte et me suis dirigée vers la plage. J'ai couru sans but. Un kilomètre et demi plus loin, j'ai dû m'arrêter pour reprendre mon souffle, malgré l'envie de continuer à m'éloigner. Justin m'avait tellement absorbée que j'avais oublié mon mal de ventre. De nouveau prise de nausée, j'ai trébuché vers le bord de l'eau et j'ai vomi dans l'océan.

Je me suis écroulée dans le sable et suis restée assise pendant plus d'une heure. Le soleil entamait sa descente, et la marée montait. Tout semblait se refermer sur moi. J'allais devoir rentrer à la maison.

Et s'il racontait à Jade que je l'avais espionné ?

Oh mon Dieu !

Il allait me crucifier.

Quelle excuse allais-je inventer pour justifier ma présence derrière sa porte, mon regard rivé sur lui pendant qu'il se masturbait ?

Je décidai de rentrer à la maison avant le retour de Jade. J'espérais le convaincre de ne rien dire.

Mon cœur a cessé de battre lorsque j'ai trouvé Justin dans la cuisine. Debout, il avait une bouteille de jus d'orange à la main. Sans bruit, je suis resté derrière lui et l'ai regardé ranger la bouteille.

En se retournant, Justin m'a vue. Ses cheveux mouillés tiraient sur le châtain foncé. Il avait dû se doucher pour se laver de notre désagréable rencontre. Douloureusement beau dans son tee-shirt marron usé qui lui allait comme un gant, il s'est contenté de me toiser.

J'ai pris mon courage à deux mains pour me préparer à essuyer ses réflexions humiliantes. Il me fixait d'un regard sans expression, sans dire un mot. Il a marché lentement vers moi, tous les muscles de son corps contractés. J'allais passer un mauvais quart d'heure.

À quelques centimètres de moi, il sentait divinement bon, un mélange de savon et d'eau de toilette. J'ai perçu la chaleur de son corps, et mes jambes sont devenues toutes molles. Il me fixait dans les yeux, pas nécessairement avec colère, mais pas non plus avec joie ou amusement.

Après un long silence, il a pris une profonde inspiration.

– Tu pues le vomi.

Alors que je m'apprêtais à répondre, il a tourné sur ses talons et est remonté à l'étage.

C'était tout ?

Je sentais le vomi ?

Il allait s'en tenir là ? Ou se réservait-il pour le retour de Jade ? J'allais devoir endurer une longue attente pour le savoir.

Les affaires allaient mal au Sandy depuis que les Ruckus, leur tête d'affiche, n'y jouaient plus. Salvatore avait réussi à les remplacer tous les soirs par des talents locaux médiocres, mais les clients remarquaient la différence. La salle se vidait plus tôt qu'avant, et plus généralement, nous avions moins de clients.

Je savais que Jade avait suggéré à Justin de jouer quelques soirs, mais aux dernières nouvelles, ça ne l'intéressait pas. Aussi ai-je été plutôt surprise lorsqu'il est arrivé au Sandy en début de soirée, un vendredi, sa guitare à l'épaule.

Sur le moment, je n'ai pas réalisé que c'était lui. Des papillons dans le ventre, j'ai remarqué sa présence dans l'entrée, et son air de se demander quoi faire. Comme il faisait frais pour la saison, il portait un sweat-shirt à capuche bleu marine et un bonnet. Il était sexy avec ça sur la tête. Ça faisait ressortir ses yeux. En réalité, il était attirant quelle que soit sa tenue mais, là, il était particulièrement séduisant avec sa barbe naissante.

Vu comme il me traitait, mon attirance ne cessait de m'étonner. C'était probablement plus simple de me concentrer sur son physique. Son apparence, différente de mes souvenirs, m'aidait à oublier ce qu'il y avait à l'intérieur. En vérité, mon désir avait beau être vif, ce n'était rien comparé à la nostalgie que m'inspirait la perte de mon vieil ami. Il était toujours là, caché sous sa sévère beauté, et c'était frustrant.

À ma connaissance, Jade ignorait que je l'avais surpris en train de se masturber. Je ne savais pas pourquoi il ne s'en servait pas pour me rabaisser, mais je m'en réjouissais.

Jade avait été appelée pour une audition dans la matinée. J'avais supposé qu'il l'accompagnerait à New York.

Je me suis arrêtée d'essuyer les tables pour l'accueillir.

– Que fais-tu ici ?

Il a soulevé sa guitare.

– À ton avis ?

– Je croyais que tu étais parti à New York avec Jade.

– Elle ne sera pas absente longtemps. Et je me suis engagé à faire ce… *concert*, dit-il avec mépris.

– Je croyais que tu ne voulais pas jouer ici. Je t'ai entendu dire à Jade que tu préférerais jouer en prison que dans une minable cabane sur la plage.

– Oui, bah, elle a montré des vidéos de moi au patron, et il m'a fait une offre que je n'ai pas pu refuser.

– Tu as été engagé pour combien de temps ?

– Je ne sais pas. Quelques semaines. Jusqu'à ce que je rentre.

– Tu ne restes pas tout l'été ?

– Non, ce n'est pas ce que nous avons prévu.

J'étais déçue. Au lieu de me rassurer, cette nouvelle me faisait l'effet inverse.

– Bon, très bien… tu veux que je te montre les lieux ?

– Ça va, dit-il avant de s'enfoncer dans la salle du restaurant.

Justin a disparu pendant une bonne heure. Le concert devait débuter à huit heures, il lui restait vingt minutes avant de monter en scène.

Ma curiosité piquée au vif, je suis partie à sa recherche. La porte d'une des pièces du fond était entrouverte, et j'ai vu qu'il buvait une bière à la bouteille, l'air stressé. Je me suis demandé s'il avait toujours le trac avant un concert. Il avait beau affirmer que jouer ici n'avait rien de sérieux, il allait tout de même devoir s'exhiber.

Il a jeté un regard sur le côté et m'a remarquée. Nous nous sommes fixés. C'était ironique, mais je ne retrouvais un peu de notre connexion passée que dans ces courts échanges silencieux. Parfois, le silence en dit plus long que toutes les paroles.

Je suis repartie pour m'occuper des clients que j'avais délaissés.

La salle s'est remplie rapidement. Sans Jade, nous manquions de personnel et j'avais du mal à honorer toutes les commandes. En plus de la salle, il y avait des tables en terrasse. En temps normal, je ne me serais occupée que d'une section, mais ce soir, je jonglais entre les deux.

Comme il faisait bon, ils allaient installer Justin à l'extérieur. Je lançais des regards incessants vers la petite scène pour surveiller son arrivée. Il était huit heures passé, et il n'était pas encore apparu.

Vers huit heures trente, je servais une tablée de dix personnes quand je l'ai entendu : l'écho saisissant d'une voix chargée d'émotion qui ne m'était pas du tout familière. Il ne s'est pas présenté. N'a pas demandé l'attention des clients. Il a chanté directement les premières paroles, rapidement suivies de quelques accords de guitare. Il avait choisi de débuter par une reprise d'« Ain't No Sunshine » de Bill Withers.

Le silence s'est rapidement fait dans la salle et tous les yeux se sont tournés vers le beau mâle blond éclairé par un projecteur. Mon grand plateau d'assiettes sales dans les mains, je ne pouvais plus bouger. Les tonalités de sa voix grave et brumeuse me paralysaient, me pénétrant corps et âme.

Hormis la larme solitaire qui avait coulé lors du dîner quand il s'était emporté, je n'avais plus pleuré, jusqu'à cet instant. C'était bouleversant. Entendre comme sa voix avait changé, la maîtrise qu'il avait acquise avec le temps, me rappelait tout ce que j'avais raté. Toutes les heures de pratique qui avaient modelé cette belle voix, pendant lesquelles j'avais été absente. La culpabilité, les émotions, la réalité d'une décennie envolée… tout m'est tombé dessus d'un seul coup. Sans parler de la chanson, qui évoquait le départ d'une fille. Elle n'avait probablement rien à voir avec moi, mais j'avais l'impression que ce n'était pas anodin.

Pour donner un concert acoustique en solo, il faut un certain talent. Le chanteur, à lui seul, attire toute l'attention. Rien ne pouvait détourner le public d'une fausse note ou d'une voix mal placée. La performance de Justin était parfaite. Mon cœur se gonflait de fierté. Que ça lui plaise ou non, j'étais diablement fière de lui.

En même temps, je me sentais émoustillée, comme une adolescente au concert d'un boy's band. L'adrénaline aiguisait ma nervosité. J'avais envie de crier : « C'est Justin ! Je le connais depuis toujours. » Mais une autre partie de moi était tentée de courir l'enlacer sur scène.

La danse fluide de ses doigts sur les cordes était presque aussi fascinante que sa voix. Des femmes se sont levées de leur table pour déposer de l'argent à ses pieds.

Mon Dieu.

Croyaient-elles qu'il se déshabillerait pour quelques billets ? Je n'avais jamais vu personne jeter de l'argent de cette façon. Assurément, elles ne lançaient pas d'argent aux Ruckus. C'était probablement l'effet que Justin faisait aux femmes.

Quand il a entamé le troisième morceau, j'ai eu besoin de prendre l'air. Je me suis enfermée aux toilettes, j'ai passé de l'eau fraîche sur mon visage et je suis retournée dans la salle au moment où il prononçait quelques mots dans le micro de sa voix grave et sensuelle.

– Je suis Justin Banks de New York. Je vais chanter ici pour les semaines qui viennent. Merci d'être ici ce soir.

Les spectateurs ont applaudi et sifflé. J'étais tellement concentrée sur lui que je négligeais mes tables. Quelques clients me faisaient des signes, impatients d'être servis. J'ai pris les commandes et me suis dirigée vers le bar.

Justin a bu une gorgée de bière et repris le micro.

– La chanson suivante est un morceau de ma composition. J'espère qu'il vous plaira. (Il a joué un accord et a ajouté.) Cette chanson s'appelle « Elle aime regarder ».

Je me suis figée, absorbant lentement le titre.

– Je dédie cette chanson à tous les petits voyeurs. Vous vous reconnaîtrez.

Les représailles auxquelles j'avais cru échapper n'avaient été que reportées, et elles allaient me retomber glorieusement sur le coin du nez. Je me bornais à éviter de tourner la tête vers la scène.

Quand le barman a posé les verres devant moi, je me suis forcée à aller jusqu'aux clients avant le début de la chanson.

Elle fait semblant d'être une fille sage,
Gentille, calme et raffinée,
Mais papa disait toujours,
Ce sont les pires de toutes.
L'autre soir, j'ai découvert
Qu'il avait bien raison.

Elle aime regarder
Mmm... elle aime regarder.
Tu te crois seul, pénard,
Mais tu l'entends gémir,
Elle aime regarder.
Mmm, elle aime regarder.

Elle te surprend nu comme un ver,
Quand tu crois ta porte fermée.
C'est une princesse voyeuse,
La curiosité la détruira.
Un psy pourrait p'têtre t'aider,
Tout n'est pas fichu pour toi, Amelia.
Elle aime regarder.
Mmm, elle aime regarder.

Et ma petite coquine,
Reste cachée jusqu'à la fin.
Elle aime regarder.
Mmm, elle aime regarder.

À la fin de la chanson, la foule s'est déchaînée. Les spectateurs semblaient apprécier l'idée cachée derrière la chanson. Avait-il vraiment osé inclure mon nom dans les paroles ? J'étais morte de honte, mais je devais admettre que j'étais également… soulagée. Qu'il ait écrit cette chanson me rappelait les liens qui nous unissaient avant.

J'ai fini par trouver le courage de lever les yeux vers lui. Avec un sourire malicieux, il a commencé la chanson suivante. À mon expression, il voyait certainement qu'il avait réussi à m'embarrasser.

Bien joué.

De retour à la maison, ce soir-là, Justin est allé s'enfermer dans sa chambre sans m'adresser la parole. Ça me faisait bizarre de nous savoir seuls. Mais ça n'a pas duré.

Le lendemain matin, à onze heures, j'étais toujours au lit quand quelqu'un est entré dans la maison. J'ai entendu les voix étouffées de Jade et de Justin quand elle l'a rejoint dans la chambre. Elle avait dû quitter New York de bonne heure pour arriver tôt.

Même si j'appréciais Jade, son retour me dérangeait. Une pointe de jalousie incontrôlable me tenaillait. Quand le lit s'est mis à grincer, j'ai eu la nausée.

Elle était là depuis à peine trois minutes qu'elle lui avait déjà sauté dessus. Je ne pouvais pas le lui reprocher, mais je n'avais aucune envie de supporter leurs bruits. J'ai mis la tête sous l'oreiller, les yeux fermés, rassurée à l'idée que dans quelques semaines, ils ne seraient plus là.

Trois semaines.

Vers midi, j'ai enfilé une robe bain de soleil en éponge et suis descendue les rejoindre. Dans la cuisine, le soleil était aveuglant.

– Du café ? m'a proposé Justin avec un sourire narquois.

J'ai répondu d'un sourire forcé.

– Tu sais quoi ? Oui, je veux bien.

Déterminée à continuer à faire semblant d'apprécier son café, je refusais de me débiner. Tristement, mon organisme s'habituait à la forte dose de caféine. Le seul matin où je n'en avais pas bu, le café classique ne m'avait pas suffi. Je devenais accro à la mixture corsée de Justin, et ça m'ennuyait.

– Alors, comment était le concert, hier soir ? Mon bébé a mis l'ambiance ?

– C'était incroyable. Tout le monde a adoré.

Justin a croisé mon regard. Je tenais à lui faire savoir que j'étais sincère.

– Ça s'est bien passé. Ça va m'occuper le temps des vacances.

– Quelles chansons as-tu jouées ?

– J'ai essayé un nouveau morceau.

J'ai dégluti.

– Celle que tu m'as fait écouter l'autre soir ? a demandé Jade.

– Non, une autre.

J'ai compris brusquement que Justin avait pu chanter « She Likes To Watch » hier soir, parce que Jade n'était pas là. J'étais ahurie qu'il garde le secret alors qu'il avait l'occasion de me ridiculiser.

Il m'a souri.

– Je te ressers, Amelia ?

J'ai souri plus largement.

– Si ça ne t'ennuie pas. Je commence à y prendre goût, bizarrement.

– Je sais que tu aimes les surprises.

J'ai levé les yeux au ciel. Par chance, Jade ne pouvait pas deviner à quoi il faisait allusion. Son café était devenu une blague récurrente. Il croyait que je buvais sa mixture pour le contrarier. Que je me moquais de lui. Il n'avait pas compris que je ne pouvais plus m'en passer et que j'en voulais réellement. De toute façon, ce jeu du café était notre seul échange plus ou moins courtois. Alors, je prenais ce que je pouvais.

Jade a passé les mains dans la tignasse ébouriffée de Justin.

– J'ai remarqué qu'Olivia avait commenté ton post sur Instagram hier soir.

Mécontent, il a écarté sa main.

– Jade, pas ça.

– Qui est Olivia ? je n'ai pas pu m'empêcher de demander.

– L'ex de Justin. Elle travaille dans le milieu de la musique, et c'est très embêtant. Elle commente tout ce qu'il publie, même si elle sait qu'il est avec moi. Quel manque de respect !

– Je ne peux pas l'empêcher d'écrire des commentaires, a-t-il bougonné.

J'étais certaine que ses ex étaient nombreuses.

Olivia…

Quoi ? Sérieusement ? Voilà que j'étais jalouse d'une autre maintenant, alors que je n'avais aucun droit sur lui. C'était pitoyable. Ma jalousie vis-à-vis de lui ne datait pas d'aujourd'hui.

Mon incapacité à gérer ces sentiments avait fortement influencé ma fuite et, au final, le changement du cours de nos vies.

Dix ans plus tôt

– J'aime pas leurs jeux.

– Nous ne sommes pas obligés de rester, Patch, murmure-t-il à mon oreille.

Son souffle chaud me fait frissonner.

– Ça va, dis-je.

– Tu es sûre ?

– Ouais.

Un groupe de gamins du collège s'étaient réunis au sous-sol, chez Brian Bosley. De temps en temps, Brian proposait de jouer à Action ou

Bouteille, un mélange d'Action ou Vérité et du jeu de la bouteille. Brian sélectionnait les « victimes », comme il les appelait. Il posait une question, et si la personne refusait de répondre, il tournait lui-même la bouteille de bière. La victime devait alors embrasser la personne désignée par la bouteille. Le baiser devait durer une minute entière. C'était la règle.

C'était amusant à regarder tant que nous n'étions pas impliqués dans le jeu. Quand Brian nous invitait chez lui, nous acceptions tacitement ses jeux. Les deux fois où nous étions venus, Justin et moi avions échappé à ses « convocations ».

– Banks.

Mon cœur se serre.

– Ouais ?

– À toi de jouer.

– Merde, marmonne Justin.

Il me lance un regard inquiet avant que Brian pose sa question.

– Question : as-tu oui ou non secrètement envie de te faire Amelia ?

Le visage de mon meilleur ami s'empourpre. Probablement pour la première fois depuis que je le connais. Mon cœur s'emballe. Comment Brian a pu demander ça ? Je redoute sa réponse, quelle qu'elle soit.

Il secoue la tête.

– Je passe.

Brian paraît surpris par sa réaction.

– Tu passes ? Tu es sûr ?

– Je passe.

– Bon, d'accord.

Sans perdre de temps, Brian fait tourner la bouteille. Elle tourbillonne, raclant le sol stratifié avant de s'immobiliser.

– Oh, non ! Ta victime qui manque un peu de chance sur ce coup-là est... Sophie !

Justin me regarde. Visiblement, il est inquiet, mais il sait qu'il ne peut pas y échapper.

– Une minute, lui rappelle Brian.

Sophie, qui est assise par terre, glisse vers lui. Dévastée, j'observe Justin poser les lèvres sur les siennes. Elle ouvre grand la bouche et le tient fermement par la nuque, le tirant contre elle au point de lui manger le visage. Je sais depuis un moment qu'il lui plaît.

À chaque seconde qui passe, mon cœur s'émiette. La minute la plus longue de ma vie. C'est la première fois que le monstre de la jalousie a clairement pointé le bout de son nez. C'est également le jour où j'ai pris conscience de la profondeur de mes sentiments.

Au bout d'une minute, Justin s'essuie la bouche du plat de la main et revient à côté de moi. J'évite son regard. Je sais que je n'ai pas de raison de lui en vouloir, mais c'est plus fort que moi.

– Ça va ? demande-t-il.

– On s'en va, je marmonne en fixant mes pieds.

Il me suit.

– Patch... ce n'est qu'un jeu.

– Pas envie d'en parler.

Nous marchons vers chez nous dans un silence inconfortable. Je m'arrête soudain, au milieu du trottoir, et me tourne vers lui.

– Pourquoi tu n'as pas tout simplement répondu à cette question ?

Il me regarde pendant une petite éternité.

– Je ne savais pas quoi dire, finit-il par admettre.

– Comment ça ?

– Si j'avais dit non, je t'aurais fait de la peine. Si j'avais dit oui... les choses auraient été bizarres entre nous. Et je ne veux pas ça. Jamais.

– C'était ton premier baiser ? Avec elle ?

Il hésite, les yeux levés vers le ciel noir.

– Non, murmure-t-il.

Je secoue la tête et reprends mon chemin sans l'attendre. C'est devenu un étranger.

– Patch, arrête. Ne fais pas ça.

Les larmes baignent mes joues. Je pleure, sans comprendre exactement pourquoi.

Ce jour-là, j'ai compris que j'étais amoureuse de lui. J'aimais Justin. Plus qu'un ami, plus que tout. Je m'en voulais terriblement.

Ma plus grosse peur était de le perdre. Et ça finirait par arriver.

Peut-être que c'était déjà fait.

CHAPITRE 5

Une semaine plus tard, Justin était devenu une vedette locale à Newport. La fréquentation du Sandy avait doublé depuis qu'il y jouait tous les soirs. Bien sûr, les nouveaux clients étaient principalement des jeunes femmes ayant entendu parler du séduisant chanteur guitariste.

Un jour, en fin d'après-midi, nous partions travailler quand le téléphone de Jade a sonné.

– Zut. Attends-moi, c'est mon agent.

Je l'ai attendue devant la porte de la maison pendant qu'elle répondait.

Ses mains se sont mises à trembler au bout de quelques secondes.

– Sans rire ! C'est vrai ?

Elle a sauté sur place et s'est plaqué la main sur la bouche.

– Oh mon Dieu ! Oui, évidemment, je peux !

Elle a laissé échapper un petit cri d'excitation.

– Merci, Andy. Merci de m'avoir appelée. Et maintenant, que dois-je faire ? D'accord, compris. Je te rappelle ce soir, a-t-elle dit avant de raccrocher.

– Que se passe-t-il ?

Jade a hurlé de joie et m'a prise dans ses bras, son corps fin pressé contre ma poitrine généreuse.

– Je suis prise en tant que doublure d'un assez grand rôle dans *Les phénoménales*… À Broadway. C'est une des deux auditions que j'ai passées la semaine dernière. Ce n'était pas gagné. Au début, mon agent ne voulait même pas m'y envoyer.

Justin est descendu au moment où elle se remettait à crier.

– Qu'est-ce qui se passe, ici ?

Elle s'est jetée à son cou.

– Bébé ! J'ai été choisie pour doubler Veronica dans *Les phénoménales* !

– C'est vrai ? Putain, c'est génial !

Il l'a soulevée et l'a fait tournoyer.

Je me sentais de trop, la cinquième roue du carrosse.

– Félicitations, Jade. Je suis très heureuse pour toi.

Justin l'a reposée sur ses pieds.

– Tu commences quand ?

– Je dois être à New York dans deux jours.

Il a eu l'air déçu.

– Ah, merde. Bon… euh… je regrette de m'être engagé à jouer au Sandy. Je serais rentré avec toi sinon.

– Ça ne fait rien. Tu ne t'es engagé que pour deux semaines, non ? Ça va passer vite.

– Oui.

Jade sourit.

– Sois gentil avec Amelia.

Dès que Jade est partie, Justin s'est mis à passer ses journées dans sa chambre et à m'ignorer au restaurant.

Il n'a plus rejoué « She Likes to Watch ».

Hormis le matin, quand je prenais volontairement le café avec lui, nous ne partagions rien. Le départ de Jade creusait le fossé qui nous séparait. Ça a continué dans le même esprit pendant plusieurs jours, jusqu'à l'après-midi où tout a changé.

Je venais de rentrer du Sandy quand un bruit violent a retenti à l'étage. Sans réfléchir, j'ai grimpé les marches et j'ai trouvé Justin penché au-dessus de la cuvette des toilettes.

– Mon Dieu, tu vomis ?

– Non, je lèche les toilettes. À ton avis ?

– Tu as mangé quelque chose de spécial ?

Il a secoué la tête avant qu'un volcan jaillisse de sa gorge. Détournant le regard, j'ai fermé les yeux, le temps que ça passe.

– Tu veux que j'aille chercher…

– Laisse-moi, Amelia.

Il a tiré la chasse.

Quand quelqu'un est malade et impuissant, on voit l'enfant en lui. Sous ses grands airs, il semblait désemparé.

– Tu es sûr que tu ne veux pas…

– Fous le camp !

Je me suis mise à trembler. Pendant qu'il se remettait à vomir, je suis redescendue.

Quelques minutes plus tard, je l'ai entendu retourner dans sa chambre. Je suis restée une heure en bas, dans la maison inhabituellement silencieuse. En temps normal, il s'agitait dans sa chambre, aussi j'ai imaginé qu'il devait dormir ou au moins se reposer. Angoissée comme j'étais, je commençais à imaginer que, déshydraté, il s'était peut-être évanoui. Il n'était même pas descendu chercher un verre d'eau. Après tout ce qu'il avait rendu, c'était dangereux.

J'ai pris sur moi et je suis remontée. J'ai frappé discrètement à sa porte et suis entrée sans attendre qu'il réponde.

– Justin ?

Il était couché sur le côté, la tête sur l'oreiller, les yeux grands ouverts. Il a posé sur moi un regard sans expression, mais ses yeux étaient vitreux.

– Est-ce que ça va ?

– Non.

Sans demander sa permission, je me suis approchée et j'ai touché son front.

– Tu es brûlant. Tu devrais prendre ta température.

Je suis allée dans la salle de bains chercher le thermomètre dans l'armoire à pharmacie avant de retourner auprès de Justin.

– Mets ça dans ta bouche.

Il a gloussé.

– C'est ma phrase, d'habitude.

J'ai levé les yeux au ciel.

– Fais ce que je te dis.

Toutefois, j'étais rassurée de le voir blaguer d'autant qu'il n'avait pas rechigné à prendre sa température. Le thermomètre a sonné.

– Tu as plus de 39 °C. Tu dois jouer ce soir ?
– Mmm…
– Je vais appeler Salvatore, pour lui dire que tu ne peux pas venir.
– Non, ça ira peut-être mieux dans une heure.
– Tu ne peux pas chanter dans cet état.
– Je lui téléphonerai dans une heure.
Son téléphone a vibré, il a vérifié l'écran et l'a reposé sur la table de nuit.
– C'était Jade ?
– Ouais.
– Elle sait que tu es malade ?
– Oui.
– Elle répète ce soir ?
– Non.
– Elle va venir ?
– Non. Pourquoi ferait-elle tout ce chemin pour une poussée de fièvre ?
Je n'avais pas de réponse. Je savais seulement que si mon petit ami était aussi malade, j'aimerais être avec lui. Il avait peut-être minimisé son état.
– Tu as besoin de quelque chose ?
– Non. D'être seul. Voilà ce que tu peux faire pour moi.
– Je vais te chercher à boire. Peu importe ce que tu dis, tu risques de te déshydrater.
– Donne-moi plutôt un remontant si tu dois continuer à faire l'infirmière.
J'ai pris une bouteille d'eau et une petite serviette. Je lui ai donné la bouteille et deux aspirines.
– Tiens, avale ça.

Justin a avalé les cachets et bu une gorgée avant de remarquer la serviette.

– Que vas-tu faire avec ce truc ?

– Je l'ai mouillée, dis-je en la posant sur son front. Ça fera baisser la fièvre.

Il a repoussé ma main.

– Je suis assez grand pour m'occuper de moi, Amelia.

– Je vais appeler Salvatore. Dors, dis-je en ignorant sa réflexion.

Justin vomit une fois de plus avant de s'endormir. J'avais laissé d'autres bouteilles d'eau près de son lit mais, inquiète qu'il ne boive pas, je suis passée le voir avant d'aller me coucher.

Il était réveillé et, assis dans son lit, il était très pâle.

– Comment te sens-tu ?

– Horrible.

– Tu devrais reprendre ta température.

– Oh mon Dieu. Tu as dépassé 40°. C'est dangereux, Justin. Je vais te conduire aux urgences.

– Je n'irai pas à l'hôpital.

– Ne discute pas.

J'ai cherché sur le net des informations sur la fièvre de l'adulte.

– Dépasser 40° peut être mortel. Tu risques des lésions cérébrales.

– C'est un peu exagéré. Tu ne crois pas ?

– Peu importe, tu dois voir un médecin.

– Je ne bougerai pas d'ici.

– Alors, je passe la nuit dans ta chambre si tu ne changes pas d'avis.

– Les urgences me foutent la trouille.

– Tu préfères mourir ?

– Mmm. J'ai du mal à choisir entre ça et être coincé avec toi.

– C'est très gentil.

– Pourquoi tu te mêles de ça, Amelia ?

– Ce que tu penses de moi m'est égal, d'accord ? Je m'inquiète pour toi. Je tiens à toi depuis toujours, et ce sera toujours comme ça. Je ne veux pas qu'il t'arrive quelque chose.

Il a fermé les yeux et poussé un long soupir.

– Très bien. Je vais y aller.

– Merci.

Justin frissonnait pendant le trajet jusqu'à l'hôpital de Newport. Avant de partir, j'avais envoyé un SMS à Jade, lui promettant de donner des nouvelles pendant la nuit.

À notre arrivée, par chance, il y avait peu de monde dans la salle d'attente des urgences. Ils ont rapidement emmené Justin derrière un box fermé par des rideaux. Personne n'a protesté quand j'ai suivi le mouvement, même pas lui.

Ils lui ont posé une perfusion. Dans l'heure suivante, ils lui ont fait passer une batterie d'examens sanguins.

Un médecin qui venait de prendre son service est entré dans le box.

– Comment vous sentez-vous, Monsieur Banks ?

– Merdique. (Justin a plissé les yeux pour lire le badge du médecin.) Vous vous appelez vraiment Dr Danger ?

Celui-ci a levé les yeux au ciel.

– Ça se prononce Dan-guer.

– Savez-vous ce qu'il a, Docteur ?

Il m'a serré la main.

– Appelez-moi Will.

– Amelia.

Il a souri d'une manière aguicheuse.

– Eh bien, je pense qu'il se passe plusieurs choses. Une infection bactérienne non identifiée a provoqué une forte température, les vomissements, à quoi s'ajoute la déshydratation. Nous avons éliminé les problèmes les plus graves. (Il a regardé Justin.) Vous avez beaucoup de chance que votre petite amie vous ait amené ici. Une fièvre aussi forte peut être dangereuse chez l'adulte.

Justin m'a regardée avant de s'adresser au Dr Danger.

– Combien de temps je vais être malade ?

– Probablement plusieurs jours, mais nous aimerions vous garder en observation cette nuit, à cause de votre température. Également pour vous réhydrater et vous injecter des vitamines.

– Je dois dormir ici ?

– Oui. Nous vous installerons dans une chambre plus confortable.

Justin a froncé les sourcils.

– J'ai le droit de refuser ?

– Je crains que non. Mais votre petite amie va vous tenir compagnie.

– Oh, je ne suis pas sa petite amie. Sa copine est à New York.

– Vous êtes sa sœur ?

– Non. Nous sommes…

J'ai hésité. *Que sommes-nous ?*

– Nous étions amis il y a longtemps. Maintenant nous partageons une maison dont nous avons tous deux hérité.

Le Dr Danger a eu l'air totalement confus.

– Alors, vous ne sortez pas ensemble.

– Non, s'est empressé de répondre Justin.

– Non, j'ai confirmé.

– Vous habitez dans le coin, Amelia ?

– Oui. À dix minutes de route.

– Je viens d'emménager. Je suis de Pennsylvanie. Vous accepteriez de me faire visiter l'île, à l'occasion ?

J'étais prise au dépourvu. Le Dr Danger – Will – était assez séduisant, dans un genre plus âgé et propre sur lui. Brun, avec ses grands yeux marron, il était assez beau. Mais physiquement, il ne suscitait pas les mêmes réactions que Justin. Mais peut-être que ça me ferait du bien d'accepter sa proposition.

– Avec plaisir.

– Super. (Il a cherché son téléphone dans la poche de sa veste.) Vous me donnez votre numéro ? Je vais l'enregistrer directement.

Pendant que je dictais mon numéro, Justin semblait fâché.

– L'infirmière va passer le voir. Je vous appelle.

Il est sorti en me faisant un clin d'œil.

– D'accord, j'ai dit en souriant avec un petit geste de la main.

Après son départ, Justin m'a regardée en pouffant.

– Quel gros nul…

– Pourquoi ? Je ne peux intéresser que les gros nuls, c'est ça ?

– Quel genre de docteur drague l'amie d'un patient pendant son service ?

– Tiens, nous sommes amis maintenant ?

Il a ignoré ma question.

– Sérieux, c'est ringard. Il est mielleux, ce type.

– Et alors ? Il a du charme. Je préfère ça à la méchanceté.

– Si tu le dis.

Une infirmière est arrivée pour nous prévenir que sa chambre était prête. Elle nous a emmenés vers l'ascenseur, puis au second étage. Toujours sous perfusion, il a fini par s'endormir. Et moi aussi, allongée sur le lit de camp à côté de lui.

Peu avant l'aube, je me suis réveillée avant lui. Même malade, il restait beau avec ses cheveux plaqués et sa barbe naissante. Sans prévenir, Justin a ouvert les yeux. Il a eu l'air étonné de me découvrir couchée sur le lit de fortune.

– Je pensais que tu étais rentrée à la maison.

– Non. Je ne pouvais pas te laisser seul.

– Tu n'étais pas obligée de rester.

– Ça ne m'a pas dérangée. J'aurais été trop inquiète si je n'étais pas restée.

Il ne dit rien, mais son expression était plus douce.

L'infirmière est entrée pour vérifier ses constantes et sa température.

– Vous avez encore beaucoup de fièvre… un peu plus de 39°. Mais au moins, le traitement fait de l'effet et il y a une amélioration. Je vais voir avec le médecin si vous pouvez sortir.

– Ouf, a marmonné Justin.

Dès que nous sommes rentrés, Justin s'est remis au lit. Il ne vomissait plus, mais sa fièvre persistait. Jade m'envoyait des messages et je la tenais informée de son état de santé.

L'infirmière lui avait recommandé de manger un peu et de boire beaucoup. Je lui ai préparé un bouillon de poule que je lui ai apporté dans sa chambre. Il dormait et comme je ne voulais pas le déranger, je suis ressortie. Il a dû entendre la tasse glisser sur la soucoupe.

– Que fais-tu ? a-t-il demandé.

– Je t'ai préparé du bouillon. L'infirmière a dit que tu devais te nourrir.

Je lui ai tendu la tasse pendant qu'il s'adossait contre la tête de lit. Alors qu'il commençait à manger, j'allais sortir quand sa main s'est refermée autour de mon bras.

– Tu n'es pas obligée de t'en aller.

– Je reviendrai chercher la tasse.

Au moment de franchir la porte, il m'a interpellée.

– Patch.

Je suis restée figée, stupéfaite qu'il m'appelle par mon ancien surnom. J'avais cru ne plus jamais l'entendre.

– Retourne-toi, a-t-il dit.

Je me suis exécutée.

Son visage exprimait une sincérité disparue depuis longtemps. Il a posé la tasse dans la soucoupe.

– Merci… pour tout. Merci de prendre soin de moi.

Prise de court, bouleversée, j'ai hoché la tête et suis sortie. J'ai pensé à ces mots jusqu'à la fin de la soirée.

Deux jours plus tard, sa fièvre était tombée, mais il ne se sentait pas suffisamment d'attaque pour donner un concert. Je regardais la télévision au rez-de-chaussée quand il est venu s'asseoir sur le canapé à côté de moi. Il a posé les pieds sur l'ottomane et a croisé les bras. C'était la première fois qu'il venait spontanément passer un moment avec moi au salon.

Il sortait de la douche et sentait l'après-rasage. La proximité de nos jambes a fait réagir mon corps.

J'aimerais tant qu'il soit à moi.

D'où sortait cette idée ?

– C'est quoi, cette connerie que tu regardes ?

– Un reality show. Je peux changer si tu veux.

– Non. Tu étais installée là avant moi.

– Je suis contente que tu ailles mieux.

– Moi aussi.

Je lui ai donné la télécommande.

– Vas-y, change.

Il me l'a rendue.

– Non, je te dois bien ça. Tu as supporté mes lamentations quand j'étais malade. Le moins que je puisse faire, c'est d'écouter ces garces pleurnicher.

– Eh bien, si tu veux vraiment me remercier de t'avoir aidé à te remettre sur pied, il y a quelque chose que tu pourrais faire.

Intrigué, il a levé un sourcil.

– Quoi ?

– Me parler.

– Parler ?

– Oui.

Il a soupiré.

– Je n'ai pas très envie de rouvrir un vieux dossier miné. Nous savons tous les deux ce qui s'est passé. Ça ne changera rien.

Presque suppliante, je l'ai regardé dans les yeux.

– S'il te plaît.

Il s'est levé d'un bond.

– Où vas-tu ?

Il se dirigeait vers la cuisine.

– J'ai besoin d'un verre pour parler.

– Tu peux m'en préparer un aussi ?

Mon cœur s'est emballé en attendant son retour. Le moment était venu ? Allait-il s'ouvrir ou juste m'écouter déblatérer ?

Il est revenu avec une bière pour lui et un verre de vin blanc pour moi. Ça m'étonnait qu'il devine de quoi j'avais envie. C'était la preuve qu'il m'observait lorsqu'il faisait semblant de m'ignorer.

Il a bu une longue gorgée et a posé sa bouteille sur la table basse.

– Nous devons fixer des règles.

– Très bien.

– Règle numéro un. Si je dis que tout est dit, nous passons à autre chose.

– D'accord.

– Règle numéro deux… Après ce soir, nous ne reparlerons plus de cette vieille histoire. C'est tout. Juste ce soir.

– D'accord. Je vais faire avec.

Il a repris sa bouteille et en a bu la moitié avant de la poser bruyamment sur la table.

– Bon, je t'écoute.

Par où commencer ?

Je devais seulement tout déballer.

– La façon dont je suis partie n'est pas excusable. J'étais jeune, idiote et terrifiée. Ma plus grosse crainte a toujours été de te faire du mal, parce qu'à part Nana, je n'avais que toi sur qui compter. Quand j'ai découvert que tu savais ce qui se tramait derrière mon dos… je l'ai vécu comme une trahison. Sur le moment, je n'ai pas compris que tu essayais seulement de me protéger.

Neuf ans plus tôt

Comme toujours, ma mère est sortie et j'ai filé en douce pour aller au petit cinéma rouge avec

Justin. Cette semaine, ils jouent un film italien, Si vive una volta sola, *que j'ai envie de voir.*

Justin m'attend à sa place habituelle, à l'angle.

– Nous devons nous dépêcher ou nous allons rater la séance de neuf heures, dit-il.

– Nous avons le temps, détends-toi.

Nous marchons vers l'arrêt de bus quand je me rends compte que je n'ai pas ma carte de transport sur moi. Elle est restée dans mon gilet à capuche, que j'ai laissé chez Justin le jour où nous avons fait nos devoirs ensemble.

– Zut, j'ai besoin de passer chez toi. Ma carte de bus est dans mon gilet, dans ton salon.

Il rejette l'idée d'un geste.

– Je paierai ton ticket.

– Non, Justin. C'est idiot. Nous avons du temps devant nous.

Je prends la direction de sa maison. Il me rattrape par le bras.

– Arrête, ce problème est déjà réglé.

– J'y retourne.

Il a un air paniqué que je ne lui connais pas.

– Nous ne pouvons pas entrer.

– Pourquoi ?

Sa mère, Carol, est encore en voyage d'affaires. Je ne comprends pas pourquoi il m'empêche d'aller chez lui.

Il semble chercher une excuse. Ses yeux vont de droite à gauche, et je sens qu'il me cache quelque chose.

– Qu'est-ce que tu ne me dis pas ?

– Rien. Juste que nous ne pouvons pas entrer.

– Je ne comprends pas. La voiture de ton père est garée devant. Il est chez vous. Pourquoi je n'irais pas juste récupérer mon gilet ?

– Mon père serait en colère s'il apprenait que je sors avec toi. Je lui ai dit que j'allais voir Rob.

– Je ne te crois pas. Ton père sait que nous nous voyons souvent. Ça ne le dérange pas.

– Pas le soir.

– Tu mens.

– Patch, tu veux bien me faire confiance ?

Soudain, je m'élance vers sa maison et donne plusieurs coups à la porte. Au bout d'une bonne minute, Elton Banks vient ouvrir.

– Bonsoir. Je vais au cinéma avec Justin, mais j'ai besoin de ma carte de bus. Elle est restée dans la poche de mon gilet que j'ai oublié dans votre salon. Je pourrais la récupérer ?

Son père me regarde avec inquiétude. Entre-temps, Justin est devenu blême. Comme M. Banks hésite à me laisser entrer, je force le passage.

– Je veux juste récupérer mon gilet.

Dans le salon, je vois mon gilet posé sur le dossier d'une chaise. Autre chose attire mon regard : la fausse fourrure de ma mère.

Que fait-elle ici ?

Il ne me faut pas longtemps pour comprendre. Je fonce à l'étage, sachant exactement où la trouver. Je surgis dans la chambre des parents de Justin et découvre ma mère qui se rhabille fiévreusement.

Choquée, je plaque la main sur ma bouche en secouant la tête avant de dévaler l'escalier quatre à quatre et de quitter la maison.

Justin me court après.

– Patch, attends ! S'il te plaît, arrête-toi !

Je me retourne en vociférant.

– Tu étais au courant ? Tu savais que ma mère couchait avec ton père ? Depuis combien de temps ça dure ?

– Je ne savais pas comment te le dire.

– Je n'arrive pas à y croire !

– Je suis désolé, patch. Sincèrement désolé.

Je m'engouffre chez moi et claque la porte, sans savoir ce qui est le plus douloureux : le comportement de ma mère ou le fait que Justin me l'ait caché.

CHAPITRE 6

La peine dans ses yeux était palpable. Justin s'est adossé dans le canapé pendant que je cherchais mes mots.

– J'ai eu tort de décharger ma colère sur toi. Ma mère était comme une enfant irresponsable, une sale égoïste. Elle a eu beaucoup d'hommes dans sa vie, des liaisons avec des hommes mariés. Ça ne m'a pas vraiment surprise qu'elle aille jusque-là avec ton père. À l'époque, je me suis sentie trahie par tout le monde, y compris par toi. Mais je n'aurais pas dû te punir pour quelque chose dont tu n'étais pas responsable.

Il s'est frotté les yeux.

– Que veux-tu savoir, Amelia ?

– Comment ça a commencé ? Depuis combien de temps tu savais pour eux ?

Il s'est tourné vers moi et a allongé le bras sur le dossier.

– Je suis à peu près certain que c'est mon père qui lui a fait des avances. Il me posait souvent des questions sur Patricia avant qu'ils se fréquentent.

– Vraiment ?

– Ce que j'ignorais à l'époque, c'est que mes parents avaient une relation libre. Ma mère partait trop souvent en « voyages d'affaires », si tu vois ce que je veux dire. Mais j'étais gamin, je n'ai pas saisi. Un jour, je suis rentré du collège plus tôt que prévu et j'ai trouvé ta mère avec lui. Je suis tombé sur eux en pleine action.

– Mon Dieu.

Justin a bu une longue gorgée de sa bière.

– Ce soir-là, mon père a pris le temps de m'expliquer qu'il pensait que ma mère avait une relation avec un autre homme, et que lui et Patricia avaient commencé à se voir. Ta mère m'a fait jurer de ne rien te dire. Elle a dit que tu ne l'accepterais pas, que vos rapports étaient déjà assez tendus et que tu subissais des pressions que j'ignorais. Elle est parvenue à me convaincre que tu serais anéantie si je te le disais. Elle m'a dit que si je tenais vraiment à toi, je ne te dirais rien. Je l'ai crue.

– Je n'ai jamais eu de secret pour toi, Justin. Il n'y avait aucune pression dans ma vie. Elle t'a manipulé pour préserver ses secrets.

– Je voulais te le dire, mais plus le temps passait, plus j'avais du mal à admettre que je continuais à garder le secret. Alors, j'ai choisi de ne rien dire. J'essayais juste de te protéger.

– Justin, je…

– Laisse-moi finir.

– D'accord.

– Nous venions tous deux de foyers dysfonctionnels, mais à partir du moment où je t'ai rencontrée, ma vie m'a semblé moins bancale. J'ai toujours eu l'impression que mon devoir était de te protéger comme je le pouvais. Et te cacher ce qu'ils faisaient allait dans ce sens. Pour moi, ce n'était pas de la tromperie.

Je le comprends maintenant.

Tous les sentiments que j'éprouvais dix ans plus tôt étaient difficiles à admettre, mais je ne pouvais plus les garder pour moi. Il m'offrait une chance unique de m'expliquer. J'ai bu une généreuse gorgée de vin pour me préparer au grand déballage.

– Je me suis enfuie parce que je ne savais pas quoi faire de mes sentiments. Il y avait autre chose, en plus de ce secret. C'est ce qu'il représentait pour moi, l'idée qu'à l'avenir, tu me cacherais d'autres choses. (J'ai marqué une pause. *Dis-le.*) Je développais des sentiments très forts pour toi, plus que de l'amitié, et j'étais incapable de les gérer. Je ne savais pas comment aborder le sujet. J'avais peur de t'effrayer et de te perdre. C'était comme si mon destin était de souffrir, alors j'ai choisi de prendre mes distances. C'était ma façon de les contrôler. Précipitée et insensée.

C'était la première fois que je lui avouais avoir eu des sentiments plus forts que de l'amitié. Il m'a regardée un instant.

– Pourquoi tu ne m'as pas dit ce que tu ressentais, avant qu'on découvre pour nos parents ?

– Je pensais que ce n'était pas réciproque et je craignais de te faire peur. Je ne voulais pas te perdre.

– Alors, tu as disparu et tu m'as tout de même perdu. Ce n'est pas logique.

– J'ai cru que si je partais avant la tempête, ça ferait moins mal. Mais l'essentiel, c'est que j'étais une fille de quinze ans, en pleine adolescence, sous le choc. J'ai pris la mauvaise décision. Partir vivre chez mon père, c'était la pire manière de gérer mes sentiments. Tu ne m'as jamais laissé la moindre chance de te dire à quel point je regrettais, l'année suivante, quand j'ai compris mon erreur. Alors, j'ai besoin de le dire maintenant. Je suis sincèrement désolée si mon départ t'a fait de la peine.

– De la peine ? (Il s'est mis à rire, d'un rire chargé de colère.) Ça m'a changé. Je t'aimais, Amelia. J'étais amoureux de toi. (Indigné, il s'est passé la main dans les cheveux.) Comment tu ne l'as pas vu ?

Ses mots m'ont transpercé le cœur, me laissant sans voix. Je m'étais attendue à tout, sauf à ça. Je savais qu'il tenait à moi, mais pas qu'il m'aimait comme je l'aimais.

Il m'avait aimée ?

Il a repris.

– J'aurais pu mourir pour toi à l'époque. Quand tu es partie, j'ai cru que ma vie était finie. À part ta grand-mère, je ne pouvais compter que sur toi. Tu étais là depuis toujours… et tu as disparu. Te perdre m'a appris que je ne pouvais compter que sur moi. Ça a fait de moi ce que je suis aujourd'hui… ce qui n'est pas nécessairement une bonne chose.

Je souffrais de l'entendre dire ça.

– Je suis désolée.

– Tu n'as pas besoin de t'excuser de nouveau. Tu l'as déjà fait.

– Si tu ne me pardonnes pas, j'ai besoin de le répéter.

Il a soupiré.

– Je te l'ai dit, j'ai tourné la page.

Je ne voulais pas qu'il tourne la page. Je voulais remonter le temps et l'enlacer. Ne jamais le perdre.

Sous le coup de son aveu, j'ai enfoncé les ongles dans le dossier du canapé.

– Je ne veux pas que nous soyons comme des étrangers l'un pour l'autre. Je tiens toujours à toi. Ta colère n'y change rien.

– Qu'attends-tu de moi ?

– J'aimerais que nous essayions de redevenir amis. Que l'on puisse être dans la même pièce et discuter, peut-être même rire un peu. De toute façon, nous resterons les deux propriétaires de cette maison. Un jour, nous viendrons ici avec nos enfants. C'est important que tout le monde s'entende bien.

– Je n'aurai pas d'enfants, dit-il avec détermination.

J'avais oublié la confidence de Jade.

– Jade me l'a dit.

– Ah oui ? Que t'a-t-elle dit d'autre ? Tu connais la taille de ma queue ? Tu lui as dit que tu l'avais bien matée ?

J'ai préféré ne pas rebondir à sa pique et rester concentrée sur le sujet principal.

– Pourquoi tu ne veux pas d'enfants, Justin ?

– Tu es mieux placée que personne pour comprendre que c'est idiot de mettre des enfants au monde quand on n'est pas absolument sûrs d'être de bons parents. Les miens sont le parfait exemple d'un couple qui n'aurait pas dû se reproduire.

– Tu n'es pas comme tes parents.

– Non, mais je suis le produit détraqué de leurs erreurs, et je ne répéterai pas l'histoire.

Son point de vue m'emplissait de tristesse. Protecteur comme il avait été avec moi, il ferait un merveilleux père. Seulement, il ne s'en apercevait pas. Puisque j'avais promis que nous n'en reparlerions plus après ce soir, le besoin de poursuivre mes confidences m'oppressait.

– Je ne suis pas de ton avis. Je crois que ça t'a rendu plus fort de grandir plus vite que les autres enfants qui étaient trop couvés. Tu as donné aux autres ce que tes parents négligeaient de t'apporter. Je n'oublierai jamais que tu trouvais toujours le moyen de me faire rire même dans les pires moments, que tu savais toujours exactement de quoi j'avais besoin, que tu me protégeais toujours. Ce sont ces qualités qui font un bon père. Et même si tu n'as pas d'enfant, tu restes un homme extraordinaire. En plus, ton talent m'époustoufle. Ça me remplit de tristesse quand je pense à tout ce que j'ai raté à cause de ma stupidité et de mes peurs. Je sais que nous avons changé l'un et l'autre, mais je vois encore tout ce qu'il y a de bon en toi, même si tu t'appliques à le cacher derrière une façade. (Les larmes me sont montées aux yeux.) Tu me manques, Justin.

Tout était sorti sans que j'aie le temps de réfléchir aux conséquences de cette conversation à cœur ouvert. Il a essuyé une larme sur ma joue. C'était si bon de sentir sa main, j'ai fermé les yeux.

– Je crois que nous avons assez parlé pour ce soir, a-t-il dit.

– D'accord, j'ai répondu en hochant la tête.

Il a éteint la télévision.

– Viens. Allons prendre l'air.

Je l'ai suivi sur la plage. Nous avons marché en silence pendant un long moment. Dans la nuit calme, seul résonnait le bruit des vagues se brisant sur le rivage. L'air de l'océan m'apaisait, et étrangement, notre silence avait un effet bénéfique. J'avais dit ce que j'avais à dire et je me sentais déchargée d'un poids. Même s'il n'y avait pas eu de conclusion claire à nos désaccords, nous avions fait un grand pas.

La sonnerie de son téléphone a interrompu ce moment de paix.

– Salut, Bébé, a-t-il répondu. Tout va bien. Super, je suis content pour toi. Je me balade.

J'ai noté qu'il avait omis de préciser qu'il marchait avec moi.

– Moi aussi. J'ai hâte. Je t'aime aussi. D'accord, salut.

Quand il a raccroché, je l'ai regardé.

– Comment va Jade ?

– Bien. Elle va jouer demain soir parce que le grand-père du rôle principal est décédé.

– C'est formidable. Enfin, pas que le grand-père soit mort…

– J'avais compris.

Nous n'avons plus rien dit jusqu'au moment de retourner devant la maison.

– Tu vois ça ?

– Où ça ?

Soudain, je volais dans les airs. Justin me portait et courait vers l'océan. À en croire son rire, il n'y avait rien à voir. Ce n'était qu'une ruse, pour me prendre par surprise.

Salopard.

Il m'a jetée tout habillée dans l'eau. L'eau salée a pénétré dans ma gorge et dans mon nez. Justin est reparti hâtivement vers la plage, pendant que je barbotais pour le rattraper. Assis sur le sable, il riait. Il avait ôté son tee-shirt mouillé, et son pantalon était trempé.

– Tu te sens mieux ?

– Un peu. (Il a ri.) Nettement mieux, en fait.

– Tant mieux, je suis contente pour toi, j'ai dit en me tortillant pour enlever ma robe mouillée.

Il s'est levé.

– Je vais t'aider.

Il s'est mis derrière moi et a entortillé mes cheveux pour les essorer. Ses mains se sont attardées un court instant. Pour échapper aux picotements de mes seins, je me suis retournée et me suis retrouvée face à ses yeux bleus. Ils luisaient sous les lumières de la maison. Sa beauté m'a coupé le souffle.

– Euh… merci, j'ai bredouillé. Enfin, je ne sais pas si je dois vraiment te remercier, tu m'as jetée dans l'océan.

– Ça faisait longtemps que j'attendais ça. Depuis que je suis ici, en vérité.

– C'est vrai…

– Mais oui, a-t-il souri avec malice.

– Au fait, pourquoi es-tu resté ?

– Comment ça ?

– Tu aurais pu rentrer à New York avec Jade. Tu le sais.

– Qu'essaies-tu de sous-entendre ?

– Rien du tout. Je sais seulement que le Sandy n'est qu'un prétexte.

– Que veux-tu entendre, Amelia ? Que je suis resté pour toi ?

– Non, je ne sais pas. Je…

– Je ne sais pas pourquoi je suis resté, d'accord ? Voilà la vérité. Je n'étais pas prêt à rentrer, c'est tout.

– Compris.

– Tu as fini de me bombarder de questions, maintenant, casse-pieds ?

– Oui. Pour information, je suis très heureuse que tu sois resté.

Il a secoué la tête.

– C'est épuisant d'essayer de te détester.

– Alors, arrête.

Il faisait frais, je commençais à avoir froid.

– Nous ferions bien de rentrer, a-t-il dit. Tu as faim ?

– Très faim.

– Va te changer. Je prépare le dîner.

– Tu ferais ça ?

– Il faut bien manger, non ?

– Oui, j'imagine. Je me dépêche.

Je souriais en montant dans ma chambre, étourdie à l'idée qu'il cuisine pour moi.

En redescendant dans la cuisine, mon cœur a fait un bond en voyant Justin aux fourneaux. Torse nu, il avait enfilé son bonnet gris et faisait revenir des légumes dans une poêle.

– Ça sent bon. Tu prépares quoi ?

– Juste du riz sauté sauce teriyaki… puisque ta palette est limitée en matière de cuisine. Qu'est-ce qui t'a pris d'arrêter de manger de la viande rouge ? Tu étais carnivore avant.

Il devait se souvenir que j'adorais les hamburgers, plus jeune.

– Un jour, je me suis réveillée et j'ai trouvé bizarre de manger une vache. Ça m'a paru insensé. Alors, j'ai décroché d'un coup.

– C'est ridicule, non ?

– Un peu.

– Tu as toujours été bizarre, Amelia. Je ne peux pas dire que ça me surprenne.

Je lui ai fait un clin d'œil.

– C'est pour ça que tu m'aimes.

C'était supposé être une plaisanterie, mais j'ai immédiatement regretté d'avoir employé le verbe aimer. Comme il ne réagissait pas, paniquée, j'ai essayé de me rattraper aux branches.

– Je ne voulais pas dire que tu m'aimes toujours. Je blaguais. Je…

Il m'a arrêtée d'un geste.

– Ne t'enfonce pas plus. J'ai compris ce que tu voulais dire.

Lèvres retroussées, j'ai cherché un autre sujet de conversation.

– Tu penses jouer au Sandy demain soir ?

– Probablement.

– Bonne nouvelle J'ai hâte de t'entendre chanter de nouveau.

Il a rempli deux assiettes.

– Tiens.

– Merci, ça a l'air délicieux.

Le plat était succulent. Il avait ajouté des graines et des châtaignes d'eau.

– Où as-tu appris à cuisiner ?

– J'ai appris tout seul. Je cuisine pour moi depuis des années.

– Où sont tes parents ?

– Je croyais que nous avions arrêté de parler de tout ça.

– Désolée, tu as raison.

Malgré tout, il a levé les yeux de son assiette.

– Ma mère est retournée vivre à Cincinnati quand je suis entré à la fac. Ils ont vendu la maison. Mon père vit à Providence.

– Combien de temps a duré leur relation après mon départ ?

– Un an environ. Ma mère a découvert ce qu'ils faisaient sous son toit et a foutu mon père dehors. Il a vécu avec Patricia pendant un moment, avant que les relations se détériorent.

– Il s'est installé avec elle ?

– Oui.

J'avais du mal à y croire.

– Ma mère me l'a caché. Ça explique pourquoi Nana a arrêté de lui parler à cette époque-là. Elle avait honte de leur relation.

– J'ai passé beaucoup de temps chez ta grand-mère avant de déménager. Elle était la seule personne qui m'aidait à garder les pieds sur terre.

– Tu as parlé de moi avec elle ?

– Elle essayait de me faire parler, mais je refusais.

– Tu crois que si elle nous a laissé sa maison, c'est pour nous obliger à nous revoir ?

– Honnêtement, je l'ignore, Amelia.

– Je crois que oui.

– Je n'avais pas l'intention de faire amende honorable en venant ici.

– Non… vraiment ? Je ne l'avais pas remarqué… (Il a souri.) Tu es toujours dans les mêmes dispositions ?

– Les choses ne changent pas en une soirée. Nous avons discuté. Ça n'effacera pas les années pourries. Nous n'allons pas redevenir amis par magie.

– Je n'en demande pas tant.

Jouant avec le contenu de mon assiette, j'ai réfléchi avant de poursuivre.

– J'aimerais ajouter une dernière chose. Et après, je promets de ne plus te torturer.

– Je vais faire semblant de te croire.

Son petit sourire m'a donné le courage de me confier une fois de plus.

– Je vais probablement passer le restant de ma vie à me demander ce qui se serait passé si je n'étais pas partie, si j'avais réussi à mettre mes peurs de côté et à t'avouer mes sentiments. Ce soir, j'ai appris que tu m'avais aimée. Sincèrement, je l'ignorais, Justin, mais je le regrette. Je n'avais pas du tout conscience de tes sentiments. Je tiens à ce que tu saches que je t'aimais aussi. J'avais une manière très maladroite de le montrer. C'est difficile d'accepter que tu m'aies haïe pendant toutes ces années. Je veux juste que tu sois heureux. Si ma présence te met en colère ou t'angoisse, je ne t'oblige à rien, et si c'est le cas, il est préférable que nous gardions nos distances. Mais s'il y a une petite chance pour que nous redevenions amis, c'est tout ce que je demande. Je ne suis pas bête. Bien sûr, je sais ce que ça ne se fera pas en une soirée. Voilà, c'est tout, je n'en parlerai plus.

Je me suis levée pour aller mettre mon assiette dans le lave-vaisselle.

– Merci pour le dîner et merci de m'avoir parlé.

Et je suis montée me coucher.

Au moment où j'ai posé le pied sur la première marche, il m'a arrêtée.

– Je ne t'ai jamais haïe. Même si je le voulais, je ne pourrais jamais te détester. Pourtant, j'ai essayé, tu peux me croire.

Je lui ai souri.

– C'est bon à savoir.

– Bonne nuit, casse-pieds.

– Bonne nuit, Justin.

CHAPITRE 7

Deux jours plus tard, je prenais mon café matinal quand un message de Will Danger s'est affiché sur mon téléphone.

Nous dînons ensemble demain soir ?

J'ai réfléchi à son invitation. Ce serait sûrement bénéfique de détourner mes pensées de Justin. Depuis notre longue conversation, nos rapports étaient plus cordiaux. Au moins, il ne m'évitait plus. Après son concert, la veille, nous étions rentrés ensemble du Sandy. Le trajet s'était déroulé en silence, mais nous étions sur la bonne voie. Tout allait pour le mieux.

Le problème venait de moi. Je n'arrivais pas à dominer mon attirance et je ne savais pas quelles limites poser à mes sentiments. Je pensais à lui en permanence. Bientôt, nous reprendrions nos vies respectives, sans parler de sa relation sérieuse avec Jade. Jamais je ne me mettrais volontairement entre eux. Toutefois, mes sentiments étaient réels.

J'ai répondu à Will.

Demain soir, c'est parfait. Dites-moi à quelle heure ?

La voix rauque de Justin m'a surprise.

– Tu as préparé un café fusion, à ce que je vois.

J'ai sursauté et j'ai posé mon téléphone.

Il a ricané.

– Je t'ai dérangée ? Tu écris à un garçon ?

– Non.

Il m'a regardée avec suspicion.

– Menteuse.

J'ai ri nerveusement.

– Tu veux du café ?

– Tu essaies de changer de sujet ?

– Peut-être.

– Alors, c'est qui ?

– Will.

– Le Dr Danger ?

– Oui.

– On ne t'a pas appris à te méfier du danger ?

– Si.

– L'expression est faite pour lui.

– Tu crois ?

– Certain.

Il s'est versé une tasse de café, puis il s'est tourné vers moi.

– Sérieusement ? Le Dr Ringard ? Tu vas sortir avec lui ?

J'ai hoché la tête.

– Demain soir. Pourquoi tu ne l'apprécies pas ?

– Il n’est pas respectueux.
– Dans quel sens ?
– Il te bouffait du regard avant même de savoir que nous n’étions pas ensemble.
– Il est peut-être perspicace.
– Comment ça ?
– Il a senti ton mépris vis-à-vis de moi. C’était flagrant.
– Où est-ce qu’il t’emmène ?
– Je ne sais pas.
– Tu devrais lui demander.
– En quoi est-ce important ?
– Au cas où tu disparaisses. Je pourrais dire à la police par où commencer leurs recherches.

La soirée approchait, et je ne savais pas comment m’habiller. Will devait m’emmener dans un restaurant au bord de l’eau, près de Tiverton. Comme la soirée était humide, j’ai opté pour une robe tube à motifs floraux que j’avais achetée durant mon shopping avec Jade.

J’entendais Justin haleter au bout du couloir.

Pas encore.

Je n’osais pas aller voir, redoutant de me retrouver face à une autre séance débridée de masturbation. Au bout de quelques minutes, j’ai entendu des sortes de coups de poing. Rompant mon vœu de rester à l’écart, je suis sortie de ma chambre.

Dans la salle de gym, Justin se déchaînait sur le punching-ball.

Des filets de sueur coulaient sur son dos sculpté. L'odeur de transpiration se mélangeait à son parfum. Il avait les cheveux trempés. La musique s'échappait de ses écouteurs. Serrant les dents, il cognait de plus en plus fort dans le sac noir. Mon cœur battait plus vite à chaque coup de poing.

Je me suis approchée prudemment.

– Pousse-toi.

J'ai tressailli lorsque son bras m'a frôlé.

J'ai reculé dans l'angle de la pièce, d'où je continuais de l'observer. Je l'avais déjà vu faire du sport, mais pas comme ça. Pas comme une bête, forte et virile. Jade étant partie depuis un certain temps, il devait être en manque de sexe. Sa frustration expliquait peut-être pourquoi il se défoulait sur le sac. Quoi qu'il en soit, j'étais tellement hypnotisée par l'énergie qu'il dépensait que j'étais incapable de détacher mon regard de lui.

Il s'est arrêté brusquement, a enlevé ses écouteurs et a marché vers la porte, où il avait fixé une barre de traction.

– Tu n'as rien de mieux à faire ? Tu ne devrais pas te préparer pour ton rendez-vous ?

– Je suis prête.

– C'est la robe de Jade, non ?

– Non. Nous avons la même, mais c'est la mienne. Nous les avons achetées en même temps.

– Sur elle, ça va. Mais sur toi… c'est ridicule.

Mon ventre s'est serré.

– Tu me traites de grosse ?

– Non, mais vous n'avez pas le même corps. Cette robe est vulgaire sur toi.

J'ai eu la soudaine impression d'être nue.

– Qu'est-ce que tu racontes ?

– Tu veux un dessin ?

– Oui.

Il s'est planté derrière moi, m'a pris par les épaules et m'a emmenée devant le miroir en pied accroché au mur. Ses mains me faisaient frémir.

– Regarde ! Tes seins débordent du décolleté. On voit les bouts au milieu des pâquerettes.

Je ne voyais rien, hormis moi et le corps chaud et en nage de Justin derrière moi. Il m'a fait pivoter d'un geste et a planté ses yeux dans les miens. Il se tenait si près que j'ai cru que mes jambes allaient céder. J'avais les sens en émoi.

– Regarde tes fesses dans le miroir. Le tissu arrive à peine à en faire le tour. Tu crois que le Dr Nullos va te regarder dans les yeux si tu t'habilles comme ça ?

– Tu trouves vraiment qu'elle me va aussi mal ?

Il s'est écarté et est allé se pendre à la barre de traction. Mes seins me picotaient. Ma peau réclamait ses mains.

– Je trouve que tu ressembles à une pute dans cette tenue, a-t-il dit avant de se soulever. Tu n'y vois vraiment que du feu, hein ?

– De quoi parles-tu ?

– Tu ignores complètement l'effet que tu produis.

– Tu peux préciser ?

– Quand nous étions plus jeunes, tu t'asseyais sur mes genoux, tu posais les mains sur moi, tu me passais les mains dans les cheveux, tu me prenais dans tes bras, tes seins pressés contre moi. J'ai passé la moitié de mon adolescence avec une putain d'érection impossible à calmer. Et pendant ce temps-là, tu n'avais pas la moindre idée de ce que je vivais, apparemment.

– Je n'ai rien remarqué.

– Maintenant, je le sais. Tu n'imagines pas le nombre de fois où j'ai dû te défendre à ton insu. Les garçons parlaient devant moi de ton corps et de trucs sexuels qu'ils imaginaient te faire. Tu sais combien de fois je me suis battu à cause de toi ?

– Tu ne m'as jamais rien dit.

– Exact. Je voulais éviter de peiner. Je me suis tellement efforcé de te protéger de toutes ces bêtises que ça a fini par se retourner contre moi.

– Je suis désolée.

Il a levé les mains.

– Tu sais quoi ? Laisse tomber. C'est de ma faute. Ne recommençons pas. Je t'ai dit que nous n'en parlerions plus. Et c'est reparti.

– D'accord.

– J'aimerais poursuivre mon entraînement en paix, si ça ne t'ennuie pas.

– Très bien.

De retour dans ma chambre, je l'ai entendu se remettre à frapper le punching-ball de toutes ses forces. Stupéfaite par ses aveux, je me demandais s'il avait raison. J'étais peut-être un peu naïve.

Mais d'un autre côté, il n'avait jamais exprimé ses sentiments lui non plus. Est-ce que j'étais supposée lire dans ses pensées ? Ça me perturbait tant que je devais clarifier les choses. Je suis retournée le voir.

– L'autre soir, tu m'as demandé pourquoi je ne t'avais jamais dit ce que je ressentais. Eh bien, toi non plus, tu n'as pas trouvé le courage de m'avouer tes sentiments.

Justin s'est arrêté de frapper, le punching-ball entre ses mains. Il a repris son souffle.

– Je pensais que c'était évident. Qu'aurais-je pu faire de plus ? Toutes ces chansons que je t'ai écrites ? Est-ce que tu m'as vu une seule fois avec une autre fille ?

– Non. Mais tu m'as dit que tu avais déjà embrassé avant la soirée chez Brian.

– J'ai embrassé une fille avant ce soir-là. Tu veux savoir pourquoi ? Pour éviter d'être maladroit le jour où je trouverais le courage de t'embrasser. Ce baiser était sans importance pour moi. Mon premier vrai baiser, je voulais que ce soit avec toi. Je voulais tout vivre avec toi, mais j'avais peur que tu sois trop jeune, alors j'attendais. Je ne voulais pas tout gâcher en précipitant les choses. Mais tu as raison. Une partie de moi n'avait pas le cran d'avouer mes sentiments.

– J'aurais aimé que ça arrive. Tu étais prudent et moi naïve. À nous deux, nous avons été… négligents.

– Prudent plus naïf, ça donne négligent ? Tu viens de l'inventer ?

– Oui.
– C'est tarte.
– Merci beaucoup.
– Va te préparer, Dr Jekyll va bientôt venir te kidnapper.
J'ai ri, soulagée qu'il le prenne comme ça.
– Tu veux bien m'aider ?
– T'aider ? À quoi faire ?
– À choisir ma tenue. Tu as raison. Cette robe est un peu trop étriquée.
– Un peu étriquée ? Si j'envoyais ta photo à un magazine porno, ils te convoqueraient immédiatement.
– D'accord, très étriquée.
– Tu ne peux pas te débrouiller toute seule ? C'est pourtant simple. Cache tes seins et tes fesses. Et le tour est joué.
– Oui, mais j'aimerais être jolie. Tu sais que j'ai des goûts farfelus. Ma robe sac à patates, par exemple. Je passe d'un extrême à l'autre, sans trouver le juste milieu.
– Très bien.
Justin a soupiré et m'a suivie dans ma chambre.
J'ai sorti mes robes de ma penderie et les ai jetées les unes après les autres sur le lit.
– Pourquoi pas celle-là ?
– Putassier.
– Celle-ci.
– Encore pire.
– Bon… et ça ?

– Tu mets des chaussures orthopédiques avec ça ?
– Compris… et ça ?
– Parfait pour se débarrasser de lui.
– Je n'y arriverai jamais !
– J'ai une solution.
– Laquelle ?
– Ne sors pas avec lui.
– Parce que je ne sais pas quoi mettre ?
– Oui. Tu devrais rester à la maison.
– Tu dis ça, parce que sa tête ne te revient pas.
– Tout juste.
– Mais pourquoi ?
– Il ne s'intéresse qu'à ton cul, Amelia.
– Eh bien, il ne l'aura pas.
– Tu en es sûre ?
– Je ne couche pas le premier soir.
Sceptique, il a haussé les sourcils.
– Tu n'as jamais couché le premier soir ?
– C'est-à-dire…
– C'est bien ce que je pensais.
– Même si je voulais coucher avec lui, ce qui n'arrivera pas, ce ne serait pas pour ce soir.
– Et pourquoi ça ?
– Je me suis encore poignardée.
Il a secoué la tête et a ri en se souvenant de cette anecdote.
– Je vois.
– Qu'est-ce qui te fait croire qu'il ne s'intéresse qu'à mon corps ?

– Ses yeux. Ils ne m'inspirent pas confiance. Je ne sens pas ce type.

– J'ai d'autres atouts que mes seins et mes fesses. Alors, j'espère que tu te trompes.

– Tu as raison. Tu as d'adorables fossettes quand tu souris.

Ce compliment inattendu m'a fait rougir.

– Arrête.

– Sois prudente, a-t-il dit sérieusement en plongeant la main dans sa poche arrière. À ce propos… prends ça avec toi.

Son vieux couteau suisse.

– Tu l'as toujours ?

– J'en aurai toujours besoin.

– Tu veux vraiment que je le prenne ?

– Oui.

– D'accord.

– Bon, je peux retourner faire du sport ?

– Nous n'avons pas choisi ma tenue.

Justin s'est mis devant ma penderie, a passé lentement la main sur la rangée de vêtements et s'est arrêté sur une simple robe noire sans manches. Très adaptée à un enterrement. D'ailleurs, c'est la robe que j'avais achetée en prévision des funérailles de Nana, avant d'apprendre qu'elle avait clairement écrit qu'elle n'en voulait pas. Elle avait préféré être incinérée et que ses cendres soient dispersées dans la mer en toute simplicité.

– Celle-là ? Sérieusement ?

Il tenait la robe à bout de bras.

– Pourquoi me demander mon avis si tu ne le suis pas ?

– Bon, je mets celle-là.

Je la lui ai prise des mains et l'ai regardé sortir, les yeux fixés sur la forme rectangulaire tatouée dans son dos. Je le trouvais joli, mais je n'avais jamais eu l'occasion de le voir d'aussi près.

– Justin.

Il s'est retourné.

– Quoi ?

– C'est quoi ce tatouage, dans ton dos ?

Il s'est raidi.

– Un code-barres.

– C'est bien ce que je croyais. Il a un sens particulier ?

Au lieu de me répondre, il a dit simplement :

– Habille-toi. Tu ne voudrais pas faire attendre Dr Foldingue.

Il me restait vingt minutes avant que Will passe me prendre. Assise au bar de la cuisine, je me détendais devant un verre de vin blanc. Finalement, la robe choisie par Justin était plutôt jolie. Elle n'en montrait pas trop, et c'était préférable. J'avais relevé mes longs cheveux.

J'ai senti son parfum. Justin était dans l'entrée, et mon cœur s'est serré.

Il venait de se doucher et était très séduisant avec sa chemise noire toute simple qui mettait sa musculature en valeur. Il portait l'un de ses jeans qui flattait ses fesses. Contrairement à moi qui avais pris ma soirée, Justin devait jouer et la clientèle féminine allait se régaler.

Il s'est assis à côté de moi. La pointe de mes seins a durci de le sentir tout près.

Il m'a dévisagée un instant.

– Tu n'as pas l'air folle de joie.

– Pour être honnête, je ne sais pas trop.

– Sortir avec ce crétin ne te rend pas nerveuse, j'espère ?

– Un peu.

– Pourquoi ? Il n'en vaut pas la peine.

– C'est mon premier dîner avec un garçon depuis Adam.

– C'est le type qui t'a trompée…

– Oui, comment tu le sais ?

– Jade m'a raconté.

J'étais surprise d'apprendre qu'ils parlaient de moi. Que Justin connaisse mon histoire avec Adam me laissait perplexe.

– Ah bon.

– Ce n'est pas parce qu'il t'a traitée de cette façon que tu dois te caser avec le premier venu.

– As-tu déjà été infidèle ?

Il a hésité un instant.

– Oui. Je n'en suis pas fier. J'étais jeune. Je ne recommencerai pas. Comme je vois les choses, si on a envie de tromper sa partenaire, il vaut mieux se séparer. L'infidélité, c'est pour les lâches.

– Je suis de ton avis. J'aurais préféré qu'Adam me quitte.

– C'est une bonne chose que tu ne sois plus avec lui.

– Exact.

– Il menait une double vie et ne prenait que le meilleur des deux côtés. Il finira par faire la même chose avec l'autre fille. Tu verras.

– Jade a de la chance de t'avoir, d'être avec quelqu'un d'aussi loyal.

Il s'est rembruni un instant.

– La tentation est une chose naturelle. Mais rien ne nous oblige à y céder.

Pensif, il articulait chaque mot comme s'il cherchait à s'en convaincre.

– Bien sûr, tu as raison.

Justin a changé de sujet.

– Tu as pris le couteau suisse ?

– Je n'en aurai pas besoin, mais il est dans mon sac.

– Bien. Tu as mon numéro de portable ?

– Oui.

– Tu devrais prendre ta voiture.

– Nous sommes déjà convenus qu'il passerait me prendre.

– Au moindre geste bizarre, appelle-moi. Je viendrai te chercher.

– Mais tu seras sur scène.

– Peu importe. Appelle-moi si tu as besoin.

– D'accord, je le ferai.

Il était protecteur comme avant. C'était bon d'avoir quelqu'un qui veille sur moi. En fait, je n'avais pas retrouvé ce sentiment depuis que j'avais quitté la maison.

J'ai bu une gorgée de vin. Je n'avais pas reposé mon verre que Justin me le prenait des mains et vidait mon verre.

– Je ne savais pas que tu aimais le vin blanc.

– Je suis d'étrange humeur, ce soir.

Il est allé remplir le verre et l'a reposé devant moi.

Nous avons partagé le même verre en échangeant des regards silencieux. Après avoir bu, il se léchait les lèvres d'une façon follement excitante. Je me sentais coupable, mais mon attirance était incontrôlable. C'est bien lui qui avait dit que la tentation était une chose naturelle, non ? Savoir que je ne pouvais pas succomber renforçait mon désir. Le fait qu'il soit inaccessible me dévorait.

En toute sincérité, je n'avais pas vraiment envie de sortir avec Will. J'aurais préféré assister au concert de Justin, surtout que son retour à New York approchait.

La sonnette de la porte d'entrée a retenti. Justin s'est massé la nuque pour en chasser la tension. Si je ne l'avais pas connu aussi bien, j'aurais pu croire que mon rendez-vous le rendait anxieux.

J'ai sauté du tabouret pour aller ouvrir.

– Attends, dit Justin.

– Quoi ?

– Tu es très jolie. Tu as bien fait de mettre cette robe.

Mon cœur s'est mis à battre plus fort.

– Merci.

Je suis allée ouvrir.

Will tenait un petit bouquet de fleurs à la main.

– Bonsoir, Amelia. Tu es superbe.

– Salut, Will. Merci. Tu veux entrer ?

Justin avait les bras croisés. Sa posture évoquait un garde armé posté devant une banque plutôt qu'un type tranquille dans sa cuisine.

– Tu te souviens de mon colocataire, Justin.

– Bien sûr. Comment ça va ?

– Je déborde d'énergie, Dr Danger.

– C'est Danguer.

– Désolé, je ne voulais pas faire de mauvais jeu de mots.

– Ce n'est pas grave, dit Will.

– Où allez-vous dîner ?

– Au Boathouse. Vous connaissez ?

– Au bord de l'eau. Vous sortez le grand jeu.

– Bon, allons-y, j'ai dit en m'emparant de mon sac à main.

– Je m'occupe des fleurs, a dit Justin.

Je me suis demandé s'il allait les jeter à la poubelle dès que je serais sortie.

– Merci.

– Pas de quoi.

Une fois dehors, Will s'est tourné vers moi.

– Ton coloc aime écorcher mon nom. C'est un petit malin.

– Oui, ça lui prend parfois.

Il a ouvert la porte de sa Mercedes. Nous avons bavardé avec aisance jusqu'à Tiverton. Il me posait des questions sur ma carrière d'enseignante et évoquait sa vie d'étudiant à l'école de médecine de la Caroline du Nord.

Mon téléphone a vibré.

Justin : Les fleurs viennent du supermarché.

Amelia : Comment tu le sais ?

Justin : Il n'a pas retiré l'étiquette. Quel naze !

Amelia : C'est l'intention qui compte.

Justin : Regarde sur la banquette arrière. Je parie qu'il y a du lait et des œufs.

Amelia : Tu ne devrais pas aller au Sandy ?

Justin : J'y vais.

Amelia : Casse la baraque.

Justin : Méfie-toi du danger. Ou plutôt, ne laisse pas le Danger t'approcher.

Amelia : Tu es fou.

Justin : Commande un homard. Au moins, tu ne seras pas sortie avec lui pour rien.

Amelia : Bonne soirée, Justin !

– Qu'est-ce qu'il y a de drôle ?

– Oh rien. Désolée.

– Alors, de quoi parlions-nous ? Ah oui, ta date de retour à Providence ?

– La dernière semaine d'août. Je dois préparer ma classe avant la rentrée, début septembre.

– Je parie que tes élèves t'adorent.

– Qu'est-ce qui te fait dire ça ?

– J'aurais aimé avoir une institutrice qui te ressemble.

– J'aime penser qu'ils m'apprécient pour d'autres raisons.

– Oh, je suis sûr qu'ils savent t'apprécier.

Quand nous sommes arrivés au restaurant, il faisait déjà nuit. La vue n'était pas aussi belle qu'en plein jour et il commençait à faire frais. Nous avons pris une table à l'intérieur, près de la baie vitrée qui donnait sur l'océan. Les lumières des voiliers illuminaient l'eau sombre. À l'intérieur, des guirlandes blanches créaient une ambiance intime. L'arôme des fruits de mer embaumait l'air. J'ai ri intérieurement, en imaginant Justin se plaindre de l'odeur.

J'ai commandé de l'espadon à la sauce aux mangues, et Will un poulet marsala. Pendant que nous attendions d'être servis, nous avons évoqué la future élection présidentielle. Will était républicain, et moi démocrate. Je lui racontais comment j'avais hérité de la maison de Nana.

Mon téléphone a vibré.

Justin : Comment ça se passe ?

Je ne voulais pas être grossière, aussi j'ai ignoré son message jusqu'à ce que Will aille aux toilettes.

Amelia : Tu ne devrais pas être en train de chanter ?

Justin : Je suis en pause.

Amelia : Tout va très bien.

Justin : Je voulais juste vérifier si tu étais toujours vivante.

Amelia : Je n'ai pas eu besoin du couteau suisse.

Justin : Tu as pris le homard, comme je t'ai dit ?

Amelia : Non, espadon.

Comme il ne répondait pas, j'ai supposé que l'échange était terminé. Ça m'arrangeait puisque Will revenait déjà.

La serveuse a apporté nos plats et un second verre de vin pour moi. Nous mangions dans un silence décontracté quand j'ai senti mon téléphone vibrer sur mes genoux. Je supposais que c'était Justin mais, par politesse, je n'ai pas consulté mon téléphone. À la moitié du repas, j'ai prétexté d'avoir besoin d'aller aux toilettes pour vérifier le message.

Appuyée contre le lavabo, j'ai sorti mon téléphone de mon sac.

Justin : Tu avais raison.

De quoi parlait-il ?

Amelia : À quel sujet ?

J'ai attendu cinq bonnes minutes avant de retourner à table.

– Tout va bien ? s'est inquiété Will.

– Oui, très bien.

– Je me disais que nous pourrions rentrer à Newport, nous balader sur Main Street et prendre un café ou une glace quelque part, comme tu voudras.

Sincèrement, j'avais envie de rentrer chez moi, d'enlever mes escarpins et de prendre un bain chaud.

– Bonne idée.

Mont téléphone a vibré de nouveau. Cette fois, j'ai lu le message.

Justin : Je ne suis pas resté pour jouer au Sandy.

Justin : J'aurais pu rentrer à New York.

Justin : J'avais envie de rester ici.

Ces mots venaient de me gâcher le reste de la soirée. Je n'ai pas répondu, parce que je ne savais pas quoi dire. Il n'attendait pas forcément de réponse. De manière inexplicable, j'avais le cœur gros.

Dans la voiture, nous venions d'entrer dans Newport quand Will m'a dit qu'il devait faire un saut à l'épicerie. J'avais la goutte au nez. En quête d'un mouchoir, j'ai ouvert la boîte à gants. Je n'en ai pas trouvé, mais je suis tombée sur quelque chose : une alliance d'homme en or.

C'est quoi, ce bordel ?

Les battements de mon cœur se sont accélérés.

À quoi joue-t-il ?

Ce salopard avait dû aller acheter des préservatifs pour s'offrir un bon moment avec moi. Sans réfléchir, je suis descendue de la voiture en claquant la portière. Je n'étais pas d'humeur à l'affronter et, honnêtement, il ne m'intéressait pas suffisamment pour que j'aie besoin d'une explication. Tout ce que je voulais, c'était voir Justin. Tout en cherchant mon téléphone, j'ai calculé qu'il devait toujours être sur scène. Le Sandy se trouvait à près d'un kilomètre. Je me suis mise à courir malgré mes talons.

J'ai pris le temps de reprendre mon souffle avant d'entrer dans le restaurant. La nuit était fraîche, et Justin jouait à l'intérieur. Je me suis faufilée discrètement dans la salle et me suis cachée dans un coin pour le voir sans être vue. Le concert touchait à sa fin.

Sa voix a vibré dans le micro.

– Cette chanson s'adresse à tous ceux qui ont une amie qui les rend fous, le genre qui vous marque à vie même quand elle n'est plus présente physiquement. Le genre avec des fossettes dont vous rêvez depuis tout gamin. Avec des yeux verts dans lesquels vous vous perdez. Le genre plus troublant que l'enfer. Si ça vous parle, cette chanson est pour vous.

Oh, mon Dieu !

Justin a entamé une reprise familière. « Realize », de Colbie Caillat. J'ai essayé de me concentrer sur les paroles, mais j'étais trop subjuguée par sa façon de chanter pour les comprendre. La chanson parlait du moment où l'on prend conscience de sentiments profonds et qu'ils peuvent être à sens unique. Il a gardé les yeux fermés pendant l'essentiel de la chanson, tout en jouant de la guitare. Il ne savait pas que j'étais là, mais j'étais convaincue qu'il pensait à moi. J'hésitais à partir. J'avais l'impression d'envahir son intimité, car je me doutais qu'il ne l'aurait pas chantée s'il avait su que j'étais là.

À la fin du morceau, il a remercié le public. Ignorant les filles qui lui demandaient un CD dédicacé, il a disparu dans le fond du restaurant. Est-ce que je devais lui dire que j'étais là ?

Alors que j'étais toujours dans l'angle de la salle, mon téléphone a vibré.

Justin : Le concert est terminé, je rentre. Tout baigne ?

Amelia : Pas vraiment.

Justin : ???

J'ai décidé de faire comme si je n'avais pas entendu la chanson ni son introduction. Je n'aurais pas dû être là. J'ai répondu.

Amelia : Tout va bien. Je viens d'arriver au Sandy. Je suis devant.

En moins de dix secondes, la porte s'est ouverte sur Justin et sa guitare. Il semblait furieux.

– Qu'est-ce qui se passe ?

– Bonsoir !

– Raconte.

– Tes doutes étaient fondés.

– Il y a essayé de te tripoter ?

– Non, pas eu le temps.

– Qu'a-t-il fait, alors ?

– Il a omis de préciser qu'il était marié.

– Comment tu t'en es rendu compte ?

– J'ai trouvé son alliance dans sa voiture.

– Salaud.

– Merci d'avoir pris des nouvelles.

– J'imagine que les vieilles habitudes ont la vie dure. (Il a levé les yeux vers le ciel étoilé.) Désolé que tu aies gaspillé ta soirée.

– Je regrette seulement d'avoir raté ton concert. Je l'ai planté dans l'épicerie du centre et je me suis sauvée aussi vite que j'ai pu, mais je suis arrivée trop tard.

– Tu n'as pas raté grand-chose.

– Pourquoi dis-tu ça ?

– Je n'étais pas en forme ce soir.

– Je parie que tu es le seul à le penser.

– Non, j'avais la tête ailleurs.

Plusieurs filles sont sorties du restaurant et se sont immédiatement groupées autour de lui. L'une d'elles lui a tendu un CD.

– Justin, vous voulez bien le signer pour moi ?

– Avec plaisir, a-t-il dit gentiment.

Elle a poussé un petit cri de joie. Ça m'a fait rire.

– Si j'osais, je demanderais à une certaine célébrité locale de me raccompagner.

– Faut voir, mais ça risque de ne pas être sur mon chemin. Viens. Je suis garé en face.

J'adorais être dans sa Range Rover qui était imprégnée de son odeur envoûtante.

Me calant contre l'appuie-tête, j'ai fermé les yeux, incroyablement heureuse d'être avec lui. J'ai réalisé que son retour à New York approchait. Je fermerais la maison pour l'hiver et je ne le verrais plus tous les jours.

Quand j'ai rouvert les yeux, j'ai compris que nous roulions vers le pont Mount Hope qui reliait l'île au continent.

– Où allons-nous ?

– Nous faisons un petit détour. Si tu es d'accord.

– Oui !

Quarante minutes plus tard, nous sommes arrivés à Providence, la ville où j'habitais et où nous avions grandi.

– Je ne suis pas revenu depuis une éternité, a-t-il dit.

– Tu n'as pas raté grand-chose.

– Disons plutôt que je préfère éviter de penser à ce que je rate.

Nous avons traversé notre ancien quartier et sommes arrivés sur les rues animées de la ville. Lorsqu'il a bifurqué dans une petite rue, j'ai compris où il m'emmenait. Comme si elle avait été réservée pour nous, une place était libre devant le petit cinéma rouge. Justin s'est garé et a coupé le moteur. Au bout de quelques minutes, il s'est tourné vers moi.

– Ça a l'air ouvert. Tu crois qu'il y a toujours une séance à minuit ?

– Je ne suis pas venue depuis des années. Allons vérifier.

Je ne m'étais pas attendue à replonger dans nos souvenirs. Justin s'est dirigé vers le vieil homme bourru du guichet.

– Vous passez toujours des films indépendants ?

– Appelez ça comme vous voulez.

– À quelle heure est la prochaine séance ?

– Dans dix minutes.

– Je vais prendre deux entrées.

– Salle une, sur votre gauche.

– Merci, dit Justin avant de me guider dans la salle obscure.

– Tu as eu une excellente idée, ai-je dit en regardant autour de moi.

– Tu te souviens de cette salle ?

– Oui. Nous nous asseyions là. Ça sent encore plus mauvais que dans mes souvenirs.

– C'est vrai, ça ne sent pas la rose.

Il n'y avait qu'une seule autre personne dans la salle, un homme assis dans notre diagonale.

L'éclairage a faibli et le générique a commencé. Assez rapidement, il m'est apparu que si le petit cinéma rouge n'avait pas changé en apparence, tout le reste était différent.

La première scène était un montage sur fond musical de femmes suçant plusieurs hommes. Notre petit cinéma rouge avait perdu son innocence durant notre longue absence. C'était devenu un cinéma porno.

Quand je me suis tournée vers Justin, il riait aux larmes.

– Jure-moi que tu ne savais pas, j'ai chuchoté.

Il s'est essuyé les yeux.

– Promis juré, Amelia. Il n'y a même pas d'affiches ni rien du tout.

– Non, mais il n'y en a jamais eu, alors j'ai supposé…

– Tu sais ce qu'on dit sur les suppositions ?

– Qu'elles nous font découvrir de nouvelles positions ?

– Pas loin. Parfois, à force de suppositions, on termine sans faire exprès dans un cinéma porno devant des scènes de sodomie.

Il a pointé le doigt vers l'écran, entièrement occupé par des fesses géantes en pleine pénétration.

– Notre petit cinéma rouge a été corrompu, Patch.

Comme si ce n'était pas suffisant, le seul et unique client remuait la main sous une couverture. Après l'avoir observé un moment, nous avons éclaté de rire.

– C'est le moment de partir, non ?

– Possible.

Une nouvelle scène est apparue sur l'écran. Moins trash que la précédente, et plus cinématographique, comme un vrai film, le contraire d'un film X bas de gamme. La musique était plus douce. Deux garçons satisfaisaient une fille, lentement et sensuellement. Elle faisait une fellation à l'un pendant que l'autre la léchait. Nous avions prévu de partir, mais j'étais figée dans mon siège, incapable de détacher mon regard de la scène. Je savais que Justin la regardait aussi, parce qu'il était silencieux. La scène a duré une dizaine de minutes.

À la fin, j'ai regardé Justin qui me fixait. Avait-il regardé le film, ou moi en train de regarder le film ? Sentait-il que j'étais excitée ? Il n'a fait aucun commentaire salace.

Finalement, il m'a susurré à l'oreille, d'une voix tendue.

– Tu veux rester ?

– Non, allons-y.

– D'accord.

Alors que je me levais, il m'a prise par le bras.

– Attends une minute.

– Pourquoi ?

Il m'a regardée comme si j'avais dû deviner.

– Oh…

Je ne savais pas ce qui m'excitait le plus : regarder la scène ou l'érection de Justin. C'était trop pour moi. Il a fermé les yeux un long moment, puis a levé son regard sur moi.

– Ça ne passe pas.

– Rester ici ne va pas t'aider.

– Probablement pas.

– Partons.

Je ne voulais pas rire, mais c'était comique.

Nous avons quitté le cinéma. Je faisais de mon mieux pour ne pas regarder son entrejambe. Des images obscènes m'ont envahi l'esprit. J'aurais aimé que les choses soient différentes, car j'avais des dizaines d'idées pour régler le problème.

Le trajet du retour a été silencieux, la tension sexuelle était palpable. Mes seins étaient durs comme de la pierre et ma petite culotte trempée à l'idée qu'il soit toujours en érection. Certaines situations pouvaient être plus excitantes que coucher avec quelqu'un, celles dans lesquelles on en meurt d'envie alors que c'est impossible. J'étais en proie à un état d'excitation insupportable.

Nous sommes arrivés devant la maison. Quand il a coupé le moteur, il s'est adossé dans son siège et s'est tourné vers moi. Il avait l'air de chercher ses mots.

J'ai rompu le silence.

– Merci d'avoir essayé d'embellir ma soirée.

– Triste essai.

– Mais non.

– Ah non ? Je t'ai emmenée dans un cinéma porno sans le vouloir et je rentre avec une érection. J'ai quinze ans ou quoi ?

– Moi aussi, j'étais excitée. Ça se voit moins, c'est tout.

– Je sais, je le sentais. C'est ce qui… (Il a hésité et secoué la tête.) Laisse tomber.

– C'était toujours mieux que mon dîner avec Danger.

– Quel salaud. Je devrais aller à l'hôpital lui refaire le portrait.

– Il n'en vaut pas la peine. Nous devrions rentrer.

– Oui.

Une fois rentrés, nous nous sommes attardés dans la cuisine. Je n'étais pas prête à aller me coucher, même s'il était plus d'une heure du matin. Ni l'un ni l'autre ne faisions un geste.

– Il est très tard et je n'ai pas du tout envie de dormir, ai-je dit.

– Tu prendras du café fusion, si j'en fais ?

– Oui, avec plaisir.

Je souris. Je n'ai raté aucun de ses gestes pendant qu'il préparait le café.

Je t'aime.

Cette phrase avait jailli du fond de mon subconscient. De temps en temps, quand j'étais avec lui, ces mots résonnaient dans ma tête. Je l'aimais, autant qu'avant. Mais je devais contrôler mes sentiments si je voulais m'éviter de grosses déceptions.

– Jade revient dans quelques jours, a-t-il dit.

Mon cœur s'est serré.

– Ah bon ? Tu vas rentrer à New York avec elle ?

– Non. Quand elle partira, je vais rester encore quelques jours, comme je l'ai promis à Salvatore.

– Je vois.

Il a posé une tasse fumante devant moi.

– Et voilà !

– Merci.

Depuis deux jours, nos rapports évoluaient. Son changement d'attitude pouvait être dû à l'approche de la fin de l'été.

– Nous allons avoir du mal à dormir après ça, ai-je dit en sirotant mon café.

– Autant ne pas se coucher.

Pendant deux heures, nous avons discuté, partageant ce que nous avions raté de la vie de chacun. J'appris qu'avant qu'il aille vivre à New York, il avait commencé des études de musique à Boston mais il avait dû les interrompre faute d'argent. Ses parents refusaient de financer ses études s'il choisissait la musique. Au lieu de changer de voie, il était parti à New York où il avait cumulé toutes sortes d'emplois et de contrats de musicien jusqu'à ce qu'il finisse par reprendre ses études, cette fois en commerce avec option musique. Il avait rencontré son ex, Olivia, quelques années plus tard. Ils avaient vécu deux ans ensemble, et étaient restés amis après leur rupture. Avant Jade, elle avait été son unique relation sérieuse. Jade croyait que son ex voulait le récupérer, bien qu'elle fût avec un autre homme.

Entre ces deux histoires, il avait couché avec pas mal de filles. J'appréciais sa sincérité, même si elle était difficile à entendre.

Je lui confiai des anecdotes sur ma vie d'étudiante, que j'avais choisi la voie de l'enseignement non pas par passion mais parce qu'elle me semblait être une bonne garantie. J'avouai que j'aimais enseigner, mais il me manquait quelque chose, et je n'avais pas encore trouvé ma voie.

Dopés au café, nous avons pratiquement discuté toute la nuit. Je portais encore la robe noire de la soirée. À un moment donné, je suis montée aux toilettes. Quand je suis redescendue, il était assis sur un tabouret près de la fenêtre et triturait sa guitare.

Le soleil commençait à se lever sur l'océan. De dos, il a commencé à jouer « Here Comes the Sun », des Beatles. Appuyée contre le chambranle de la porte, j'écoutais sa voix apaisante. Plus je me concentrais sur les paroles, plus elles me semblaient métaphoriques. Cette dernière décennie avait été comme une longue saison sombre, chargée de regrets en ce qui concernait Justin et moi. Ces retrouvailles étaient comme le soleil qui se levait pour la première fois depuis très longtemps. Bien entendu, elle avait dû lui venir à l'esprit parce que le soleil se levait réellement. Toutefois, je ne pouvais pas freiner mes rêveries, surtout après une nuit d'insomnie.

Ne retombe pas amoureuse de lui, Amelia.

Comment étais-je censée changer mes sentiments ? Je ne le pouvais pas, mais je devais apprendre à accepter que Justin soit avec Jade. Trouver le moyen de redevenir son amie sans souffrir.

À la fin de la chanson, il a remarqué que j'étais revenue. Je me suis rapprochée de lui et j'ai regardé la plage.

– Le lever du soleil est beau ce matin, tu ne trouves pas ?

– Très beau, a-t-il répondu sans un regard sur le ciel.

CHAPITRE 8

Le retour de Jade, prévu le lendemain, me rendait nerveuse.

Comme j'avais besoin de parler à quelqu'un, j'ai convaincu mon amie et collègue, Tracy, de venir me rendre visite sur l'île. Elle m'a retrouvée pour déjeuner dans un pub du centre, le Brick Alley. Je n'avais pas vu Tracy depuis le début des vacances. Avec le programme chargé de ses enfants, elle n'avait pas trouvé une minute pour elle de tout l'été.

Durant la première partie du déjeuner, composé de nachos, je lui ai raconté toute mon histoire avec Justin, revenant sur tout ce qui s'était passé jusqu'à présent.

– Mon Dieu, je n'aimerais pas être à ta place, a-t-elle dit. Que vas-tu faire ?

– Que puis-je faire ?

– Tu peux lui dire ce que tu ressens.

– Il est avec Jade, et c'est une fille bien. Je ne peux pas le tenter derrière son dos, si c'est l'idée que tu as en tête. Je ne ferai pas ça.

– Mais, manifestement, il a envie de toi.

– Je ne dirais pas ça.

– Et la chanson qu'il t'a dédiée ? D'accord, il ne sait pas que tu l'as entendue, mais il a toujours des sentiments pour toi, c'est évident.

– Avoir des sentiments, c'est une chose mais agir en conséquence, c'en est une autre. Il ne quittera pas sa copine splendide, talentueuse, vedette à Broadway, qui était là pour lui quand j'étais absente, parce que nous avons ravivé de vieux sentiments. Jade est une super-nana.

– Mais elle n'est pas toi. C'est toi qu'il a toujours voulue. C'est toi qui es partie.

– Celle qui s'est enfuie, tu veux dire. Il ne l'oubliera pas. Il pourrait apprendre à me pardonner, mais je ne sais pas si, un jour, il me refera vraiment confiance. Ce serait injuste de ma part d'attendre ça de lui.

– Tu es trop dure envers toi-même. Tu n'étais qu'une gamine. Tu ne veux pas vendre la maison, c'est bien ça ?

– Nous sommes d'accord pour la garder. C'est ce que Nana aurait voulu.

– Alors qu'il reste avec Jade ou pas, la maison vous relie pour toujours. Tu veux vraiment passer tous les étés de ta vie à regarder l'homme que tu aimes en couple avec d'autres femmes ?

Mon cœur s'est brisé en deux. Un enchaînement d'images de vacances d'été s'est mis à défiler en accéléré dans ma tête. C'était effrayant.

– J'en reviens toujours au même dilemme. J'aimerais que tu m'aides à entendre raison, à accepter que les choses soient ce qu'elles sont et à passer à autre chose.

– Mais ce n'est pas vraiment ce que tu veux, si ?

Non, pas du tout.

Ce soir-là, j'étais en congé. J'étais partagée entre la déception et le soulagement, à l'idée de manquer le concert de Justin. Nous gardions nos distances depuis notre nuit blanche. C'était mieux ainsi, car les choses étaient à la limite du convenable, du moins dans ma tête.

Tracy a décidé de rester pour la nuit. Comme Justin travaillait, elle a eu la bonne idée d'acheter une bouteille en vue d'une soirée entre filles.

Nous sommes arrivées à la maison avec de la tequila, des citrons verts et du sel. Surprise, j'ai vu la voiture de Justin dans l'allée. Que faisait-il à la maison ?

– Zut, Justin est là.

– Je croyais qu'il jouait ce soir, dit-elle.

– Moi aussi.

Justin était introuvable. J'ai posé le sac dans la cuisine et j'ai fait visiter la terrasse de l'étage à Tracy. Justin y fumait une cigarette. Les pieds sur la rambarde du balcon, il regardait l'océan. Il avait les cheveux mouillés, comme s'il avait piqué une tête. Il était torse nu. Son boxer dépassait de son jean. Il ressemblait à un mannequin dans une pub de sous-vêtements. Quand elle l'a vu, Tracy est restée bouche bée.

– Qu'est-ce que tu fais là ? Je croyais que tu jouais au restaurant.

Il a recraché un nuage de fumée.

– Je devais. Mais le restaurant a failli brûler.

– Quoi ?

– Il y a eu un incendie dans la cuisine cet après-midi. Quand je suis arrivé, ils m'ont dit qu'ils devaient fermer pour aérer la salle. Ils ne rouvriront pas avant une semaine, minimum. Je ne rejouerai pas avant de partir, a priori.

– Oh merde ! Personne n'a été blessé ?

– Non, mais Salvatore était dévasté. (Il a jeté un regard à Tracy.) Qui est-ce ?

– Tracy, une amie de Providence qui enseigne dans la même école que moi. Elle est venue passer la journée avec moi. Elle va dormir ici cette nuit.

Justin a posé sa casquette à l'envers sur sa tête, s'est levé et lui a tendu la main.

– Enchanté.

– Pareillement, a-t-elle répondu en lui serrant la main.

Ahurie, j'ai secoué la tête. Non seulement à cause de l'incendie mais parce que Justin partirait probablement plus tôt que prévu.

– C'est fou, cet incendie.

– Je n'étais pas d'humeur à jouer ce soir, mais j'aurais préféré que ce soit pour une autre raison. Pauvre Salvatore.

– Même moi, je ne suis pas sûre d'y retravailler avant la fin de l'été.

Il a tiré une bouffée de sa cigarette et a rejeté les cendres d'une pichenette. Ses gestes étaient sexy.

– Vous faites quoi ce soir, Mesdames ?

– Nous avons pris une bouteille et nous allons rester à la maison pour la partager entre filles.

– Ça va être beau…

Tracy a ri.

– Je n'ai pas souvent l'occasion de passer un moment sans mes enfants. Pour moi, une soirée entre filles, c'est de la folie pure !

Justin a fait un clin d'œil.

– Alors, je vous laisse tranquilles.

– Tu n'es pas obligé. Prends un verre avec nous, a proposé Tracy.

– Non, merci. Ça ne me dit rien.

Lorsque nous sommes redescendus, Tracy est allée aux toilettes. J'étais en train de couper les citrons verts quand Justin est apparu.

– Eh bien, vous avez assez de tequila ?

– C'est son idée. Je n'ai jamais essayé les shots de tequila.

Il a plissé les yeux.

– Tu n'as jamais pris une tequila frappée ?

– Non.

– Enfin, Patch, on ne t'a pas appris à vivre dans le New Hampshire ?

– Je n'ai jamais vraiment bu d'alcool avant l'an dernier. En fait, je n'ai jamais autant bu que cet été.

Il a souri malicieusement.

– Dois-je en assumer la responsabilité ?

– Peut-être bien.

Tracy est revenue précipitamment.

– Je suis vraiment désolée, Amelia, mais Todd vient de m'appeler. Ava est malade, elle vomit. Il a besoin de moi.

– C'est vrai ? Je suis désolée pour ta fille.

– Profitez de la tequila sans moi, vous deux. J'ai de la chance que Todd ait téléphoné avant que je commence à boire. Sinon, je n'aurais pas pu rentrer à Warwick.

– Tu as besoin de quelque chose pour la route ? Une bouteille d'eau ?

– Non, rien de spécial. On se retrouve à l'école dans quelques semaines.

– Merci d'être venue, Tracy. J'ai passé un bon après-midi.

– Contente d'avoir fait ta connaissance, Justin.

Il l'a saluée d'un geste avant que je la raccompagne.

Tracy n'étant plus là, l'ambiance était devenue plus tendue. Quand je suis revenue dans la cuisine, Justin était bras croisés, appuyé contre le plan de travail.

Précisément ce que j'avais voulu éviter. Si j'avais invité Tracy à dormir à la maison, c'était en partie pour ne pas me retrouver seule avec lui. C'était probablement notre dernière soirée en tête à tête avant qu'il rentre à New York.

J'ai avancé vers lui. Justin souriait.

– Qu'allons-nous faire de toute cette tequila ?

– Sais pas, dis-je dans un haussement d'épaules.

– Nous devrions la boire, à mon avis.

– Je ne sais pas faire les shots de tequila. Tracy devait m'apprendre.

– C'est simple. Tu lèches, tu frappes, tu suces.

– Pardon ?

– C'est un processus en trois étapes. Tu mouilles ta main, tu lèches le sel, tu tapes le verre sur la table et tu suces le citron. Lécher, frapper, sucer. Je vais te montrer.

L'entendre prononcer ces mots, lécher, frapper, sucer, m'avait mise en ébullition.

Au même instant, mon téléphone a vibré sur le comptoir, à côté de lui. Son visage s'est assombri quand il a regardé l'écran.

Il m'a tendu l'appareil.

– Très sympa, a-t-il marmonné avant de me le donner.

Tout mon sang a afflué dans ma tête en lisant le SMS de Tracy.

Justin a envie de toi, c'est clair. Profites-en à fond cette nuit.

Quand j'ai levé les yeux vers lui, il me fusillait du regard. Cherchant désespérément quoi dire, je me suis forcée à rire.

– Quelle blagueuse ! Elle aime bien dire des conneries. Désolée.

Sans un mot, il m'a fixée avec une intensité désagréable.

Merde. Merci beaucoup, Tracy !

Mon cœur battait à tout rompre pendant ce long silence.

– J'ai vraiment besoin d'un verre, a-t-il fini par dire.

J'ai soupiré.

– Moi aussi.

Il a examiné la bouteille.

– C'est toi qui as choisi la marque ?

Ouf, il laissait couler.

– Oui.

– Elle est pourrie. De la mauvaise qualité.

– Je te l'ai dit, je n'y connais rien.

– De toute façon, on l'avale tellement vite qu'on n'a pas le temps de sentir le goût. Si c'était de la qualité, ce serait du gâchis.

Justin a ouvert la boîte de sel, pris deux petits verres dans le placard qu'il a posés devant nous, en en poussant un dans ma direction.

Il a levé la main et ouvert l'espace entre le pouce et l'index.

– Mets ta main comme ça et fais comme moi.

Il a léché la peau entre ses doigts. Mon Dieu, le passage de sa langue était tellement érotique.

Jade a de la chance.

J'ai fait la même chose. Il a versé un peu de sel sur nos mains.

– Tu dois lécher le sel très vite et vider le verre cul sec. N'arrête pas. Bois tout d'un coup. Après, tu prends la tranche de citron et tu suces.

Lécher, sucer, avec ce ton autoritaire… c'était presque trop.

– Prête ? Faisons-le ensemble. À trois. Un… deux… trois.

Je l'ai imité, j'ai léché le sel, frappé mon verre et avalé, l'alcool m'a brûlé la gorge.

J'avais oublié de préparer mon citron vert. Justin en a enfoncé une tranche dans ma bouche.

– Vite, suce ça pour chasser le goût.

J'ai aspiré le jus, savourant son goût acide. Mes lèvres ont touché ses doigts. Il me regardait intensément pendant que je suçotais le citron. J'avais envie d'aspirer ses doigts dans ma bouche.

Quand il a retiré le citron, je me suis léché les lèvres.

– C'est fort. Et maintenant ? On recommence ?

– Doucement, alcoolique ! Vaut mieux attendre un peu. Tu n'es pas épaisse.

Nous espacions nos shots, chacun me faisant plus d'effet que le précédent. J'ai fini par perdre l'équilibre.

– Bon, ça suffit. Je te coupe les vivres, a décrété Justin.

Je l'ai regardé ingurgiter deux autres verres. Au bout de quelques minutes, son regard est devenu vitreux. Nous étions passablement ivres.

La pièce tournait autour de moi, et je suis allée m'asseoir. Le canapé s'est enfoncé sous le poids de Justin quand il est venu me rejoindre. Il a calé sa tête contre le dossier et a fermé les yeux. Il avait enlevé son bonnet, et ses cheveux étaient emmêlés. Le lustre du salon faisait ressortir ses mèches blondes. Plus je l'observais, plus le besoin de passer les doigts dans ses cheveux soyeux était irrépressible. J'ai tendu la main et je l'ai passée sur sa tête. Je n'aurais pas dû, mais je me suis convaincue que c'était un geste innocent et amical. Comme avant. En mon for intérieur, je savais que je me leurrais. L'alcool me désinhibait et me donnait enfin le courage de faire ce dont j'avais envie depuis un moment.

Il a poussé un long soupir, mais sans ouvrir les yeux, il m'a laissée lui masser la tête. Au début, il paraissait aux anges. Mais au bout d'une minute, sa respiration a changé et il s'est mis à s'agiter.

Il a rouvert les yeux et s'est tourné vers moi.

– À quoi tu joues, Amelia ?

J'ai retiré ma main. Mon cœur s'est mis à tambouriner, tandis que je cherchais une excuse.

– Je suis désolée. Je… je ne sais plus ce que je fais.

– Je vois. Tu incrimines l'alcool ?

Il s'est levé pour arpenter le salon en se tirant les cheveux avec mécontentement. Puis, il a réagi d'une manière étrange. Il s'est lancé dans une série de pompes accélérées.

J'avais fait assez de dégâts pour la soirée. Je me suis levée pour monter dans ma chambre.

– Ne pars pas.

Je me suis arrêtée au pied des marches.

– Je crois que je ferais mieux d'aller me coucher.

– Viens ici, a-t-il dit posément.

Je suis retournée m'asseoir sur le canapé.

– Ici, j'ai dit, a-t-il répété avec autorité, en indiquant le sol à côté de lui.

Il s'est assis, les bras autour des mollets et, trop honteuse pour le regarder, je me suis assise à côté de lui.

Il me tournait le dos.

– Tu m'as interrogée sur la signification de mon tatouage. Regarde les numéros, trois séries de quatre chiffres sous les barres.

Ils ressemblaient à des chiffres au hasard. *Trois séries de quatre chiffres*. Qu'est-ce que ça voulait dire ?

J'ai compris le sens de la première série : 1221.

– Le 21 décembre, ton anniversaire.

Il a hoché la tête.

– Oui.

La suivante était 0323.

– C'est quoi, celle-là ?

– 23 mars 2001.

– À quoi correspond cette date ?

– Tu ne sais pas ?

– Non.

– Le jour de notre rencontre.

– Tu te souviens de la date exacte ?

– Je ne l'ai jamais oubliée.

Je me suis concentrée sur la série suivante : 0726.

Cette date, je ne l'oublierai jamais.

– 26 juillet, le jour où j'ai quitté Providence en 2006. Le code-barres représente ta naissance, le début et la fin de notre relation.

– Oui. Les dates clés de ma vie.

– Quand as-tu fait faire ce tatouage ?

– Un soir, j'étais à Boston. Je terminais mon premier et dernier trimestre à l'école de musique de Berklee. Je savais que je n'y reviendrais pas, faute d'argent. J'étais déprimé, triste, et tu me manquais horriblement. Mais j'avais refusé de te parler quand tu avais essayé de me contacter l'année précédente, et je n'étais pas prêt à aller vers toi. J'étais jeune et borné. Je voulais te faire payer ton départ. La seule vengeance que j'ai trouvée, c'était de te faire ce que tu m'avais fait, disparaître. J'ai trouvé un tatoueur près de l'école et j'ai fait tatouer ces chiffres. Par ce symbole, je te laissais partir une bonne fois pour toutes.

– Ça a marché ?

– Tu sais… après ce jour, je m'en suis tenu à ma décision d'aller de l'avant. Et tous les ans, c'était un peu plus facile d'oublier, surtout quand je me suis installé à New York. Il se passait plusieurs jours, et même des semaines, sans que je pense à toi. Je croyais t'avoir laissée à ta place, dans le passé.

– Jusqu'à ce que tu ne puisses plus m'éviter.

Il a hoché la tête.

– En venant ici, je ne savais pas à quoi m'attendre. Le premier jour, dans la cuisine, quand j'ai posé les yeux sur toi, j'ai rapidement réalisé que mes sentiments étaient toujours là. Je les avais seulement enfouis. Te revoir adulte… ça m'a fait un choc. Je ne savais pas comment m'y prendre.

– Autrement qu'en étant méchant.

– Au début, j'étais toujours furieux contre toi. Je voulais que tu sois mauvaise avec moi, pour au moins justifier ma colère. Mais au lieu de ça… tu étais gentille et pleine de regrets. L'objet de ma colère est lentement passé de toi à moi… parce que mon amertume m'a fait passer à côté de toutes ces années. Alors, tu veux savoir ce que ce tatouage représente pour moi maintenant ? (Il s'est tu un instant.) Ma fichue stupidité.

– C'est moi qui ai été stupide de te quitter. Je…

– Laisse-moi terminer. Faut que ça sorte.

– Très bien.

La suite était totalement inattendue.

– Nous devons parler de notre attirance l'un pour l'autre, Amelia.

J'ai dégluti.

– D'accord.

– Ce message de ton amie… elle avait raison. J'ai tellement envie de toi que j'en tremble. Ma conscience est la seule chose qui m'arrête. C'est mal et tordu.

J'étais bouleversée, partagée entre l'excitation et la nausée.

Il a repris.

– Depuis le jour où je t'ai surprise en train de m'épier dans ma chambre… je n'arrive plus à te sortir de ma tête.

– Je n'aurais pas dû te mater.

– C'est exact. Mais je n'arrive même pas à t'en vouloir, parce que me masturber sous tes yeux, ça a été l'expérience la plus excitante de ma vie.

Wouah. J'ignorais qu'il l'avait vécue de cette façon.

– Je croyais que tu me prenais pour une perverse.

– J'aurais fait la même chose si j'étais passé devant ta chambre pendant que tu te caressais.

– Tu as un beau corps, Justin. C'était difficile de l'ignorer.

– À quoi pensais-tu ?

– Comment ça ?

– Pendant que tu me regardais. À quoi pensais-tu ?

Puisqu'il était honnête, je lui devais l'entière vérité.

– J'imaginais que j'étais avec toi.

Il s'est arrêté de respirer et m'a regardée.

– Je t'ai toujours attirée de cette façon ?

– Oui. Mais encore plus maintenant. Je sais qu'il ne faut pas, Justin.

– Que ce soit bien ou mal, l'attirance ne se contrôle pas. Je préférerais ne pas te désirer autant. Juste être assis à côté de toi, c'est dur pour moi. Mais avoir envie de quelqu'un et céder à la tentation, ce sont deux choses différentes. C'est pour ça que quand tu m'as touché les cheveux, il fallait que je t'arrête.

– Ce n'était pas pour coucher avec toi. Toucher tes cheveux me manque. C'est tout. C'était égoïste de ma part.

– Crois-moi, je comprends. Je ne suis pas innocent. J'ai cherché des excuses pour te toucher, moi aussi. Mais j'ai une petite amie. Nous avons une vie agréable à New York. Il n'y a pas d'excuse. Je commence à avoir l'impression d'être comme mon père, sans limites et sans se soucier des autres.

– Tu n'es pas comme ton père.

– Ma mère n'était pas mieux que lui.

– Tu sais très bien que tu es différent de tes parents.

– Je ne veux pas te faire de mal, Patch. Je suis perdu, putain. Et partager cette maison nous met dans une situation délicate.

Il a fermé les yeux un long moment, cherchant le courage de continuer.

– Nous devrions prévoir un arrangement pour l'été prochain.

– Un arrangement ?

– Alterner les mois, par exemple, éviter d'être ici en même temps.

J'ai eu l'impression de recevoir un coup de poing dans le ventre. J'avais du mal à y croire.

– Attends, si j'ai bien compris, comme tu n'es pas sûr de te contrôler en ma présence, tu ne veux plus me voir ?

– Pas du tout.

– Pour quelle autre raison voudrais-tu m'éviter ?

Il a haussé le ton et a répondu avec une pointe de colère.

– Tu aimes nous entendre au lit, Jade et moi ?

– Non, mais…

– Eh bien, moi non plus, je n'ai pas envie de t'entendre coucher avec un homme. J'essaie de nous protéger l'un et l'autre.

Mon sang bouillait dans mes veines.

– Alors, tu préfères ne plus me voir du tout ?

– Je n'ai pas dit ça. Mais nous pourrions au moins réfléchir à un planning. Ce serait une solution sensée, je pense.

J'ai répondu sans réfléchir.

– C'est dur à supporter, mais je ne l'ai jamais envisagé. C'est la différence entre nous. Je suis prête à tout endurer pourvu que tu restes dans ma vie. Je ne choisirais jamais une solution qui consiste à faire comme si tu n'existais pas. Je préfère avoir des miettes de toi que rien du tout. Je vois que ce n'est pas réciproque. Alors, tu sais quoi ? Maintenant que je sais ça… ton planning me semble être une bonne idée.

Des larmes chaudes m'inondaient les joues.

– Non, Patch. Ne pleure pas.

Je me suis levée.

– Sois gentil, ne m'appelle plus jamais comme ça.

Il a enfoui son visage dans ses mains et a hurlé dans ses paumes.

– Merde !

Je me suis précipitée dans la cuisine pour me servir un verre de tequila. Je l'ai bu sec, sans m'embêter à l'agrémenter de sel et de citron. Justin a attrapé la bouteille avant que je ne me resserve.

– Tu vas te rendre malade.

– Et alors ?

La porte s'est ouverte au même instant. Nous avons tourné la tête en même temps.

Justin a blêmi avant de plaquer un sourire forcé sur son visage.

– Jade !

Elle s'est élancée vers lui et a enroulé les bras autour de sa taille.

– Je ne pouvais pas attendre demain. Tu m'as trop manqué.

Quand elle l'a embrassé, il s'est raidi. Qu'elle l'embrasse devant moi le mettait visiblement mal à l'aise, après toutes nos confidences.

Elle s'est écartée de lui.

– Tu sens la tequila.

– Oui. Une amie d'Amelia est venue à la maison et elle a apporté une bouteille.

– Contente de constater que vous êtes réconciliés.

Elle m'a regardée et est venue m'enlacer.

– Toi aussi, tu m'as manqué, Amelia.

Alors qu'elle me serrait contre sa poitrine, la culpabilité m'a envahie.

– C'est bon de te revoir, j'ai menti.

Elle m'a dévisagée.

– Tu as les yeux rouges. Tout va bien ?

– Oui, j'ai trop bu, c'est tout. Je n'ai pas l'habitude.

– C'est costaud, la tequila. Surtout celle-ci.

Jade a commencé à raconter les derniers ragots de Broadway pendant que Justin et moi nous échangions des regards. Quand elle a terminé son long monologue, il était temps que je me retrouve seule.

– Bon, je suis épuisée. Je vais me coucher.

– J'espère que nous ne te dérangerons pas trop ce soir. (Avec un clin d'œil, elle a jeté un regard vers Justin.) Ça fait un moment.

Il était stoïque et très mal à l'aise.

– Ne vous inquiétez pas pour moi. Faites-vous plaisir, j'ai répondu sèchement.

Dans ma chambre, je me suis bouché les oreilles avec un oreiller pour étouffer les crissements du lit. Les entendre au lit était une torture innommable, mais ce n'était rien comparé au sentiment de vide que m'avait procuré ma conversation avec Justin.

J'avais mal au ventre. Brusquement prise de nausée, je me suis précipitée aux toilettes. Je me suis juré de ne plus jamais boire de tequila, non seulement parce que ça m'avait rendue malade mais parce que ça me rappellerait toujours cette misérable soirée.

CHAPITRE 9

Deux jours plus tard, j'étais toujours malade. Pouvait-on souffrir autant d'une gueule de bois ? J'étais à peine sortie de ma chambre. Justin et Jade se préparaient à quitter la maison pour rentrer définitivement à New York. Je les entendais emballer leurs affaires, mais je n'avais pas la moindre idée du jour précis de leur départ. J'étais tellement en colère que Justin m'ait proposé d'alterner nos futurs séjours que je ne voulais pas le voir ni même lui dire au revoir.

De son côté, il ne s'était pas donné la peine de prendre de mes nouvelles. Quand Jade passait la tête dans ma chambre, je la remerciais en lui conseillant de ne pas m'approcher, à moins qu'elle ne désire rentrer malade à Broadway. Je préférais l'idée de ne plus du tout leur parler, mais je commençais à envisager de consulter un médecin. Et pour cela, j'allais devoir quitter ma chambre.

La chance m'a souri, puisqu'ils sont sortis assez longtemps pour que je prenne une douche et m'échappe sans les croiser.

Quand je suis arrivée à la clinique, j'ai dû patienter une demi-heure avant d'être reçue par un médecin. Je ne pouvais pas aller aux urgences de Newport, je n'avais pas envie de tomber sur Will Danger. Poursuivant ma route, j'avais fini par trouver cette petite clinique de jour.

Une infirmière m'a enfin appelée.

– Amelia ?

Je l'ai suivie dans les couloirs sinueux jusqu'à une petite salle d'examen froide où j'ai patienté vingt minutes supplémentaires. Quand le médecin est enfin apparu, je lui ai fait la liste de mes symptômes : nausée, vomissements, fatigue. J'ai précisé que je m'étais sentie plus ou moins patraque durant tout l'été et que j'avais trop bu récemment, mais elle a exclu l'empoisonnement éthylique. J'ai également mentionné les problèmes de santé de Justin au cas où ce soit lié.

Quand je lui ai dit que je n'avais pas vu de médecin depuis plus de deux ans, elle a voulu me faire passer des examens. Une infirmière est venue me faire une prise de sang et aussi uriner dans un flacon. Ça commençait à se compliquer.

Les résultats du bilan sanguin ne me seraient communiqués que dans plusieurs jours, donc j'allais partir quand le docteur m'a rattrapée à l'accueil.

– Mlle Payne ?

– Oui ?

– Pourriez-vous revenir dans mon bureau un instant ?

Mon cœur s'est mis à cogner. Quelque chose clochait. Ils devaient m'appeler dans la semaine. Pourquoi demandait-elle à me voir maintenant ?

– Comme vous le savez, le laboratoire a fait une prise de sang et il faut attendre un peu avant d'avoir les résultats, mais l'analyse d'urine est très rapide. Vous avez indiqué ne pas avoir eu de rapports sexuels dernièrement, mais vous êtes enceinte.

– C'est impossible.

– Je crains bien que vous le soyez.

– J'ai même eu mes règles.

– Ce n'étaient probablement que des pertes ou des saignements intermittents. Vous m'avez dit avoir bu une certaine quantité d'alcool récemment. Est-il possible qu'à cette occasion, vous ayez eu des rapports sans vous en souvenir ?

– Pas du tout.

Je réfléchissais pour me souvenir de mon dernier rapport sexuel. C'était avec Adam, quelques mois plus tôt, le soir de notre rupture. Comme nous avions toujours utilisé des préservatifs, ça me semblait tout à fait impossible.

– Vous êtes sûre ?

– Les examens sont assez fiables, oui.

– Pourrions-nous les refaire ?

– J'ai une meilleure idée. Il y a un cabinet de gynécologie obstétrique dans le bâtiment. Je vais voir s'ils peuvent vous glisser entre deux rendez-vous pour faire une petite échographie. Je ne peux pas garantir qu'ils aient de la place, mais je vais les appeler. Voulez-vous attendre à l'accueil un moment ?

J'ai eu l'impression d'attendre des heures. J'étais certaine que c'était une erreur, et donc une perte de temps.

Le docteur a passé la tête dans la salle d'attente.

– Mlle Payne ? Bonne nouvelle. Ils peuvent vous recevoir tout de suite. Prenez l'ascenseur, descendez au rez-de-chaussée et suivez le panneau Reid Gynécologie. Demandez Doris. C'est la technicienne. Nous leur avons transmis votre dossier de couverture sociale.

– Merci.

À l'accueil du rez-de-chaussée, une fille de mon âge, portant une blouse décorée de têtes de Mickey, m'attendait en souriant.

– Amelia ?

– Oui.

– Bonjour. Suivez-moi, je vous prie.

Doris m'a emmenée dans une pièce sombre. Il y faisait plus chaud que dans la salle d'examen, et une radio diffusait de la musique douce.

– Tout d'abord, félicitations, dit-elle avec un léger accent espagnol.

– Je ne suis pas enceinte. J'ai attrapé un virus. Je veux juste confirmer qu'il y a eu une erreur avec l'analyse d'urine.

– Ces tests sont très précis, a-t-elle répondu, amusée.

– En général, mais pas dans mon cas, dis-je avec assurance.

Ignorant ma remarque, elle a montré mon tee-shirt.

– Vous voulez bien le soulever ? Je vais étaler du gel tiède sur votre ventre.

Le gel a giclé hors du tube dans un bruit moite et elle l'a étalé sur mon ventre. Elle a posé la sonde et appuyé légèrement. Une image floue en noir et blanc est apparue sur l'écran et, quelques secondes plus tard, je l'ai vu. Plus qu'un simple haricot, il avait une grosse tête et des bras. Il bougeait et semblait géant.

– Amelia, je vous présente votre… virus. Il a un cœur qui bat, juste ici, et tout le reste est à sa place. Vous êtes bel et bien enceinte.

La pièce s'est mise à tourner autour de moi.

– Comment est-ce possible ?

– Vous pouvez sûrement trouver la réponse toute seule, en réfléchissant bien. Vous devez en être à la douzième semaine, ce qui situe la date de l'accouchement à la fin du mois de mars.

Douze semaines ? Précisément la fin de mon histoire avec Adam. Celui qui m'avait trompée. Qui vivait à Boston avec Ashlyn. Adam que je haïssais. Cet Adam-là.

J'attendais le bébé d'Adam.

La technicienne a poursuivi.

– Malheureusement, c'est un peu trop tôt pour définir le sexe, mais vous pouvez prendre un autre rendez-vous pour la visite du quatrième mois et nous pourrons déterminer le sexe à ce moment-là.

La prochaine fois, vous devrez d'abord voir le gynécologue.

– Je consulterai à Providence. J'y habite la plus grande partie de l'année, mais je vous remercie.

Étourdie et confuse, j'ai posé un regard incrédule sur les trois images de mon bébé qu'elle a imprimées pour moi. J'ai regardé les images de cette créature étrangère, puis mon ventre qui était comme avant. Il était peut-être un peu gonflé, mais j'avais attribué cela au stress et à l'alcool.

Oh, mon Dieu, l'alcool !

J'avais bu de l'alcool et du café extra-fort. Ce bébé allait-il bien ?

Abasourdie, je suis sortie de la clinique et suis restée assise dans ma voiture pendant plusieurs minutes avant de trouver l'énergie de rentrer chez moi. La maison m'a semblé plus grise, plus effrayante. L'avenir était incertain. Pour la première fois depuis des mois, Justin n'était plus mon unique souci.

Justin et Jade préparaient le dîner pendant que, dans mon lit, je me tenais le ventre sans y croire. J'avais réussi à me faufiler dans ma chambre avant qu'ils rentrent. Je ne les avais pas vus, mais les rires de Jade me tapaient sur les nerfs.

J'étais toujours sous le choc, en plein cauchemar. Cette grossesse était impossible à admettre.

Comment allais-je réussir à élever un enfant ? J'arrivais à peine à m'assumer. Mon salaire ne couvrirait même pas les frais de garde. Les questions se bousculaient dans ma tête quand la porte d'entrée a claqué. Alors que je me demandais s'ils étaient partis, j'ai entendu des pas dans l'escalier.

Ils se sont rapprochés de ma porte, puis on a frappé.

– Qui est-ce ?

– C'est moi, a-t-il répondu à voix basse.

Sa voix grave m'a fait frissonner.

– Qu'est-ce que tu veux ?

– Je peux entrer ?

Je suis allée lui ouvrir.

– Quoi ?

Il avait l'air fatigué, comme s'il revenait juste d'un marathon.

– Tu as l'air crevé. Trop de sexe ?

– Jade prépare du guacamole. Nous n'avons pas assez de citrons, elle est allée faire un saut à l'épicerie. C'est la première occasion que j'ai de te parler seul à seul. Nous n'avons pas beaucoup de temps.

– Qu'as-tu besoin de me dire ?

– Pourquoi restes-tu enfermée dans ta chambre ?

– Ce n'est pas ce que tu voulais… que je disparaisse ?

Le regard chargé de regrets, il a secoué lentement la tête.

– Non.

– Non ?

– Non, cette idée de planning est ridicule. Je n'aurais pas dû te la proposer.

– Tu sais quoi ?

– Dis-moi.

– Tu ne vas plus avoir aucune difficulté à me résister. Finis les dilemmes. Quand je te dirai quelle nouvelle j'ai apprise aujourd'hui, tu n'auras plus jamais de pensées inconvenantes à mon égard. Je ne t'intéresserai plus du tout. Ton plus gros cauchemar… est devenu réalité, Justin.

Il battait des cils, tentant de lire entre les mots.

– Mais de quoi tu parles ?

J'ai fondu en larmes. Le visage enfoui dans mes mains, je me suis assise sur mon lit. Soudain, mes hormones de grossesse ont pris le dessus. Justin, qui ne m'avait jamais vue éclater en sanglots, m'a prise dans ses bras. Son élan m'a fait pleurer de plus belle.

– Amelia… parle-moi. S'il te plaît.

– Je suis allée chez le docteur. Juste pour une visite de routine. J'étais malade… comme toi avant…

– Quelqu'un t'a fait du mal ?

Je me suis essuyé le nez avec ma manche.

– Non, pas du tout.

– C'est quoi, alors ?

– On m'a fait des examens. Dont un test de grossesse.

Honteuse, je me suis écartée pour regarder son visage.

– Tu es… enceinte ?

– Oui, ai-je dit d'une voix à peine audible.

– Comment est-ce possible ?

– J'en suis à trois mois. Il est d'Adam.

– Ce salaud ne mettait pas de préservatif avec toi ?

– C'est là que ça coince. Nous en avons mis, je ne sais pas comment c'est arrivé. Ils ne sont pas fiables à cent pour cent, apparemment.

– C'est trop tard pour avorter ?

– Tu n'as pas entendu ce que j'ai dit ? Je suis enceinte de trois mois ! C'est trop tard ! De toute façon, je n'aurais pas pu me résoudre à avorter.

Justin s'est levé du lit et s'est mis à faire les cent pas.

– Très bien… d'accord. Je suis désolé. Je réfléchis tout haut, je cherche une solution.

– Je suis morte de trouille.

– Justin ? Je suis rentrée ! a crié Jade depuis l'entrée.

Il s'est figé sur place.

– Merde !

– Ne le dis pas à Jade. Je ne veux le dire à personne pour l'instant.

– C'est entendu.

– Tu devrais redescendre.

Il semblait enraciné dans le sol.

– Amelia…

– Vas-y ! Je ne veux pas qu'elle me voie pleurer.

Troublé, Justin est sorti.

J'ai passé le restant de la nuit sur Internet, pour me préparer aux six prochains mois. Je devais réfléchir à la manière de l'annoncer à Adam. Même s'il ne voulait pas s'en mêler, il était en droit de savoir.

Justin et Jade chargeaient la voiture. J'avais déjà dit au revoir à Jade, pendant le petit déjeuner, mais je n'avais pas eu l'occasion de parler à Justin. J'avais du mal à croire que le grand jour était arrivé. Je l'avais redouté, mais c'était aussi un soulagement. Le voir quotidiennement n'en aurait été que plus difficile, sachant sans l'ombre d'un doute que nous n'avions pas d'avenir commun. Justin ne voulait pas avoir d'enfant, encore moins élever celui d'un autre. Cette grossesse était le coup fatal à notre relation. J'en venais à envisager de le prendre au mot et de prévoir un planning pour l'été suivant. Ou mieux, je lui vendrais la moitié de la maison. Cette solution me brisait le cœur, mais ma situation financière m'inquiétait avec l'arrivée du bébé.

De la fenêtre de ma chambre, je les regardais ranger leurs valises et leurs cartons à l'arrière de la Range Rover. À un moment, Justin a levé les yeux vers moi. Il a fait un signe comme pour me demander d'attendre un instant. Il a dit quelques mots à l'oreille de Jade et, un moment plus tard, elle est partie en voiture.

Le bruit de ses pas a résonné dans l'escalier. Il est apparu à ma porte, l'air morose.

– Salut.

– Salut.

– Tu tiens le coup ?

– Pas terrible.

– J'ai demandé à Jade d'aller faire le plein d'essence, le temps que je te dise au revoir. Je voulais voir si tu avais besoin de quelque chose avant notre départ.

– Non, rien de spécial. Ta vie t'appelle.

– Ça m'ennuie de te laisser comme ça.

– Tu sais, je rentre chez moi dans quelques jours. Plus tôt je rentrerai à Providence pour me préparer à affronter la réalité, mieux ce sera.

– Patch…

– Ne m'appelle plus comme ça. (Les larmes me sont montées aux yeux.) Ce n'est pas parce que je t'en veux… mais ça me rend triste.

Mes lèvres tremblaient.

– D'accord, a-t-il acquiescé doucement.

– Qu'allais-tu dire ?

– Si tu as besoin de quelque chose… de quoi que ce soit… appelle-moi. Promets-moi de me donner des nouvelles.

– Promis.

– Fais-moi savoir quand je pourrai le dire à Jade.

– D'accord. Je ne pourrai pas le cacher très longtemps, de toute façon.

Son regard a survolé le lit. J'avais laissé les échographies sur le duvet, après les avoir examinées. Il est allé les prendre et les a regardées comme fasciné.

– Cette chose est dans ton ventre ? Ça se voit à peine.

– Je sais.

Il a secoué la tête sans détacher son regard des images.

– C'est vraiment étrange. Je suis toujours sous le choc, je crois.

– Tu n'es pas le seul.

Il a reposé les images sur le lit, et son regard s'est perdu dans le vide. Il a plongé la main dans sa poche et en a sorti son couteau rouge.

– J'aimerais que tu le gardes. Tu en auras plus besoin que moi. Garde-le près de ton lit la nuit. Je me sentirais mieux en le sachant avec toi, parce que là, je me sens totalement impuissant.

Je ne voulais pas de le contrarier.

– D'accord.

Il a regardé par la fenêtre Jade qui se garait devant la maison.

Je me suis essuyé les yeux.

– Tu dois y aller.

Il n'a pas bougé.

Nous sommes restés les yeux dans les yeux, jusqu'à ce que nous entendions Jade entrer dans la maison.

Puis, il a disparu.

DEUXIÈME PARTIE

Huit mois plus tard

CHAPITRE 10

J'avais beau être chez moi, j'avais l'impression d'entrer par effraction.

Tout était comme nous l'avions laissé. Il faisait un froid de canard dans la maison de la plage. Il fallait mettre le chauffage en marche, car bien que nous soyons mi-mai, il faisait mauvais sur l'île. Je n'avais pas prévu de revenir avant la fin juin, mais l'immeuble dans lequel je louais un appartement avait été vendu et j'avais été contrainte de déménager. Je n'avais pas d'autre choix que d'avancer mon séjour à Newport si je ne voulais pas me retrouver à la rue. J'étais en congé maternité jusqu'à la fin de l'année scolaire, autant en profiter.

Nous n'avions pas réussi à trouver de locataires pour l'occuper durant la basse saison. La maison de la plage était restée vide. Un sentiment de nostalgie m'a envahie sans prévenir. Avant, cette maison me faisait penser à Nana ; maintenant, elle me rappelait Justin. Je pouvais presque sentir son eau de toilette dans la cuisine. C'était mon imagination, mais je la sentais réellement. Je le revoyais préparer le café, touillant sa mixture avec un sourire en coin… son dos musclé devant l'océan… la soirée tequila, lécher, frapper, sucer. Coulant un regard vers le salon, je me suis remémoré notre dernière soirée avant le retour de Jade.

J'ai fermé les yeux, le temps de me baigner dans le souvenir de cet été, quand ma vie était encore simple. Un petit cri provenant du porte-bébé m'a ramenée à la réalité.

La tête de Bea oscillait d'avant en arrière, à la recherche du sein.

– Attends, attends. Je dois te sortir de ce truc d'abord. (Je l'ai dégagée du porte-bébé en babillant.) Tu as été très sage pendant le voyage. Tu dois avoir faim maintenant, hein ?

Merde. J'avais laissé mes affaires dans la voiture. Avec ma fille de deux mois, je suis allée chercher l'oreiller d'allaitement resté sur la banquette arrière. Tracy me l'avait offert, me jurant que c'était l'accessoire indispensable. Elle avait vu juste. Il était rose vif avec des pâquerettes blanches, et si je ne voulais pas me casser le dos à nourrir ce bébé constamment affamé, je ne pouvais pas m'en passer. J'ai pris le temps d'admirer l'océan avant de retourner à l'intérieur.

Bea était le diminutif de Beatrice, le prénom de ma grand-mère. Ma petite fille était née mi-mars, une semaine avant la date prévue. Adam avait choisi de ne pas être là. Il voulait des preuves de sa paternité, et tant qu'il n'en aurait pas, il ne la reconnaîtrait pas. Comme nous avions toujours mis un préservatif, il avait conclu qu'il était peu probable qu'il soit le père. Je n'avais couché qu'avec lui avant de tomber enceinte, mais je n'avais tout simplement aucun moyen de le lui prouver s'il ne me croyait pas sur parole. Je ne voulais pas endurer l'épreuve d'un test sanguin pour l'instant, d'autant qu'il ne semblait pas pressé de faire partie de nos vies. Aussi je repoussais indéfiniment ce problème. Sa poufiasse, Ashlyn, devait tirer les ficelles, ou au moins le convaincre que je n'étais qu'une menteuse. J'avais d'autres chats à fouetter. La vie était assez stressante comme ça.

Quand Bea a fini de téter, elle s'est rendormie. Je l'ai détachée lentement du sein et l'ai déposée dans son siège bébé. J'ai profité de ce rare instant de tranquillité pour vider la voiture. La plupart de mes affaires étaient stockées à Providence, mais j'avais apporté tous nos vêtements et le berceau de Bea. J'allais devoir acheter un lit d'enfant et me débrouiller pour le monter.

Un homme brun bouclé, âgé d'une petite trentaine d'années, est venu vers moi. Ses grands yeux marron brillaient.

– Bonjour, voisine. J'ai vu votre voiture. Je me demandais si j'allais rencontrer les occupants de cette magnifique maison.

J'ai indiqué la maison à la droite de la mienne.

– Vous habitez là ?

– Oui. J'ai emménagé à l'automne. Je suis un des rares résidents à l'année, apparemment.

– Vous avez dû rencontrer Cheri. Elle aussi vit ici toute l'année.

– Oui, mais je crois que c'est à peu près tout.

– C'est possible.

Il m'a tendu la main.

– Roger Manning.

– Enchantée… Amelia Payne.

– Vous avez des affaires de bébé. Vous avez des enfants ?

– Euh… juste un. Ma fille est née en mars. Elle dort à l'intérieur.

– J'ai une fille, moi aussi. Elle a sept ans et vit avec sa mère, en Californie.

– Elle doit vous manquer.

– Vous n'imaginez pas à quel point. Je suis dans la marine et je suis en poste ici pour un moment. Après mon divorce, mon ex a voulu retourner s'installer sur la côte Ouest, pour se rapprocher de sa famille.

– Je comprends.

– Je vais rencontrer votre mari ?

– Oh… je ne suis pas mariée. C'est une longue histoire. Je ne suis pas avec le père de ma fille. C'était une grossesse accidentelle.

– Je suis désolé pour vous.

– Il n'y a pas de raison. C'est un cadeau du Ciel.

Roger a jeté un œil à l'intérieur de mon véhicule.

– Je peux vous aider à porter vos affaires à l'intérieur de la maison ?

Ma fatigue l'a emporté sur ma méfiance vis-à-vis des inconnus. Bea ne me laissait pas beaucoup dormir, et toute aide était la bienvenue.

– Ce serait très gentil à vous.

Roger a déchargé la voiture et porté le tout dans la maison, allant jusqu'à monter le berceau à l'étage et à l'installer à côté de mon lit.

En redescendant, il s'est agenouillé devant Bea et l'a observée en train de dormir.

– Elle est magnifique.

– Merci. Elle aime dormir la journée et m'empêcher de me reposer la nuit. Ils conseillent de dormir en même temps que les bébés, mais je ne peux pas. J'ai trop de choses à faire pendant qu'elle dort.

Il s'est relevé et a semblé réfléchir un instant.

– Eh bien, si vous avez besoin de quoi que ce soit, je suis juste à côté. Vraiment… si quelque chose est cassé ou si vous avez besoin d'aide pour porter quelque chose… n'hésitez pas.

– Vous ne savez pas comme ça me fait plaisir. Merci.

Quand la porte s'est refermée, j'ai souri. Le pauvre Roger n'imaginait pas qu'il allait bientôt monter un lit d'enfant.

Puisque Bea dormait toujours, j'ai entrepris de commencer à ranger les vêtements à l'étage. Dans le couloir, je n'ai pas pu m'empêcher de m'arrêter dans la chambre de Justin. Je me suis allongée sur son lit et j'ai reniflé son oreiller. Cette fois, ce n'était pas mon imagination : ça sentait son parfum. La nostalgie est revenue. L'oreiller serré contre ma poitrine, une larme a coulé sur ma joue. J'avais réussi à contrôler ce sentiment pendant presque une année. Mais là, il refaisait surface.

Tu me manques.

Ces derniers temps, Justin avait souvent pris des nouvelles. Je répondais que j'allais bien, tout en répétant que je n'avais besoin de rien. Il n'était pas très actif sur les réseaux sociaux. Il ne publiait que d'occasionnelles photos de concert – principalement de son public – sur Instagram. Je décortiquais la page Facebook de Jade dans l'espoir de me faire une idée de leur vie new-yorkaise, enviant leur liberté. Il me manquait terriblement, mais le mieux était de garder mes distances.

Juste après la naissance de Bea, je lui avais envoyé une photo d'elle. Il avait de nouveau proposé son aide, également sur le plan financier. J'avais toujours refusé. Lui et Jade avaient fini par m'envoyer un généreux bon d'achat dans un magasin de jouets, avec lequel j'avais acheté le lit et le transat de Bea.

Je ne lui avais pas dit que j'avais été virée de mon appartement. J'avais honte, et je ne voulais pas qu'il me fasse encore la charité. Par conséquent, il ignorait encore que j'allais vivre ici. J'espérais que, par miracle, ils passent le moins de temps possible ici pendant l'été. Je doutais qu'ils apprécient d'être réveillés par Bea plusieurs fois par nuit. En vérité, je ne voulais pas le voir par peur de souffrir.

Un petit mois s'est écoulé sans nouvelles de Justin et de Jade. Je m'adaptais enfin à ma vie sur l'île.

Roger avait fini par monter le lit pour moi. Il était blanc, et j'avais acheté une parure de lit sur Internet avec ce qui restait de la carte cadeau. Roger et moi devenions amis. Conscient que c'était compliqué de quitter la maison, il lui arrivait de m'apporter du café ou des fruits de mer achetés sur les quais. Même si je sentais que je lui plaisais, il ne tentait rien. C'était une bonne chose, parce que je n'étais pas prête à fréquenter un homme.

Bea traversait une période difficile. Elle avait des coliques et dormait toujours aussi mal. Malgré le temps que je passais à l'allaiter, elle en voulait toujours plus. Quand je réussissais à quitter la maison, je l'emmenais partout avec moi, au marché, chez le docteur. Je n'étais pas sortie seule depuis sa naissance. Nous étions toujours toutes les deux, et ça m'allait très bien. Les seules fois où je me sentais triste, c'était plutôt tard le soir, quand j'étais au comble de la fatigue.

Par l'un de ces tristes soirs, la pluie tambourinait à la fenêtre de ma chambre. Bea pleurait sans discontinuer. Elle avait vidé mes seins et refusait le biberon. J'avais des étoiles devant les yeux tant j'étais épuisée. J'avais tellement envie de dormir que j'ai éclaté en sanglots. C'était une torture invivable. Comment allais-je tenir sans dormir ? Comment allais-je reprendre le travail, et qui s'occuperait d'elle aussi bien que moi ? Un sentiment d'impuissance m'envahit alors que le tonnerre grondait. Et s'il y avait une coupure de courant ? Nous n'avions même pas de bougies. La panique s'emparait de moi. Décidant de descendre, j'ai pris prudemment Bea dans mes bras.

Une demi-heure plus tard, j'allais encore plus mal. Des crevasses creusaient mes mamelons douloureux. Dans mes bras, Bea souffrait toujours de coliques. Quand la porte d'entrée a vibré, la panique m'a saisie pour de bon. Dans un afflux d'adrénaline, j'ai cherché d'une main fébrile le couteau de Justin dans ma poche. Je ne portais que des pyjamas à poche pour le garder sur moi.

Quelqu'un essayait d'entrer dans la maison.

J'avais laissé mon téléphone à l'étage. Bea hurlait, nous ne pouvions même pas nous cacher. La porte s'est remise à trembler.

– Fichue clé, j'ai entendu dire lorsque la porte s'est ouverte.

Il a semblé surpris en voyant à quoi je ressemblais. Bea pendue à mon sein. Les cheveux en broussaille, je brandissais son couteau vers lui.

– Justin.

CHAPITRE 11

Il a détourné le regard.

– Putain, Amelia. Pose ce couteau et cache tes seins.

Son arrivée soudaine m'a tellement surprise que j'en avais oublié que mes seins ressortaient de mon soutien-gorge d'allaitement. Je ne portais pas de tee-shirt parce que je dormais sans. C'était plus simple d'allaiter en soutien-gorge. Bea dans un bras, je suis allée dans la cuisine attraper mon gilet sur un tabouret haut pour me couvrir.

Paniquée, je m'emmêlais dans mon gilet tout en parlant fort pour couvrir les pleurs de Bea.

– Que fais-tu ici ?

– Tu te trimbales en soutien-gorge maintenant ? Nous allons avoir un problème.

– Je ne m'attendais pas à te voir. Tu es venu plus tard l'an dernier. Pourquoi tu ne m'as pas appelée avant de venir ?

– D'abord, je ne pensais pas te trouver là. J'avais besoin de m'échapper de la ville un moment.

Je pensais passer deux semaines ici, ouvrir la maison, la préparer pour ton arrivée.

Les pleurs de Bea ne se calmaient pas, même si je la faisais sautiller.

– Qu'est-ce qu'elle a ?

– Des coliques. Je ne produis pas assez de lait pour la satisfaire, et elle refuse le lait en poudre.

Il s'est approché lentement et a jeté un œil au visage de Bea. Il a souri.

– Elle te ressemble.

– Je sais.

Tout près de moi, il m'a dévisagée.

– Mon Dieu, Amelia.

– Quoi ?

– On dirait que tu reviens d'un champ de bataille.

– C'est ta façon de me dire que j'ai une sale tronche ?

– Tu as les yeux rouges… les cheveux emmêlés. Putain, tu n'es pas en forme.

– Tu crois que je ne m'en rends pas compte ?

– Tu dors en ce moment ?

– Non, très peu. Elle traverse une période difficile, elle ne dort pas la nuit, et par intermittence la journée.

– Tu ne peux pas vivre comme ça.

– Tu as des conseils à me donner ?

– Commence par prendre une douche.

– Je ne peux pas la laisser pleurer comme ça.

– Peut-être qu'elle pleure parce que tu pues ?

Il a ri. Je suis restée sans voix, puis j'ai éclaté de rire. D'un point de vue technique, il pouvait être dans le vrai.

– Possible.
– Je vais la prendre pendant que tu vas te laver.
– Toi ? Tu ferais ça ?
– C'est bien ce que je viens de dire.
– Tu as déjà porté un bébé ?
– Non.
– Tu es sûr que ça va aller ?
– Je vais m'en sortir.

Je ne pouvais pas passer à côté de l'occasion. L'idée d'une douche chaude me semblait paradisiaque.

Je l'ai tendue délicatement à Justin.

– Attention à sa tête. Elle ne doit pas partir en arrière. Cale sa nuque dans le creux de ton bras.
– Compris.

Bea était minuscule dans ses grands bras. Surtout, elle semblait bien là ; la petite coquine avait arrêté de pleurer.

– C'est une blague…
– Quoi ?
– Tu n'as pas remarqué qu'elle s'était calmée ?
– Je te l'ai dit, tu sens mauvais.
– Peut-être. Ou alors c'est parce que tu sais t'y prendre avec les filles, et ça marche aussi sur les bébés.

Il la berçait pour la réconforter et m'a chassée d'une main.

– Vas-y, Amelia. Avant qu'elle recommence à s'énerver.
– D'accord. Merci… beaucoup.

Sous le jet d'eau chaude, j'ai remercié le Ciel que Justin soit là. J'étais vraiment sur le point de devenir folle. Comme lorsque nous étions enfants, Justin était apparu au moment où j'avais besoin de lui. Même si ce n'était pas volontaire, il était mon héros de la soirée.

Je suis sortie de la douche et me suis habillée à la hâte en m'obligeant à me dépêcher, au cas où Justin perde patience ou, pire, que la couche de Bea soit sale.

En redescendant, j'ai découvert une scène bien différente. Couchée sur le ventre, sur le torse de Justin, le dos de Bea se soulevait lentement. Elle dormait à poings fermés. Il était assis sur le canapé, et tout était paisible. Quand il m'a vue arriver, il a posé le doigt sur sa bouche pour m'imposer le silence.

Je me suis assise à côté de lui, les observant d'un œil émerveillé. Par sa seule présence, il avait réussi à l'endormir. Qui aurait pu deviner que Justin, qui clamait qu'il ne voulait pas avoir d'enfant, avait le truc avec les bébés.

– Va dormir si tu veux, m'a-t-il proposé.

– Et si elle se réveille ?

– Je me débrouillerai.

– Si elle se réveille, c'est parce qu'elle a faim.

– Alors, je te l'apporterai dans ta chambre. Pour l'instant, elle n'a besoin de rien.

– Tu es sûr ?

– Amelia…

– Oui ?

– Tu crois qu'on va s'envoler ? Allez, au lit !

– Merci, j'ai réussi à articuler avant de monter.

Je me souvenais à peine d'avoir posé la tête sur l'oreiller. Je n'avais pas dormi autant d'heures d'affilée depuis la naissance de ma fille.

Six heures plus tard, les pleurs de Bea m'ont réveillée. Me frottant les yeux, j'ai vu Justin dans l'embrasure de la porte, avec elle.

– J'ai retardé au maximum le moment de te réveiller. (Il me l'a déposée dans les bras.) Je te laisse l'allaiter. Je vais faire un somme.

– Merci, vraiment. J'avais tellement sommeil.

– Pas de quoi.

J'ai nourri Béa immédiatement. Elle avait l'odeur de Justin. En respirant son parfum viril, j'ai été prise d'un désir que j'avais étouffé depuis longtemps. C'était si bon de ne plus être le seul adulte de la maison, mais je devais contrôler mes sentiments. Même si c'était difficile, je ne laisserais plus Justin m'obséder. Maintenant que j'étais responsable de la vie d'un petit être humain, je ne pouvais plus laisser mes sentiments me réduire à l'état d'épave.

Justin est descendu en milieu d'après-midi. Bea dans le porte-bébé, je nettoyais la cuisine.

– Bonjour.

– Salut, a-t-il dit d'une voix endormie.

Aussitôt, mon corps s'est électrisé. Il était tout débraillé, avec ses cheveux en bataille et sa barbe naissante, plus visible à la lumière du jour. Son tee-shirt gris semblait avoir été peint sur ses muscles.

Et son pantalon décontracté lui faisait des fesses… que je préférais ne pas regarder.

– Comment va-t-elle ?

Tandis qu'il s'approchait pour regarder Bea, mon corps a réagi.

– Elle dort.

– Je comprends mieux. Le soleil brille, j'aurais dû m'en douter. Et toi, comment tu te sens ?

– Bien. Tu as été formidable hier soir.

– Elles disent toutes ça.

Il m'a fait un clin d'œil. Et j'ai levé les yeux au ciel.

– Merci encore.

– Arrête de me remercier. Tu sais… toutes les fois où j'ai pris de tes nouvelles, tu m'as dit que tu allais bien. Hier soir, tu ne m'avais pas du tout l'air en forme. Tu mentais.

– Justin, je suis la seule responsable de ma situation. Qu'est-ce qu'on pourrait bien faire pour moi ?

– Ta mère est venue vous voir ?

– Elle est venue à la maternité à la naissance de Bea, mais elle n'a pas proposé de rester m'aider. Elle se préoccupe plus de ses voyages à Cancun avec son amoureux et de la vente de ses leggings multicolores sur Internet. Ses priorités, si tu vois ce que je veux dire.

– Incroyable. Nana t'aurait aidée.

– Oui, c'est vrai.

J'ai fermé les yeux, en pensant à ma grand-mère avant de me concentrer sur ma mère.

– De toute façon, je n'ai pas envie d'avoir Patricia dans les pattes. Ce serait comme avoir deux bébés au lieu d'un.

– Elle aurait quand même pu avoir la décence de te proposer de l'aide, même si tu aurais refusé.

– Je suis d'accord avec toi.

Il s'est gratté la tête.

– J'ai oublié d'apporter mon café. Il t'en reste ?

– J'ai arrêté le café fusion quand j'ai appris que j'étais enceinte. Le sevrage a été pénible. Mais j'ai du déca dans le placard.

– Je vais faire avec. Tu ne crois pas que le fusion lui a fait du mal, si ?

– Tu penses que ça joue sur son sommeil ?

– Je m'en veux de t'avoir fait découvrir cette saloperie. Nous ne pouvions pas deviner.

– Mais non, tu n'as rien fait de mal. Regarde-la. Elle va très bien.

Il a souri largement.

– Oui, très bien.

– Je vais essayer de la coucher dans son berceau. Ensuite, je ferai du café.

– Je m'en occupe, dit Justin.

– Tu es sûr ?

– Mais oui.

J'ai couché Bea.

– Tu le bois toujours avec du lait et du sucre ?

– Oui, merci.

– Elle dort ?

– Comme un bébé.

– Bien.

Il a poussé ma tasse vers moi. J'ai bu une gorgée et posé la question qui me brûlait les lèvres.

– Pourquoi Jade n'est pas venue avec toi ?

– Elle a décroché un rôle dans une nouvelle comédie musicale, *The Alley Cats*. Elle joue tous les soirs, elle est obligée de rester à New York.

– Elle ne viendra pas de l'été ?

– Je ne sais pas trop.

– Et toi, tu restes combien de temps ?

Tout en remuant son café, il a secoué la tête.

– Je ne sais pas.

Prise d'effroi, j'ai réalisé que je redoutais déjà qu'il me laisse seule alors qu'il venait tout juste d'arriver.

– Je suis contente que tu sois là.

Pendant que nous buvions notre café en silence, j'ai remarqué le regard de Justin sur mes seins.

Il a toussoté.

– Tu as renversé du café sur ton haut ?

J'ai baissé les yeux et, évidemment, du lait s'échappait de mes seins, formant deux grosses taches.

– Merde, des fuites de lait ! Non… je vais me changer, mais ça va recommencer jusqu'à ce qu'elle se réveille.

– Dis donc, je suis content d'être un homme.

Moi aussi, je suis contente que tu sois un homme.

– Bienvenue dans ma nouvelle vie. (Il continuait de fixer mes seins.) Tu n'es pas obligé de mater. Mes yeux sont plus hauts.

– Tes seins sont énormes. Tu dois le savoir.

– Ça, j'en suis consciente. C'est une question d'offre et de demande. Plus elle tète, plus j'en produis. Elle ne fait que ça quand elle ne dort pas.

– Je ne peux pas le lui reprocher.

J'avais les joues en feu. Que m'arrivait-il ? Maintenant que j'étais un zombie privé de sommeil, je ne pouvais pas m'enticher de nouveau de lui. Et puis, je ne me sentais plus du tout attirante. Toutefois, je retombais dans le même schéma de désir avec lui.

– Eh bien, des seins plus gros mais j'ai perdu du poids.

– J'ai remarqué. Tu ne manges pas ?

– Pas aussi bien que je devrais. Je me force à manger des bâtons de fromage et des crudités, mais en général, je suis trop crevée pour cuisiner.

– À quand remonte ton dernier repas cuisiné ?

– Aucun souvenir. Les seules fois où je fais à manger, c'est quand le voisin me rapporte des fruits de mer du port.

– Quel voisin ?

– Roger.

– *Roger*.

– Oui. Il a emménagé dans la maison qui était vide l'été dernier. Tu sais, la bleue ?

– Ah bon… Que t'apporte-t-il d'autre ?

– Du café, parfois.

– Laisse-moi deviner. Il est célibataire.

– Oui… divorcé, mais c'est juste un copain. Il me donne des coups de main. Il a monté le lit de Bea.

– Tu m'étonnes. Aucun type ne fait ça sans avoir une idée derrière la tête, Amelia.

– Les hommes ne sont pas tous pareils.

– Et toutes les filles ne te ressemblent pas. Crois-moi, ce type a des arrière-pensées. Sois prudente.

Touchée par son compliment, je me suis éclairci la gorge.

– Eh bien, peu importe qu'il ait des idées derrière la tête. Je ne suis pas en état d'être avec un homme. Je me lave quand j'ai le temps.

– Tu ne devrais pas laisser un inconnu entrer aussi facilement ici. Tu es dans une situation très vulnérable. Il le sait.

– J'avais désespérément besoin d'un coup de main, alors…

– Tu aurais dû m'appeler.

– Tu vis à New York, et lui juste à côté. C'était plus simple.

– Je serais venu pour la journée si tu avais besoin de moi.

– Je ne veux pas être une charge pour toi, Justin. Je dois trouver mes marques.

Bien que j'aie adoré qu'il me dise ça, j'étais confuse.

– L'été dernier, tu as suggéré que nous nous évitions complètement, j'ai ajouté avec amertume. Pardonne-moi de ne pas t'avoir demandé de l'aide en premier.

Son visage s'est assombri.

– Putain, Amelia ! Tu remets ça sur le tapis ? Tu crois vraiment que c'est ce que je voulais ? J'étais complètement saoul ce soir-là, et j'ai dit ce que j'ai pu pour éviter de te sauter dessus. Je croyais t'avoir déjà expliqué que j'avais eu tort de proposer ça.

– Très bien, je suis désolée. Je ne veux pas qu'on se dispute.

– Bien. Au fait, j'ai dit à Salvatore que je pouvais jouer quelques soirs de temps en temps s'il voulait. Mais je ne me suis pas engagé pour tout l'été.

– Parce que tu ne sais pas combien de temps tu vas rester ?

– C'est ça.

– Il doit être content que tu reviennes, même pour quelques concerts.

– Oui, ça lui a fait plaisir.

– C'est dommage, je ne pourrai pas aller te voir.

– Pourquoi ?

– Je ne vais pas emmener Bea au Sandy. Elle se mettrait à pleurer en plein concert. Et si je dois lui donner le sein, je serai mal à l'aise.

– Qu'est-ce que ça fait si elle pleure ? Les gens s'adapteront. Et tu pourras l'allaiter dans la pièce du fond. Tu as besoin de mettre le nez dehors.

– Je vais y réfléchir.

Il s'est levé brusquement et a posé sa tasse dans l'évier.

– J'ai du boulot. Je préparerai le dîner ce soir, alors ne te remplis pas le ventre de crudités.

– Génial.

Bea a dormi quelques heures dans l'après-midi, ce qui m'a permis de faire la lessive et d'autres tâches ménagères. Justin a passé son temps à travailler dans sa chambre.

Quand il est descendu, il venait de se doucher et boutonnait sa chemise noire.

Il était trop beau pour passer la soirée à la maison.

– Tu joues au Sandy ?

– Non, pas ce soir.

– Ça m'aurait étonnée, mais tu es bien habillé.

– Tu te souviens de Tom, du Sandy ?

– Le manager du soir ?

– Oui. Je vais prendre un verre avec lui dans la soirée, au Barking Crab. Il veut parler musique.

– Je vois.

– Va te changer avant le dîner, si tu veux ?

– Nous dînons ici, non ?

– Oui, mais tu as des auréoles de lait sur ton haut. J'imagine que tu aimerais te doucher et te changer.

Il avait raison. Je devais prendre un peu plus soin de mon apparence.

– J'aimerais beaucoup.

Justin s'est occupé de Bea pendant que je me douchais. J'ai sorti le grand jeu, avec ma robe tube. Je me suis coiffée et maquillée. J'avais l'impression de me préparer pour un rendez-vous amoureux, et il fallait vraiment que je m'interdise ce genre de raisonnement.

Comme je lui avais conseillé de mettre Bea dans son transat, je pensais que Justin cuisinait. Au lieu de ça, quand je suis redescendu, il la berçait, en regardant par la fenêtre. Je l'observais à son insu.

– Je suis là.

– Oh ! Elle n'a pas voulu rester dans son siège. Elle pleurait, alors nous admirons le coucher du soleil.

J'ai eu un pincement au cœur.

– Tu dois cuisiner, non ?

– Oui, mais je n'en ai pas pour longtemps.

J'ai repris Bea, mais elle s'est mise à pleurer de mécontentement. Je lui ai tapoté le dos.

– Je crois qu'elle ne veut pas te quitter.

– Tu te fais des idées.

– Ah oui ? Tu veux parier ?

Je lui ai rendu Bea, et elle s'est arrêtée de pleurer. Elle le regardait. La pomme ne tombait jamais loin de l'arbre.

– Je me fais des idées, hein ?

Il lui a souri.

– Je ne sais pas pourquoi je lui plais. Je ne fais que la tenir dans mes bras.

– Pour un bébé, c'est l'essentiel.

Il a eu l'air embarrassé.

– Tu devrais la prendre.

Dans mes bras, Bea s'est remise à s'agiter. Je suis allée l'allaiter au salon pendant que Justin a commencé à cuisiner.

On a frappé à la porte.

– Tu attends quelqu'un ? a crié Justin de la cuisine.

– Non. Tu veux bien aller ouvrir ? Elle est toujours au sein.

J'ai déplié la couverture sur mon épaule pour nous cacher. De là où j'étais, je ne voyais pas l'entrée, mais j'entendais tout.

– Qui êtes-vous ?

– Roger. J'habite la maison voisine. Vous êtes ?

Merde.

– Justin. C'est chez moi ici.

– Ah oui, elle a parlé d'un colocataire pour la saison.

– Je peux faire quelque chose pour vous ?

– Amelia est ici ?

– Oui, mais elle donne à manger au bébé.

– Je suis passé au port. Je lui ai rapporté des crustacés.

– Amelia ! Roger t'a rapporté des trucs qui puent, a hurlé Justin.

Super.

– J'arrive. Salut !

– Bonsoir, Amelia. Désolé de te déranger.

– Non, ça…

– En fait, nous allions passer à table, est intervenu Justin.

Roger a semblé agacé.

– Vous restez combien de temps, Justin ?

– Aussi longtemps que nécessaire.

– Amelia m'a dit que votre amie était actrice à Broadway. C'est bien ça ?

– Oui.

– C'est super.

– Super ? Vous sortez d'où ?

– Roger, ne fais pas attention à Justin. C'est très gentil de m'avoir apporté des crabes. Ça me fait très plaisir.

– Des crabes, les trucs qui pincent… intéressant.

– Je ferais bien de vous laisser dîner, dit Roger.

– On se voit bientôt, j'ai dit en souriant.

– Bonne soirée, Amelia. Ravi de vous avoir rencontré, Justin.

– Salut, Roro ! a lancé Justin.

Il a claqué la porte derrière Roger, et je me suis tournée vers lui.

– Tu te comportes comme un vrai crétin.

– Quoi ? Je blaguais, c'est tout.

– Tu trouves ça drôle, mais c'est le seul ami que j'ai ici, et tu vas le faire fuir. Et quand tu seras retourné à New York, je vais avoir besoin de quelqu'un avec qui discuter. C'est très isolé par ici.

– Tu n'as pas besoin de ce type. Tu vis à Providence, en plus.

Je me suis mordu la lèvre.

– À ce propos, je voulais te parler de quelque chose…

– De quoi ?

– Je vais peut-être prendre une année… sabbatique. J'ai été virée de chez moi parce que le propriétaire a vendu l'immeuble. Je n'ai plus de logement en ville et je ne suis pas prête à mettre

Bea en crèche à la rentrée. J'allais te demander si tu serais d'accord pour que je vive ici cet hiver.

– Cette maison est à toi. Bien sûr, je suis d'accord. Tu n'as pas besoin de demander.

– Très bien. Bon, je me sens plus légère maintenant que tu sais tout. Merci.

– Le repas est prêt. Pose-la pour manger.

Justin nous avait servi un verre de vin.

– Mais… je ne peux pas boire, Justin.

– Merde, je n'y avais pas pensé.

– J'ai lu que j'avais droit à un verre, mais j'hésite.

– Pas grave, ce n'est pas perdu.

Justin avait préparé un risotto. Nous étions à la moitié du dîner quand Bea s'est mise à pleurer dans son transat. Je m'apprêtais à aller la chercher quand il m'a arrêtée.

– Termine de manger. Je m'occupe d'elle.

Il l'a prise dans ses bras et est venu se rasseoir à table. Comme toujours, elle s'est calmée aussitôt. Elle a tendu sa petite main pour attraper sa barbichette.

– Tu essaies de me dire que j'ai besoin de me raser ?

Les voir ensemble me donnait toujours la chair de poule.

Arrête ça, Amelia.

Bea a commencé à babiller comme si elle essayait de lui parler.

Justin a fait semblant de la comprendre.

– Ah oui ?

J'ai terminé mon assiette et suis retournée l'allaiter sur le canapé pendant que Justin faisait la vaisselle. Bea s'est rendormie à la fin de la tétée.

Lorsque Justin nous a rejointes au salon, je me suis souvenue qu'il avait prévu de sortir.

– Tu ne vas pas prendre un verre avec Tom ?

– Non, je vais annuler. Je joue demain soir. Je le verrai à ce moment-là.

Son téléphone a vibré.

– Salut.

Je me demandais à qui il parlait jusqu'à ce qu'il s'adresse à moi.

– Jade te dit bonjour.

– Salut, Jade.

J'ai souri malgré le sentiment de jalousie qui refaisait surface. Son appel était peut-être une bonne chose, car j'avais besoin d'être confrontée à la réalité.

Il est allé téléphoner dans la pièce voisine.

– Je dois rentrer à New York ce week-end.

J'ai eu un pincement au cœur.

– Ah, bon. Seulement pour le week-end ?

– Peut-être un peu plus longtemps.

CHAPITRE 12

C'était vendredi soir, et Justin était allé jouer au Sandy. Il avait prévu de partir de bonne heure le lendemain matin. J'avais dit que je n'assisterais pas au concert, mais j'étais tentée de changer d'avis. Qui savait s'il reviendrait ? Après tout, il était venu passer un moment seul et s'était retrouvé avec Bea et moi semant la pagaille dans sa vie. À sa place, j'hésiterais à revenir.

– Tu veux aller écouter tonton Justin ? j'ai dit à Bea. Tu promets d'être sage ?

Je l'ai couchée et je me suis déshabillée à toute vitesse. Si je traînais, je risquais de me raviser. J'ai mis une robe rouge que je n'avais pas portée depuis le début de ma grossesse, et ai glissé des coussinets dans mon soutien-gorge pour absorber les fuites de lait. Je me suis coiffée et maquillée. Quelques minutes plus tard, Bea et moi étions prêtes, et en voiture.

Aller au Sandy m'angoissait. Je n'y étais pas retournée depuis l'été dernier. De plus, j'étais étrangement nerveuse d'apparaître dans la salle alors qu'il n'était pas prévu que je vienne.

Il était en plein milieu d'une nouvelle chanson. Comme toujours, la foule était sous son charme, les femmes se pressaient sur le devant de la scène pour l'admirer pendant qu'il chantait. Le voir sur scène était un moment émouvant pour moi. Par chance, Bea était calme dans le porte-bébé, et j'ai pu profiter du moment.

Je me suis frayé un chemin jusqu'au bar pour saluer Rick le barman, qui m'a offert un verre d'eau pétillante. Détendue sur mon tabouret, j'ai fermé les yeux, me délectant de la voix de Justin qui entamait une reprise de « Wild Horses » des Rolling Stones. La chanson envoûtante semblait avoir été composée pour lui. J'en avais les larmes aux yeux. Pourquoi sa voix me bouleversait-elle toujours autant ? Chaque mot de chaque chanson semblait avoir un sens, et s'appliquer d'une manière ou d'une autre à notre histoire.

Comme de bien entendu, à la moitié de la chanson, Bea s'est mise à pleurer. Ce n'était pas le genre de chanson qui masque les braillements d'un bébé. De nombreuses têtes se sont tournées vers nous.

Tout en continuant à chanter avec fluidité, Justin a tourné la tête dans ma direction. Nos regards se sont croisés. J'étais gênée d'avoir interrompu cette belle chanson. J'ai commencé à m'éloigner vers la salle du fond quand Justin m'a fait signe de ne pas bouger. J'ai poursuivi mon chemin quand sa voix m'a arrêtée net.

– Le bébé que vous entendez pleurer n'est pas n'importe qui pour moi. Elle s'appelle Bea. Sa maman, Amelia. Je tiens à elle aussi, c'est ma plus ancienne amie. Enfin bref, croyez-le ou non, mais c'est la première sortie d'Amelia depuis la naissance de Bea, il y a trois mois. Amelia ne voulait pas venir. Elle avait peur qu'on la regarde de travers si le bébé se mettait à pleurer. Je l'ai rassurée, je lui ai dit que les gens étaient plus gentils et compréhensifs que ça. Elle ne m'a pas cru, mais elle a quand même tenté le coup. Vous pouvez me croire si je vous dis que ce n'est pas facile pour elle. Elle s'en sort drôlement bien, à élever ce petit bébé toute seule. Elle mérite bien une sortie, vous ne croyez pas ?

La salle a applaudi. Justin m'a fait signe d'approcher. Bea hurlait toujours.

– Donne-la-moi… dans le porte-bébé, a-t-il dit à distance du micro.

Justin a installé le porte-bébé sur son torse, et a glissé Bea dedans. Ma petite fille, heureuse là où elle était, s'est calmée. Évidemment.

Il a repris sa guitare et a entamé un morceau dont le début ressemblait à une berceuse. « Dream a Little Dream ». Je n'ai pas pu m'empêcher de sourire en voyant Bea sur scène avec lui.

Les femmes étaient conquises. La chanson s'est terminée sous un tonnerre d'applaudissements.

En sortant Bea du porte-bébé, ses fesses se sont retrouvées contre le micro. Un son explosif a retenti dans le restaurant, amplifié par le micro. Tous ces gens assistaient en direct à la diarrhée de ma fille.

En me la rendant, Justin riait comme toute la salle.

– Bea casse la baraque.

– Je vais aller la changer.

– Amelia.

– Oui ?

– Tu es belle, ce soir.

J'ai haussé les épaules.

– J'ai essayé.

Je ne m'étais pas sentie belle avant qu'il me le dise. Mon cœur battait à tout rompre.

Le lendemain matin, Justin était parti quand nous nous sommes réveillées. Il avait laissé un petit mot sur le comptoir de la cuisine.

C'est votre première vraie nuit. Je n'ai pas eu le cœur de te réveiller avant de partir. Prends soin de Bea. À bientôt.

Une semaine entière est passée sans nouvelles de lui.

J'essayais de me raisonner. Après tout, il n'était pas responsable de nous. La solitude était d'autant plus insupportable maintenant que j'avais goûté à la vie à trois. Les insomnies de Bea ont repris de plus belle. Honnêtement, je crois qu'il lui manquait. Comme à moi.

Dans un moment de désespoir, j'ai téléphoné à ma mère pour l'inviter à passer une semaine avec moi. Elle n'était là que depuis trois jours, et j'avais déjà envie de me tirer une balle. Elle passait plus de temps au téléphone avec son amoureux ou à fumer sur la terrasse qu'avec Bea et moi. J'avais été sotte de croire que devenir grand-mère la rendrait moins égoïste.

Je parvenais quand même à lui confier Bea pendant quelques heures pour dormir un peu, mais sa visite était une erreur. La veille de son départ, au lieu de profiter de Bea, elle a passé son temps à essayer de me convaincre de poursuivre Adam en justice.

– Quand vas-tu obliger ce type à payer ses dettes, Amelia ?

Juste après le départ de Justin, j'avais emmené Bea faire une prise de sang. Adam avait fait de même à Boston, et la veille, nous avions reçu la confirmation officielle de sa paternité.

– Je ne veux pas faire subir ça à Bea pour l'instant. En ce qui me concerne, c'est à lui de réagir. Il a été tellement méchant que je n'ai même pas envie qu'il fasse partie de ma vie.

– Eh bien, tu ne vas bientôt plus avoir les moyens de t'assumer. Tu as besoin d'un homme, lui ou un autre.

– Je ne vais pas faire entrer un homme dans la vie de Bea uniquement pour qu'il m'aide financièrement. Je trouverai le moyen de me débrouiller.

Je ne suis pas comme toi.

– Bonne chance, avec ton salaire d'enseignante.

– Au moins, j'ai un métier respectable. Tu crois sûrement que ce serait mieux que je ne travaille pas, que je vive au crochet d'hommes de passage comme tu l'as fait. Heureusement que mon père était l'un des rares types corrects que tu as croisés. Mais je te promets que Bea n'aura pas la même enfance que moi.

– Tu parles comme si tu avais été maltraitée. Ton enfance n'a pas été si horrible que ça.

– Qu'en sais-tu ? Tu étais absente la plupart du temps.

– Tu m'as invitée ici pour qu'on se dispute, Amelia ?

– J'ai besoin de dormir. Tu pars demain. Arrêtons de nous chamailler. Tu veux bien rester avec Bea pour que je me repose quelques heures.

– Vas-y.

Autant profiter de sa dernière soirée ici. Après cette expérience orageuse, elle ne reviendrait probablement pas.

Quelques heures plus tard, mon sommeil a été interrompu par l'écho lointain d'une conversation. Il était plus de minuit. Ma mère devait surveiller Bea, alors avec qui discutait-elle ?

Prise de panique, je suis descendue et j'ai entendu la voix de Justin.

Il est revenu ?

Cachée dans l'escalier, j'ai assisté à un échange surréaliste.

– Qu'est-ce que tu fais ici ?

– C'est chez moi, dit Justin.

– C'est une blague ! Cette maison aurait dû me revenir.

– Tu es venue de ta propre initiative ou ta fille t'a invitée ?

– Amelia m'a demandé de venir. La vache, tu es devenu hyper-canon en grandissant, a dit ma mère.

– Pardon ?

– On dirait ton père en plus beau. Si seulement j'avais quinze ans de moins. À moins que tu aimes les femmes mûres…

– À quoi tu joues, Patricia ? Tu n'as pas fait assez de mal comme ça autour de toi ? Amelia t'a invitée pour que tu l'aides avec le bébé, et je trouve Bea toute seule dans le salon pendant que tu fumes sur la terrasse. Et maintenant, tu me dragues ?

– Ne t'énerve pas, je rigolais.

– J'aimerais vraiment te croire. Tu as une idée de ce qu'Amelia a traversé ces derniers mois ? Elle fait de son mieux. Elle ne mérite pas ça. Tu aurais dû proposer de l'aider depuis la naissance, mais honnêtement, elle est mieux sans toi.

Au bout d'un moment, j'ai descendu les dernières marches.

– Maman, je crois qu'il vaut mieux que tu partes ce soir.

– Ce soir ? J'ai prévu de partir demain matin.

– Oui, mais j'ignorais que Justin revenait ce soir. C'est chez lui ici, et tu nous énerves tous les deux. Et pourquoi étais-tu sur la terrasse alors que tu étais censée surveiller le bébé ?

– Elle dormait. Où est le problème ?

– Il n'y a jamais de problème avec toi !

– Tu me demandes sérieusement de partir en pleine nuit ?

– Non, je t'ordonne de déguerpir. Tu es ma mère et je t'aime, mais tu es détraquée et tu ne changeras jamais.

– Je n'en crois pas mes oreilles.

Avant de partir, elle a pris Bea dans ses bras, la réveillant pour l'embrasser. Bea s'est mise à pleurer.

J'ai fermé les yeux, prête à pleurer avec ma fille. Justin m'a prise dans ses bras.

– Je suis désolé.

– Je ne savais pas si tu allais revenir.

Il m'a enlevé Bea des bras et, sans surprise, elle s'est instantanément calmée. Et quelque chose d'inattendu s'est produit, quelque chose qu'elle n'avait jamais fait. Alors qu'elle le regardait, sa petite bouche édentée a esquissé un sourire.

– Oh mon Dieu, Justin. Elle te sourit !

– Elle a déjà souri ?

– Parfois, j'ai cru qu'elle souriait, mais c'était plutôt une grimace quand elle avait mal au ventre. Ça, c'est clairement un sourire !

Il était émerveillé.

– Elle a peut-être cru que je ne reviendrais pas.

Elle n'aurait pas été la seule.

– Nous sommes toutes les deux heureuses de te revoir.

Le lendemain matin, quand je suis descendue avec Bea, Justin venait de faire du café. L'odeur du café frais mélangée à son parfum musqué promettait une belle journée. Il y avait une nouvelle machine à café sur le comptoir.

– D'où ça vient ?

– Je l'ai apportée de chez moi. Comme ça, je peux faire du café fusion pour moi et du déca pour toi.

– C'est très attentionné de ta part.

Il m'a tendu une tasse pleine, un détail m'a étonnée.

– Qu'est-ce que tu as mis dedans ? Nous n'avons plus de lait.

– J'ai trouvé une bouteille, dit-il en indiquant le réfrigérateur.

J'ai mis ma main sur ma bouche.

– Justin… c'est du lait maternel ! Je le tire et je le garde dans des bouteilles en verre. La seule chose utile que ma mère ait faite, c'est le tire-lait qu'elle m'a apporté. Je me suis entraînée à l'utiliser. Tu as mis du lait maternel dans mon café !

– Il y a pire. J'en ai bu deux tasses. J'en suis à ma troisième.

– Oh mon Dieu, ai-je dit en me couvrant de nouveau la bouche.

Il a bu une gorgée de café.

– C'est délicieux.

– Franchement ?

– Oui, c'est sucré. Je comprends pourquoi Bea en raffole.

– Tu veux rire ?

– Non.

– Tu es dingue. Je ne boirai pas ça.

– Tu peux fabriquer combien de litres par jour ? Nous pourrions le vendre.

– Dis-moi que c'est une blague.

– Bon, le vendre… non. Mais le boire ? Je ne le partagerai avec personne d'autre qu'avec Bea.

– Tu es complètement cinglé.

Il m'a fait un clin d'œil.

– Tu ne t'en rends compte que maintenant ?

C'est bon qu'il soit revenu.

Une semaine plus tard, c'était un soir de semaine ordinaire à la maison. Justin jouait au Sandy pendant que je restais à la maison avec Bea. Toute calme, elle jouait avec son mobile sur le sol. J'en ai profité pour ouvrir mon ordinateur, confortablement installée sur le canapé.

J'avais évité de consulter la page Facebook de Jade de crainte de voir des photos de sa semaine new-yorkaise. Toutefois, j'ai fini par aller dessus et j'ai survolé ses dernières publications.

Pour l'essentiel, c'était la même chose que d'habitude : des images des coulisses, des amis acteurs en sortie après les représentations, des photos avec des fans. Mais il y avait aussi une grosse surprise. Jade avait récemment changé son profil de « en couple » en « célibataire ».

Ils ont rompu ?

Mon cœur battait à tout rompre.

Quand se sont-ils séparés ?

Elle avait également publié un statut énigmatique aux environs de son retour à Newport : « Aux nouveaux départs ».

Ils avaient mis fin à leur relation quand il était à New York ! Il était revenu depuis une semaine et ne m'avait rien dit. Pourquoi garder le secret ? Mes pensées s'entrechoquaient. Avait-il l'intention de me l'annoncer ?

Sans bouger du canapé, j'ai attendu son retour. Quand il est rentré, je me suis redressée.

Justin a posé sa guitare près de la porte.

– Qu'est-ce qu'il y a ? Pourquoi tu me regardes comme ça ?

– Pourquoi tu ne m'as pas dit que tu n'étais plus avec Jade ?

Il a soupiré et est venu me rejoindre sur le canapé.

– Comment tu l'as appris ?

– Elle a modifié son profil sur Facebook.

– Ça n'allait plus depuis un moment. Depuis un an, nous nous éloignions. Je suis venu plus tôt à Newport pour réfléchir, seul. C'est là que je t'ai trouvée avec Bea.

– Je ne comprends pas. Je croyais que tu étais amoureux d'elle.

– Non.

– Non ? Pourquoi lui disais-tu tout le temps que tu l'aimais ?

– Je croyais que je l’aimais. Alors oui, nous nous disions que nous nous aimions. Quand on commence à le dire, on continue par habitude. Le mot s’use et perd de sa valeur. Nous nous entendions bien, mais ça n’aurait pas marché sur la durée.

– Pourquoi ?

– Nous sommes trop différents. Elle vit dans le monde du théâtre maintenant. Il ne restait plus de place pour notre vie de couple.

– Et elle veut avoir des enfants.

– Ça aussi.

Je connaissais son point de vue, mais une partie de moi avait espéré qu’en vivant avec Bea, il s’aperçoive que ce n’était pas si terrible.

– Tout semblait aller bien entre vous. Je devais me boucher les oreilles quand elle était là.

– Au lit, c’était bien. Nous n’avons jamais eu de problèmes dans ce domaine. Mais pour qu’un couple dure, il en faut plus. Je ne voulais pas qu’elle perde son temps. Le temps est précieux.

– Alors, c’est toi qui as rompu ?

– Oui, c’est moi qui ai tout arrêté.

En réalité, je me sentais mal pour Jade. Je savais ce que ça faisait d’aimer cet homme, et c’était une chouette fille. Elle ne méritait pas qu’il la plaque.

– Tu es allé à New York pour cette raison ?

– Mes sentiments me pesaient. Je ne voulais pas passer tout l’été comme ça. Maintenant, elle est libre de faire tout ce qu’elle veut.

– Et toi ?

Il a hésité.

– Pareil.

Mon corps ne savait plus comment réagir, j'étais à la fois soulagée et nauséeuse. Était-ce une bonne chose ? Honnêtement, je l'ignorais. Maintenant qu'il était célibataire, il pouvait aller draguer, ramener des filles à la maison, profiter de toutes ces fans qui se pâmaient devant lui au Sandy. Autant de choses intolérables pour moi. Bizarrement, savoir qu'il était avec Jade m'apportait un réconfort doux-amer, parce que je n'avais à me soucier que d'une seule femme.

En même temps, c'était peut-être l'occasion de me rapprocher de lui. J'ai rapidement rejeté cette idée, consciente que ce n'était pas gagné. Il ne voulait pas d'enfants ; il était clair sur ce point. J'en avais un et c'était un engagement trop lourd pour lui. Soudain, j'ai compris qu'il m'avait caché leur rupture pour éviter que je me fasse des idées. *C'est ça !*

– Pourquoi tu ne m'as rien dit, Justin ?

– J'allais t'en parler.

– Quand ?

– Je ne sais pas.

– Que je le sache ne change rien entre nous, si c'est ce qui te fait peur. Je n'attends rien de toi, surtout maintenant.

– Que veux-tu dire par « surtout maintenant » ?

– Je veux dire… peut-être que si je n'avais pas eu Bea… Oublie ça.

– Va jusqu'au bout.

– Si je n'avais pas d'enfant, ce serait différent. Nous aurions pu laisser les choses se faire.

Il semblait se débattre avec sa réponse.

– Tu n'es pas moins attirante parce que tu as un enfant. Ne va pas croire ça. Mais tu as raison sur un point. L'homme avec qui tu sortiras devra être entièrement prêt à assumer cette responsabilité. Sinon, ce serait injuste envers elle.

Il avait raison.

Quand je me suis couchée ce soir-là, j'étais plus confuse que jamais. Que me réservait l'avenir ?

CHAPITRE 13

Tous les soirs, quand la porte s'ouvrait, je me raidissais, redoutant qu'il ramène une fille à la maison. Je m'y préparais. Justin aimait le sexe. Jade disait toujours qu'il était insatiable.

Il ne resterait pas célibataire éternellement.

La question n'était pas tant de savoir s'il le ferait, mais quand. Toutefois, en le voyant seul, mon soulagement montait d'un cran.

Les jours passaient, et je me demandais sans cesse combien de temps durerait cette paisible camaraderie.

Bea grandissait de jour en jour. Elle arrivait désormais à se retourner sur le ventre. Je devais redoubler de vigilance quand je la changeais, parce qu'elle risquait de tomber de la table à langer. Maintenant que je tirais mon lait, je pouvais m'absenter de temps en temps. Justin la gardait pendant que j'allais faire des courses. Je l'appelais Tonton Justin quand je m'adressais à ma fille. Ça semblait plaire à Justin. C'était un nom prudent, qui exprimait que je ne m'attendais pas à ce qu'il joue un plus grand rôle dans sa vie. Il était probable qu'il reste Tonton Justin toute sa vie. Il fallait que je l'accepte.

La meilleure partie de la journée était le matin, quand je prenais mon café avec Justin, Bea installée à côté de nous. Fou comme il était, il continuait de consommer du lait maternel. Au début, je croyais que c'était pour m'amuser, mais j'ai compris qu'il en aimait réellement le goût.

– Tu trouves ça normal ? je lui ai demandé alors qu'il en versait dans sa tasse de café.

– Je préfère ton lait à celui d'une vache. Réfléchis. Tu as bien arrêté de manger de la viande le jour où tu as eu une prise de conscience similaire.

– Oui, mais tu te rends compte que n'importe qui trouverait bizarre que tu boives du lait maternel.

– Faire la queue pendant que tu l'allaites pour passer après elle, ça ce serait bizarre.

J'ai ri.

– C'est vrai, mais si tu sortais avec une fille ? Tu crois qu'elle accepterait que tu boives le lait d'une autre ? Ou que tu l'aies fait avant de la rencontrer ?

– Je verrai quand la question se posera.

J'ai saisi l'opportunité pour creuser le sujet.

– Alors, tu n'as rencontré personne ?

Il a levé les yeux, l'air amusé.

– Je pense que tu connais la réponse, Amelia. Soit je suis ici, soit je suis au Sandy, et je rentre directement à la maison. Quand verrais-je quelqu'un ?

– Je sais. Je suis déconcertée, je crois.

Il a posé bruyamment sa tasse.

– Bon, explique pourquoi.

– Eh bien, tu es manifestement très séduisant. Musicien, en plus. Les femmes se jettent à tes pieds. Tu as rompu il y a un mois. Tous les soirs, je m'attends à ce que tu rentres accompagné. C'est tout.

– Tu crois que je couche avec n'importe qui quand je suis célibataire ?

– Je ne t'ai connu qu'avec une seule copine, alors je ne sais pas.

Il s'est penché vers moi.

– J'adore baiser. Plus que tout.

J'ai eu des frissons, surtout entre les jambes. Il a reculé le buste contre le dossier, bras croisés.

– Mais avec l'expérience, je comprends qu'il faut être prudent. Je ne couche pas avec les filles comme avant.

J'ai décidé de le taquiner.

– C'est intéressant que tu dises ça. Je commence à penser que le sexe sans engagement est ma seule option.

Il a failli recracher son café.

– Ah, vraiment ?

– Oui. D'ailleurs, je l'ai compris grâce à toi.

– Moi ? Explique.

– Réfléchis. Comme tu le disais… si un homme veut sortir avec moi, il doit assumer les responsabilités qui vont avec. C'est simple, non ? Je ne peux pas rester célibataire indéfiniment en attendant que l'homme idéal ait envie d'être le père de ma fille. Moi aussi, j'aime le cul.

Il a écarquillé les yeux.

– Je vois.

– Même si ces dernières années, je n'ai pas couché à droite à gauche, à ce stade de ma vie, il vaut mieux que j'opte pour le sexe sans engagement, avec un homme en qui j'aie confiance et qui soit sur la même longueur d'onde que moi. Il faudrait qu'il soit en bonne santé, qu'il ait fait tous les tests nécessaires.

– Tu es sérieuse ?

– Entièrement.

Je commençais à me laisser convaincre par mes arguments. C'était logique.

– Et où vas-tu trouver cet homme qui ne veut rien de plus que coucher avec toi mais qui est également sain, et assez respectable pour fréquenter ta fille ? Oh, et apparemment, ce type ne couche avec personne d'autre ?

– Bea ne rencontrera aucun homme si ce n'est pas sérieux.

– Et où verrais-tu l'homme en question ?

– À l'hôtel.

– Qui gardera Bea pendant que tu coucheras avec ce type à l'hôtel ?

– Toi, j'ai ricané.

– Dis-moi que tu n'es pas sérieuse.

– Tu veux la vérité ?

– Oui.

– Je blague, pour l'essentiel. Mais je pense sincèrement que je devrais trouver un amant, quelqu'un en qui j'ai confiance mais qui comprenne qu'il n'y aura rien d'autre entre nous.

Il a serré les dents.

– Comme Roger le voisin…

– Faut voir…

Rouge de colère, il s'est levé et est allé poser sa tasse dans l'évier.

– C'est formidable, Amelia. Vraiment génial !

Sans rien ajouter, il est monté travailler en tapant des pieds.

Il n'est pas redescendu de l'après-midi.

Justin était furieux… et fou de jalousie.

Contrairement à ce que j'avais prétendu, ce n'était pas l'entière vérité. En toute honnêteté, je rêvais de suivre un seul homme à l'hôtel, et c'était lui.

Justin était de mauvaise humeur ce soir-là. Il zappait d'une chaîne à l'autre à la vitesse de l'éclair sans prêter attention à l'écran. Quand mon téléphone a vibré sur la table basse, il a vérifié le numéro appelant.

Il m'a tendu le téléphone, l'air ahuri.

– C'est Adam.

Merde.

Quelques jours plus tôt, je lui avais laissé un message et proposé de venir rencontrer Bea à Newport. Je n'avais aucune envie de le voir, mais je devais à ma fille d'essayer de créer des liens entre eux.

Sous le regard acéré de Justin, j'ai répondu.

– Allô ?

– Salut, dit Adam d'une voix étouffée.

– Je suppose que tu as eu mon message.

La ligne était mauvaise, il devait être au volant.

– Oui. Ashlyn est en déplacement. Je peux venir ce week-end, si ça te convient.

Il peut venir uniquement parce qu'Ashlyn n'est pas là ? Sympa.

– Ce serait mieux que nous nous retrouvions en ville. Peut-être au parc. Je peux t'envoyer l'adresse précise par SMS. Samedi, ça te va ?

– Oui, très bien.

– Bon, à trois heures ?

– Parfait.

– Je t'envoie rapidement l'info.

– Très bien. Salut.

– Salut.

Il n'a même pas demandé des nouvelles du bébé.

Lorsque j'ai raccroché, Justin me regardait toujours de travers.

– Il vient ? Depuis quand veut-il faire partie de sa vie ?

– Depuis qu'un test sanguin a établi sa paternité.

– Tu ne m'en as pas parlé.

– C'était une simple formalité. Nous avons fait la prise de sang quand tu n'étais pas là, et je n'ai pas pensé à t'en parler parce que je n'avais aucun doute. Ce test n'était important que pour Adam. Il m'accusait de mentir.

– Je ne veux pas qu'il l'approche, a-t-il déclaré fermement.

– C'est son père.

– C'est un donneur de sperme.

– Que devrais-je faire ? L'empêcher de la voir ?

– Il ne la mérite pas. Quels sont ses droits, exactement ?

– Je ne sais pas vraiment. Je ne pense pas qu'il demande à s'occuper d'elle, alors je n'ai pas fait de recherches. Et puis, je ne le pousse à rien. De toute façon, ce sera un rendez-vous rapide.

– Je t'accompagne.

– Ce n'est pas nécessaire.

– Je ne vais pas te laisser voir ce salaud toute seule.

– Non, je t'assure. Nous…

– Amelia, c'est comme ça. Je viens avec toi.

À son regard, j'ai compris que la bataille était perdue d'avance.

Il faisait un temps idéal, beau et sec. Nous avions rendez-vous au Parc de Colt State, de l'autre côté du pont, sur le continent. Justin et moi y étions allés quelquefois, quand nous étions plus jeunes, du coup j'éprouvais une certaine nostalgie.

Nous avons préparé un pique-nique et sommes partis tôt, si bien que nous avions une heure sur place avant l'arrivée d'Adam. Autant compenser un moment stressant avec un instant de détente.

J'avais mis à Bea sa robe rose la plus fleurie et un petit bandeau à froufrous sur la tête. À ses pieds minuscules, elle portait d'adorables chaussures blanches en cuir souple.

Justin caressait tendrement sa tête.

– Bea est adorable, mais tu sais, ça m'énerve que tu la fasses jolie pour lui.

– Je veux qu'elle soit la plus belle possible pour qu'il se sente con.

– Elle est toujours belle, quelle que soit sa tenue. Il devrait se sentir con qu'elle porte une jolie robe ou qu'elle soit pleine de caca. C'est sa chair, et il ne l'a jamais vue alors qu'elle a déjà cinq mois.

– Tu as raison.

Nous avons regardé deux adolescents qui jouaient avec un cerf-volant multicolore. Assis en silence, nous observions la scène. C'était une belle journée pour sortir en mer, et de nombreux bateaux voguaient dans le lointain.

– Tu te souviens de la dernière fois que nous sommes venus ici ?

– Oui. C'était peu de temps avant que je parte dans le New Hampshire. Tu venais de te mettre à la photo.

Durant notre dernière visite dans ce parc, Justin avait fait des photos de moi avec l'océan dans le fond.

– Oui, ce passe-temps n'a pas duré. La musique a pris le dessus.

Il a pris son portefeuille, un vieux modèle craquelé en cuir marron.

– Ne ris pas, je vais te montrer quelque chose.

– D'accord.

Il a sorti une petite photo en noir et blanc calée à l'arrière du portefeuille. Les bords étaient élimés. Je n'avais jamais vu ce portrait de moi.

– Je l'ai prise ce jour-là. C'est la seule que j'aie développée.

– Wouah, je n'en avais vu aucune.

– C'est ma préférée, parce que je l'ai prise quand tu ne posais pas. Tu riais à l'une de mes blagues au moment où j'ai appuyé sur le bouton.

Mon regard allait de la photo à ses beaux yeux qui reflétaient l'océan dans mon dos.

– Tu l'as toujours sur toi ?

– Même quand je t'en voulais, je ne me résignais pas à la jeter. Je la cachais, pour ne pas te voir, mais je n'arrivais pas à me débarrasser de toi.

– De la photo ou de moi ?

– Les deux.

Tandis que nous continuions de nous fixer, je luttais contre la nostalgie qui revenait souvent me tenailler.

Baissant les yeux, j'ai vu qu'il était trois heures et quart.

– Adam est en retard.

– Abruti…

Justin s'est allongé et a allongé Bea sur son torse. Elle a tendu sa petite main vers sa bouche pendant qu'il soufflait sur ses doigts pour faire des bruits qui l'amusaient.

Dix minutes plus tard, toujours aucun signe d'Adam. Au bout d'une heure d'attente, Justin a perdu patience.

– On s'en va.

– J'ai du mal à croire qu'il nous ait posé un lapin. Il est peut-être coincé dans les bouchons.

– Il aurait envoyé un SMS, non ? Quel manque de respect… il ne mérite pas une minute de plus de notre temps. Il n'a même plus intérêt à se pointer, à l'heure qu'il est, ou il va recevoir mon poing dans la figure.

J'ai commencé à tout remballer, profondément triste pour Bea. Qu'Adam fasse partie de nos vies n'avait pas d'importance pour moi, mais un jour, ça en aurait sûrement pour elle.

J'ai reçu un message d'Adam.

J'étais en chemin mais j'ai fait demi-tour. Je suis désolé. Je ne peux pas. Je t'enverrai de l'argent.

Justin a attrapé le téléphone pour lire le message.

Ahuri, il a secoué la tête puis a regardé Bea, assise dans sa belle robe. Justin avait les genoux repliés et Bea, le dos appuyé contre ses cuisses, ne le quittait pas des yeux. Il tenait ses petites mains. Ma fille était paisible. Elle n'avait pas idée du poids de ce message sur son avenir. Elle ignorait que son père venait de l'abandonner.

Je suis certaine qu'elle pense regarder son père dans les yeux.

– Il ne sait pas ce qu'il rate, murmura Justin. Quel idiot ! Eh bien, nous n'avons pas besoin de lui. Pas vrai, Bea ? Qu'il aille se faire foutre !

Il n'aurait pas dû jurer devant elle, mais elle eut une réaction incroyable. Il avait à peine prononcé sa dernière phrase qu'elle s'est mise à rire, comme si elle comprenait. Pas un petit rire, mais un gros éclat contagieux. Justin a remué la tête en répétant « Qu'il aille se faire foutre ! » Et Bea éclatait de rire à chaque fois.

Les larmes aux yeux, je ne savais plus si je pleurais de tristesse ou de joie.

Le soir, Justin a proposé de coucher Bea. Tout en la portant à l'étage, il la berçait en chantonnant. Les yeux fermés, je m'interrogeais sur sa berceuse. Il ne l'avait pas choisie par hasard : « Isn't she lovely », de Stevie Wonder.

CHAPITRE 14

La semaine suivante, en milieu de journée, Justin travaillait dans sa chambre. Bea jouait, couchée sur le ventre, pendant que je réglais des factures. Quelqu'un a frappé à la porte. Je suis allée ouvrir, Roger se tenait sur le seuil, deux grands cafés latte dans les mains. Il n'était pas passé depuis plus d'un mois.

– Ça faisait longtemps. Ce n'était pas la peine. Mais ça tombe bien, je n'ai pas eu ma dose de caféine de l'après-midi. Entre.

Il s'est agenouillé pour dire bonjour à Bea.

– Qu'est-ce qu'elle a grandi !

– Je sais. Elle va bientôt avoir six mois. Incroyable, non ?

– Le temps file.

– Oui… c'est pour cela que je suis contente que tu sois passé. J'avais peur que Justin t'effraie.

Il s'est assis et a répondu d'une petite voix :

– Eh bien, honnêtement, j'hésitais à venir. Ton chien de garde est intimidant.

– Je suis désolée qu'il ait été grossier avec toi la dernière fois.

– Je suppose qu'il habite toujours ici.

– Oui, il est là. Il travaille à domicile, il est là-haut.

– Combien de temps reste-t-il sur l'île ?

La fin de l'été approchait, et je ne savais rien de ses projets. Quand je lui posais la question, il restait vague.

– Je l'ignore. La moitié de la maison lui appartient, il peut rester autant qu'il veut. Nous n'en discutons pas.

– Je peux être indiscret ?

– Dis-moi.

– Il y a quelque chose entre vous ?

– Non. Pourquoi ?

– Quand un homme en repousse un autre aussi férocement, c'est toujours pour une femme.

– C'est une longue histoire, mais en réalité, nous ne sommes jamais sortis ensemble. Nous ne nous sommes jamais embrassés en dix ans.

– Vraiment…

– Il est très protecteur, mais il ne veut pas s'engager avec moi – encore moins maintenant. Il s'occupe de Bea, mais il ne veut pas d'enfant.

Cet aveu me rendit soudain profondément triste et furieuse. Pourquoi n'étais-je pas assez bien ? Et Bea ? Justin tenait à nous, mais pas suffisamment.

– Tant pis pour lui.

– Parfois, il faut savoir se contenter de ce qu'on a.

– Maintenant que je sais ça… je peux te poser une autre question ?

– Oui.

– Veux-tu sortir ce week-end ? Il y a le festival de jazz en ville. J'aimerais beaucoup t'y emmener… avec Bea. Nous pourrions y aller dans la journée.

– Je vais être honnête, je ne sais pas quel genre de rendez-vous tu as en tête, mais je ne suis pas prête pour une relation sérieuse. Mais j'apprécie ta compagnie. Alors, si tu n'as pas d'autre d'attente, ça me ferait plaisir.

– Je comprends. Pas d'engagement, pas d'attente… juste un bon moment à deux. On se sent seul sur l'île par moments, et je suis heureux de t'avoir rencontrée, d'avoir au moins trouvé de la compagnie. Même si ça s'arrête là, ça me plairait beaucoup, cette sortie. Tu en as besoin, Amelia.

– Tu as raison. Sortons.

Il a souri largement, et de petites rides d'expression se sont creusées autour de ses yeux.

– Samedi, c'est bien ?

– Parfait. Je vais voir si Justin peut garder Bea. Sinon, je l'emmènerai.

En mon for intérieur, je savais que Justin allait péter les plombs. Mais c'était nécessaire. S'il refusait que je fréquente d'autres hommes, il avait intérêt à m'en expliquer la raison. Puisqu'il ne voulait pas m'offrir son affection, il fallait bien que je la trouve ailleurs.

– C'est très bien, si tu viens avec Bea… Surtout que ce n'est pas un rencard.

– Nous verrons.

Roger est parti avant que Justin ne redescende.

Quand mon coloc est descendu en fin d'après-midi, il était d'une drôle d'humeur. Il a pris Bea dans ses bras et lui a chatouillé le ventre avec ses cheveux.

– De quoi as-tu envie pour le dîner ?

– Ce que tu voudras.

Il a emmené Bea dans la cuisine et a regardé dans le placard en se grattant le menton.

– Il faut que je trouve ce que nous allons manger.

Il a jeté un œil vers la poubelle et a remarqué le gobelet de café en carton.

– Tu es sortie prendre un café ?

– Non, Roger m'en a apporté un.

Il a serré les dents.

– Il est venu ici ?

– Oui. Et d'ailleurs, j'ai quelque chose à te dire.

Justin a refermé le placard.

– Je t'écoute.

Dis-le.

– Roger m'a proposé d'aller au festival de jazz avec lui ce week-end. J'ai accepté.

– Tu sors avec lui…

– Ce n'est pas ce que tu crois.

– Mais si, Amelia.

– Je lui ai expliqué que je n'étais pas prête à fréquenter quelqu'un.

– Oh, je vois. Ce n'est pas pour sortir, c'est juste pour coucher.

– Une simple sortie.

Il a haussé le ton.

– Ce n'est pas une simple sortie. C'est un mec. J'ai vu sa façon de te regarder. Il a envie de toi.

Justin commençait à m'agacer. Je l'ai longuement regardé dans les yeux.

– À quoi tu joues ?

J'espérais qu'il sente ma peine et ma frustration. Ma question était simple, mais je savais qu'il ne pouvait me répondre clairement. C'était compliqué. Il ne devait même pas comprendre ma réaction. Cependant, ça devait cesser. Son expression a changé comme s'il se rendait compte que son attitude n'était pas raisonnable. Il ne voulait pas être avec moi, mais personne ne devait m'approcher. C'était injuste, et en cet instant, il en a pris conscience.

– Je ne sais pas. Il a murmuré le regard dans le vague : je ne sais pas pourquoi je me suis emporté. Je ne comprends pas… je suis désolé.

Il m'a tendu Bea et est allé devant la fenêtre, face à l'océan.

– J'allais te demander si tu pouvais garder Bea, mais c'est mieux que je l'emmène.

– Non.

Il s'est retourné, les mains enfoncées dans les poches.

– Je vais la garder. Tu mérites de sortir.

– Tu es sûr ?

– Oui.

– D'accord. Merci.

Ce soir-là, nous avons dîné en silence.

La veille de ma sortie, je suis allée voir Justin au Sandy.

Hormis jouer avec Bea, il restait à l'écart depuis notre altercation à propos de Roger. Une partie de moi était curieuse de voir si son humeur déteignait sur sa performance.

Bea dormait dans le porte-bébé quand nous sommes arrivées au restaurant. Justin chantait à l'extérieur ce soir-là. Il ne m'a pas vue m'asseoir dans un coin éloigné de la scène.

C'était une soirée venteuse. Les cheveux de Justin battaient dans le vent.

J'ai eu un pincement au cœur lorsqu'il a chanté la reprise de « Daughters » de John Mayer, et je me suis demandé si ce choix avait un rapport avec l'absence d'Adam dans la vie de Bea. Je me demandais aussi s'il pensait à elle. La plupart des chansons de la soirée étaient lentes et mélancoliques, tant et si bien que Bea ne s'est pas réveillée.

Il a bouclé la première partie du concert sans nous avoir remarquées. Le visage fermé, il avait peu regardé son public. En général, il communiquait plus avec les clients du restaurant.

Alors que j'allais me lever pour lui signaler notre présence, une jeune rousse séduisante s'est dirigée vers la scène. Pendant un instant, je l'ai observée flirter ouvertement avec lui. J'avais l'estomac noué. Elle lui a tendu un bout de papier, qu'il a rangé dans sa poche. J'ignorais s'il l'avait pris par politesse ou pour l'appeler. Même si ça devait lui arriver souvent, j'avais l'impression d'avoir reçu un coup et je n'avais plus envie de rester.

Nous sommes parties sans que Justin sache que nous étions venues.

Les coups de poing résonnaient dans la salle de gym. Pendant que je me préparais à sortir avec Roger, je me suis rappelé que la dernière fois que Justin s'était défoulé sur le punching-ball, c'était le soir de mon rendez-vous avec le Dr Danger, l'été dernier. Les coups avaient un goût de déjà-vu.

Dans l'embrasure, je le regardais attaquer le sac. Dès qu'il m'a vue, il s'est arrêté.

– À quelle heure tu pars, déjà ?

– Dans trois quarts d'heure. Je venais voir si tu étais prêt à garder Bea.

Il a essuyé son front en sueur.

– Oui, je me douche et je descends avant que tu partes.

– Merci.

Pendant que Justin prenait sa douche, j'ai donné le sein à Bea, pour qu'elle ait le ventre plein. Elle s'est endormie et je l'ai couchée dans son lit avant d'aller vérifier mon apparence dans le miroir. Pour le festival de jazz, un événement simple, j'avais choisi un débardeur blanc, une veste en jean et une jupe vaporeuse à fleurs.

Je suis descendue et j'ai attendu Justin pour lui donner les dernières instructions. Je rangeais deux bouteilles de lait fraîchement tiré dans le réfrigérateur quand il est arrivé.

– Elle dort ?

– Oui.

– Alors, quelles sont les consignes ?

Quand je me suis retournée, Justin était adossé au comptoir et sublime. Des mèches de cheveux mouillés retombaient sur son front. Il était torse nu, si bien que je n'ai pas pu m'empêcher d'admirer ses abdos bien dessinés. Il avait glissé le pouce dans le passant de sa ceinture. Sa braguette était fermée, mais pas le bouton. Je me voyais suivre ce chemin du bout de la langue.

J'avais oublié toutes les instructions à lui communiquer. J'avais la tête complètement vide.

– Ça m'ennuie de reprendre ta phrase, mais mes yeux sont plus haut, Amelia.

– Je sais, j'ai dit, embarrassée.

Il affichait un sourire suffisant.

– Alors… réponds-moi. Qu'ai-je besoin de savoir ?

– Euh… j'ai tiré deux bouteilles de lait. Elles sont dans la porte du frigo.

– Je ne les boirai pas, a-t-il dit avec un clin d'œil.

– Quand elle va se réveiller, ce serait bien qu'elle mange une portion de céréales de riz. Ça lui remplira le ventre, au cas où deux bouteilles ne suffisent pas. Elle s'est endormie au sein.

Il a croisé les bras.

– Bon… autre chose ?

– Il faudrait changer sa couche.

– D'accord.

– Tu as des questions ?

– Tu penses rentrer tard ?

– Avant huit heures, à mon avis.

Le silence a duré.

– D'autres questions ?

Son regard me transperçait.

– Oui, j'en ai une, dit-il enfin.

– Laquelle ?

– Pourquoi tu me regardais comme si tu allais me bouffer ?

– Tu veux rire ?

– Et toi, Amelia, à quoi joues-tu ?

– Je suis perdue.

– Tu vas vraiment sortir avec Roger le Rocher alors que tu meurs d'envie de passer la soirée à la maison avec moi ?

– Qui te dit que j'ai envie de rester avec toi à la maison ?

– Tes seins ?

– Mes seins…

– Oui, pendant que tu me matais, je les regardais, et ils ont durci sous mes yeux. Ni ton corps ni ta tête n'ont envie d'être avec lui, et tu le sais. Tu fais ça pour m'embêter, parce que tu crois que je ne veux pas de toi. Tu sors avec lui pour me rendre jaloux.

– Ce n'est pas vrai. Tout n'est pas lié à toi.

– Pas tout, mais ça… ça l'est.

– Non.

– Mon œil. Tu essaies de me pousser à bout.

– Si tu y tiens, d'accord. En attendant, je vais au festival du jazz, espèce d'égocentrique.

Je m'apprêtais à sortir, sans savoir où aller puisque Roger devait passer me prendre.

Il m'a attrapée par la taille et m'a retournée vers lui. Il s'est rapproché jusqu'à ce que mon dos bute contre la porte. Ses lèvres ont survolé ma bouche. Le besoin de l'embrasser était trop fort. Je l'ai attrapé par la nuque et l'ai embrassé. Sa langue chaude a cherché la mienne, une sensation encore plus incroyable que tout ce que j'avais imaginé un nombre incalculable de fois en dix ans. Tout en l'embrassant, je passais les mains dans ses cheveux soyeux. Sa bouche humide et chaude m'étourdissait, son goût m'envoûtait. J'avais perdu la notion du temps.

Son genou a écarté mes cuisses. Son érection chaude se pressait contre mon entrejambe. Il a posé ma main sur son sexe sans cesser de m'embrasser.

– Putain, Amelia, a-t-il dit contre ma bouche. Tu crois que je n'ai pas envie de toi ? Tu sens mon désir ?

J'ai gémi contre sa bouche en touchant son long membre. Je perdais tous mes moyens, j'étais à sa merci. Son baiser n'était pas ordinaire. Il transportait toute la force de son corps comme s'il répondait à un besoin vital. S'il embrassait comme ça, je n'osais pas imaginer ce que ça ferait de coucher avec lui.

La porte a vibré dans mon dos quand Roger a frappé. Sans se laisser perturber, Justin m'a embrassée plus profondément. Il faisait tout pour que je n'aie pas envie d'arrêter.

J'ai trouvé l'énergie pour m'écarter de lui.

– Une minute !

Ses lèvres n'étaient qu'à quelques centimètres des miennes. Il me regardait d'un air malicieux, conscient que même si je sortais avec Roger, je n'allais penser qu'à lui.

– Amuse-toi bien, a-t-il dit en haussant les sourcils.

Il a disparu dans l'escalier.

Roger ne pouvait pas soupçonner ce qui venait de se passer. J'avais vérifié mon image dans le miroir avant d'ouvrir et prétexté que j'étais occupée à allaiter Bea.

Nous avons pris un café avant de nous rendre au festival qui avait lieu à Fort Adams, à l'entrée du port de Newport. Trois scènes avaient été installées, accueillant chacune un groupe différent. C'était une belle journée, même si le fond de l'air était frais. De là, on avait une vue panoramique sur le pont de Newport et l'estuaire.

Je faisais de mon mieux pour me concentrer sur le paysage et la musique, mais j'avais la tête ailleurs. Je pouvais encore sentir le baiser de Justin, son goût sur ma langue. Ma petite culotte était trempée. Je me demandais ce que je devais en déduire, si nos relations allaient changer.

J'ai reçu un SMS.

Justin : Arrête de penser à moi.

Amelia : Quel égocentrique ! Tu m'as embrassée parce que je sors avec Roger.

Justin : D'un point de vue technique, tu m'as embrassé.

Amelia : Comment va Bea ?

Justin : Tu changes de sujet ?

Il a répondu en m'envoyant un selfie de Bea et lui, allongés sur le tapis du salon. Bea souriait. C'était craquant.

Amelia : On dirait que vous vous amusez bien.

Justin : Tu nous manques. Largue-le et viens nous rejoindre.

Amelia : Pour tout te dire, j'ai un peu peur de rentrer.

Justin : Je ne vais pas te mordre. Promis. Sauf si tu me le demandes. Et même dans ce cas, ce sera doux.

Amelia : Je dois te laisser. C'est grossier de rester au téléphone.

Justin : Il faut qu'on parle plus tard.

Amelia : De quoi ?

Justin : J'aimerais postuler.

Amelia : À quel poste ?

Justin : Ton plan cul.

Amelia : Quoi ?

Justin : On en parle plus tard.

À court de mots, j'ai rangé mon téléphone. Roger a posé la main sur mon épaule.

– Tout va bien à la maison ?

Pas exactement.

– Oh oui. Je prenais des nouvelles de Bea. Tout va très bien.

– Tu veux aller dîner ?

– D'accord, bonne idée, j'ai dit, bien que les messages de Justin m'aient coupé l'appétit.

Nous sommes allés dîner au Brick Alley Pub. Nous avons bavardé pendant tout le repas. Il a parlé de son prochain voyage à Irvine, pendant lequel il allait voir sa fille. Dès qu'il parlait d'Alyssa, il débordait de fierté, et je me dis qu'elle avait de la chance d'avoir un père qui l'aime autant. Bea ne connaîtrait pas ça. Je ne pouvais qu'espérer qu'un autre homme remplisse un jour ce rôle.

Justin n'avait jamais parlé de vouloir rester avec nous. Il était formidable avec Bea, mais rien n'indiquait qu'il veuille être plus que son « oncle ». Son désir d'être mon « plan cul » ne comptait pas. Justin et moi ne pouvions pas être ensemble tant qu'il ne souhaitait pas endosser le rôle de père.

Après le dîner, Roger m'a reconduite à la maison. Je ne lui ai pas proposé d'entrer, car je n'étais pas d'humeur à supporter l'agressivité de Justin.

– J'espère refaire une sortie avec toi bientôt.

– Avec plaisir.

Malgré mon obsession permanente pour Justin, j'appréciais réellement la compagnie de Roger. Il était intelligent et savait écouter.

Quand j'ai ouvert la porte, Justin regardait la télévision. Sur le canapé, Bea était nichée dans le creux de son bras.

– C'était comment ?

– Très sympa. Le festival de jazz te plairait beaucoup. Tu devrais y aller. Ça s'arrête demain.

Il a souri malgré son ton accusateur.

– Bien.

J'ai pris Bea dans mes bras.

– Tu m'as manqué, ma puce.

– Je te laisse la nourrir. J'imagine que tu n'as pas faim.

– Non, Roger m'a invitée au Brick Alley Pub.

Il s'est rembruni.

– Super.

Pendant que je nourrissais Bea, Justin s'est préparé à dîner en faisant cogner les casseroles. Elle s'est endormie et je suis allée la coucher. C'était un peu tôt pour qu'elle fasse sa nuit, si bien que je m'attendais à ce qu'elle me réveille en pleine nuit.

Quand je suis revenue dans la cuisine, Justin semblait m'attendre. Son gilet à capuche gris n'était fermé qu'à moitié sur son torse nu. Il avait rabattu sa capuche. L'air tendu, il tirait sur ses manches.

– Nous devons parler, Amelia.

– Très bien.

– Je ne veux pas que tu le revoies.

– Tu n'as pas le droit de me dire qui je dois fréquenter.

– Eh bien, je ne veux pas que tu sortes avec un homme.

– Je ne comprends pas ce qui te donne le droit de dire ça.

– Alors écoute-moi.

– Je t'écoute.

– Tu as dit que tu ne voulais pas d'histoire sérieuse.

– C'est exact.

– Moi non plus. Je viens de sortir d'une longue histoire. Je ne suis pas prêt à m'engager.

– Donc tu trouves que je suis la parfaite candidate pour baiser ? Tu n'as pas assez de possibilités ? Et la rousse qui t'a donné son numéro l'autre soir, quand tu n'as même pas remarqué que j'étais là avec Bea ?

– Quoi ? Tu étais au Sandy ce soir-là ?

– Oui. Tu as chanté « Daughters », c'était très touchant.

– Mais pourquoi tu ne m'as pas dit que tu étais là ?

– Tu étais occupé.

– Je n'ai pensé qu'à toi pendant toute la soirée, Amelia. À chaque fichue chanson, je pensais à toi ou à Bea. Je ne me souviens même pas du nom de cette fille.

– Ce n'est pas le problème. Revenons à ce que tu disais… tu veux que je devienne ta maîtresse.

– Pas du tout, Amelia. J'ai beaucoup réfléchi dernièrement. Tu as été claire sur le fait que tu as besoin de satisfaire tes besoins. Je ne veux pas que tu couches avec le premier venu, un type qui ne prendra pas soin de toi. Contrairement à ce que tu penses, je tiens à toi. Alors, je veux être celui qui s'occupe de ça pour toi.

– S'occuper de ça ? Tu fais passer le sexe pour une opération chirurgicale.

– Pas du tout. Ce n'est pas le bon terme. D'un point de vue technique, je t'emmènerai au septième ciel.

– Je ne veux pas qu'on couche avec moi par charité, Justin.

– Ce n'est pas ce que je veux dire. Tu sais à quel point j'ai envie de toi ?

– Je suis désolée, mais je suis perdue. Tu tiens à moi, mais tu ne veux pas être avec moi. Tu veux juste coucher avec moi.

– Je veux te donner ce dont tu as besoin aujourd'hui… pas demain ni dans dix ans. Aujourd'hui. Il se trouve que nous avons le même besoin. J'ai besoin de céder au désir qui me dévore depuis plus de dix ans. J'ai besoin de te toucher, sinon je vais exploser. Mais, pour l'instant, je ne peux pas t'en dire plus. Je ne peux rien te promettre pour la suite, ce serait irresponsable. Il y a trop en jeu. Je ne ferai pas de promesse à la petite fille qui dort là-haut.

– Tu suggères que nous oubliions tout et que nous commencions par une relation physique sans attente.

– C'est bien ce que tu veux, non ? Pourquoi pas avec moi ? C'est plus sûr.

– Je ne crois pas que ce soit possible avec toi. Je ne peux pas mettre de côté des années de sentiments. Tu comptes trop pour moi. Je veux que tu restes dans ma vie. Si nous couchons ensemble, tout changera. Je ne te verrai plus de la même façon.

– Tu ne marcheras plus de la même façon.

– Tu veux être sérieux ?

– Je le suis, dit-il en souriant. Bon… honnêtement, réfléchis à ma proposition. Je te demande seulement d'envisager de vivre l'instant, de partager un bon moment avec moi, de prendre les choses au jour le jour.

– Prendre les choses au jour le jour, jusqu'au jour où tu disparaîtras ?

– Je n'ai pas l'intention de disparaître.

J'étais tentée de plonger dans ses bras et d'accepter sa proposition sur le comptoir de la cuisine.

– Je ne sais pas.

– Si je peux faire quelque chose pour faciliter ta décision, dis-le. Réfléchis pour l'instant. Tu n'as pas à décider tout de suite. La nuit porte conseil. À toi de voir.

– Où vas-tu ?

– Je monte. Je laisse ma porte ouverte où cas où tu aimerais regarder quelque chose plus tard.

CHAPITRE 15

J'étais montée directement dans ma chambre, par peur de céder. Était-il sérieux, au moins ? Je me demandais vaguement s'il me faisait marcher. C'était peut-être sa façon de se venger du mal que je lui avais fait dix ans plus tôt… m'amener à succomber à ses atouts pour me dire que ce n'était qu'une blague.

En me retournant dans mon lit, je soupesais le pour et le contre. Je suis arrivée à la conclusion que ce serait merveilleux de coucher avec lui, mais que je risquais de souffrir. De plus, ça anéantirait notre deuxième chance d'être amis, alors que nous venions de nous rabibocher.

En même temps, j'étais complètement excitée, la culotte trempée. L'idée de coucher avec lui suffisait à m'embraser.

J'ai fini par m'endormir en ruminant. Je me suis réveillée à onze heures. Je n'avais pas dormi aussi tard depuis une éternité.

Le soleil entrait dans ma chambre. Avais-je rêvé cette conversation avec Justin ? Bea n'était pas dans son lit.

Je me suis précipitée au rez-de-chaussée, j'ai trouvé Justin assis au salon.

– Où est Bea ?

– Juste ici. Regarde ça.

Bea rampait lentement vers lui, tandis qu'il l'attirait avec une nouvelle peluche, une longue chenille multicolore qui couinait.

– Viens, mon bébé bourdon, lui disait-il.

J'adore quand tu l'appelles comme ça.

Bea se rapprochait lentement de lui. C'était la première fois qu'elle essayait de se déplacer.

– Elle rampe vers toi !

– Je sais. Nous nous sommes entraînés toute la matinée.

– Où as-tu trouvé ce jouet ?

– Je lui ai pris au magasin de jouets, l'autre jour.

– Alors, ce matin, tu es venu la chercher dans ma chambre ?

– Non, elle est descendue toute seule. Évidemment. Tu ne dors jamais aussi tard, je suis venu vérifier si tu n'étais pas morte d'épuisement à force de te chatouiller en pensant à moi.

– Pas tout à fait. Même si j'ai pensé à toi.

– Enfin bref, elle était assise dans son lit, elle m'a regardé, toute calme, pendant que tu ronflais. Je l'ai prise pour te laisser dormir. Tu avais laissé une bouteille de lait dans le frigo, et nous l'avons terminée. C'est elle qui prend le petit déj avec moi maintenant.

– Merci de m'avoir laissée dormir.

– Pas de quoi.

– Justin, à propos d'hier soir…

Il s'est levé.

– N'y pense plus. J'ai déliré. La jalousie.

J'étais surprise qu'il change aussi rapidement son fusil d'épaule.

– Ah bon ?

– Oui, j'ai parlé sans réfléchir.

– Bon… je suis contente que nous soyons sur la même longueur d'onde.

– J'ai beaucoup de boulot. Alors…

Il a soulevé Bea pour l'embrasser.

– À plus tard, mon bébé bourdon.

Il est resté dans sa chambre jusqu'en début de soirée.

Plus confuse que jamais, j'ai passé la journée à faire le ménage et à laver les vêtements de Bea.

C'était le début du mois de septembre, et le temps fraîchissait sur l'île. Quelques semaines plus tôt, j'avais officiellement informé le service de l'enseignement de Providence que je ne reprendrais pas mon poste. La décision avait été difficile à prendre, mais c'était mieux pour ma fille. Mes économies me suffiraient à tenir une année. J'en profiterais pour réfléchir à ma situation, redevenir enseignante ou prendre un emploi à domicile.

Alors que je balayais, quelqu'un a frappé à la porte.

Mon cœur a bondi devant la blonde toute en jambes, à cheveux courts.

– Jade ! Oh mon Dieu, quelle surprise !

– C'est moi ! Tu as une mine splendide, Amelia. Tu as maigri ? On ne prend pas du poids après avoir eu un bébé, normalement ?

– J'imagine que j'ai eu de la chance que ma fille ne me laisse pas dormir les premiers mois. Justin t'attend ?

– Non, pas du tout. Il est ici ? J'ai vu sa voiture dehors.

– Oui, il travaille dans son bureau.

Elle a aperçu Bea qui jouait dans son trotteur.

– Qu'est-ce qu'elle est belle ! Elle te ressemble. Je peux la prendre ?

– Bien sûr.

J'étais mal à l'aise de voir Jade agenouillée devant ma fille.

Que fait-elle ici ?

L'a-t-il invitée ?

Est-ce la raison de son brusque revirement ?

Une jalousie aveuglante m'écrasait.

– Elle sent bon. C'est quoi ?

– La lessive pour bébé.

– Je devrais te confier mon linge. J'adore ce parfum frais.

Je n'étais pas disposée à parler de la pluie et du beau temps.

– Qu'est-ce qui t'amène, Jade ?

Elle s'est assise sur le canapé, avec Bea sur ses genoux.

– J'ai merdé, elle a répondu de but en blanc.

– C'est-à-dire ?

– J’ai tout foutu en l’air avec Justin. Ces derniers temps, j’ai tout donné à ma carrière et rien à lui. Il t’a expliqué pourquoi nous avions rompu ?

– Seulement qu’il avait rompu quand il est rentré à New York en début d’été. Il ne s’est pas attardé sur les détails.

– C’était un malentendu.

– Comment ça ?

– Il est venu pour me faire une surprise, et j’étais en train de dîner à la maison avec l’acteur qui partage la tête d’affiche avec moi, Greg Nivens. Justin s’est fait des idées. Il n’y a rien entre Greg et moi. C’était un rendez-vous professionnel. Ça n’allait déjà plus très bien entre nous, mais je ne l’aurais pas trompé.

– Donc, tu es venue…

– Récupérer mon homme. Oui, je ne me suis jamais battue pour lui. J’étais tellement choquée qu’il me quitte que je n’ai pas réfléchi à ma part de responsabilité. C’était ma faute, en fin de compte. Je l’aime toujours.

Non.

Non.

Non.

Cette menace inattendue et imminente mettait mes vrais sentiments à l’épreuve. J’étais terrifiée de le perdre, angoissée qu’il rentre à New York avec elle. Sur la défensive, j’étais contractée, comme pour me préparer à une bataille perdue d’avance.

– Eh bien, je ne sais pas quoi dire. Je…

La voix grave de Justin m’a fait sursauter.

– Jade, qu'est-ce que tu fais ici ?

Elle s'est levée en tenant Bea dans les bras.

– Salut.

Justin m'a regardée brièvement, puis s'est tourné vers Jade.

– Tu es là depuis combien de temps ?

– Quelques minutes. J'ai fait tout ce chemin pour te parler. Nous pouvons peut-être aller sur la plage ?

Le cœur battant, je transpirais nerveusement.

– Je prends un pull.

Quand ils sont partis, toute la peur que je retenais s'est libérée en une longue expiration, avant de se cristalliser dans mon ventre.

Je me suis mise à parler à Bea comme si elle pouvait comprendre.

– Je ne veux pas qu'il parte.

Elle gazouillait tout en tapant sur l'un de ses jouets qui émettait des sons aigus.

– J'ai peur d'être avec lui et peur d'être sans lui.

– Tu l'adores, hein ?

– Ba... ba, a-t-elle répondu.

Mon cœur tambourinait dans ma poitrine.

– Je sais, moi aussi.

Justin était parti depuis six heures. J'étais sûre qu'il ne rentrerait pas.

Quand la porte s'est ouverte à vingt-deux heures trente, je me suis redressée dans le canapé. M'efforçant de cacher mon angoisse, j'ai pris un air détendu.

Justin a lancé son gilet sur une chaise. Il est allé chercher à boire dans la cuisine avant de venir s'asseoir à côté de moi.

– Où est Jade ? j'ai demandé.

Il a bu une gorgée de bière, puis a considéré la bouteille d'un air vide, tout en la faisant tourner dans ses mains.

– Rentrée à New York. Je l'ai conduite à la gare.

– J'ai cru que tu ne rentrerais pas ce soir.

Après un long silence, il m'a regardée dans les yeux.

– Il ne s'est rien passé, Amelia.

– Tu ne me dois pas d'explication.

– Ah non ? À qui tu mens ?

– Comment ça ?

– Tu crois que je te connais si mal que ça ? J'ai vu ta tête quand elle était là. Tu avais peur. C'est si dur à admettre ? Pourquoi refuses-tu de reconnaître que tu as autant peur de ce qui se passe entre nous que moi.

Je ne sais pas.

Comme je ne répondais pas, il a poursuivi.

– Nous nous sommes promenés sur la plage… et nous avons parlé. Ensuite, je l'ai accompagnée à la gare.

– Tu es parti longtemps. J'ai cru…

– Que nous étions en train de coucher ensemble, quelque part ? Non. J'ai roulé un peu, le temps de réfléchir.

– Je vois. Et qu'avez-vous décidé ?

– Elle croit que si j'ai rompu, c'est parce que je l'ai trouvée avec ce type, mais ce n'est pas ça. Je suis allé à New York dans l'intention de la quitter, avant même de les voir ensemble.

– Tu lui as expliqué ?

– Je ne pouvais pas être franc sur tous les points.

– Pourquoi ?

– Parce que j'aurais dû lui dire des choses que je ne t'ai jamais avouées… et je ne voulais pas lui faire davantage de peine.

– Par exemple…

– Tu te souviens de ce que j'ai dit sur l'infidélité ?

– Quand on a envie de tromper sa partenaire, il veut mieux se séparer ?

– Oui. Eh bien, j'ai eu envie de la tromper… avec toi… plein de fois, l'été dernier. Je pensais te voir différemment maintenant que tu es mère, être moins attiré par toi, mais ce n'est pas le cas. C'est même le contraire. Je ne t'ai jamais trouvée aussi séduisante. Même s'il ne s'est rien passé entre nous, mon attirance est le signe que c'est fini entre Jade et moi. Quand tout va bien dans un couple, on n'est pas tenté d'aller voir ailleurs. Ça signifie qu'il y a un manque, même si on ne sait pas exactement lequel. Si l'issue est déterminée d'avance, je ne crois pas qu'on puisse résister longtemps.

– Jade l'a bien pris ?

– Pas vraiment.

J'avais de la peine pour elle. Je me sentais coupable, et confuse à propos de notre relation.

– Et maintenant ?

– Je t'ai déjà dit ce que je voulais faire.

– Ce matin, tu m'as dit que c'était une mauvaise idée, que tu ne voulais plus de ça avec moi.

– Je n'ai pas dit ça. C'est ma façon de présenter les choses que j'ai remise en question. J'ai été agressif parce que je me sentais menacé, je t'ai abordée comme un homme des cavernes. Je n'ai jamais dit que je ne voulais pas de ça, et toi non plus, d'ailleurs.

– J'ai expliqué mes réserves…

– Je ne les comprends pas. Je comprends très bien que tu redoutes d'ajouter le sexe à notre relation. D'un point de vue logique, tu as raison, mais mon côté irrationnel s'en fiche, et tout ce que je veux, c'est t'asseoir sur mon visage et te faire jouir avec ma bouche.

Il a continué.

– Tu te dandines, c'est la preuve que toi aussi tu peux être irrationnelle. Peut-être que nos instincts devraient se rejoindre à un moment ou à un autre. Mais pas ce soir. Malgré ton désir de trouver un plan cul… tu n'es pas prête. Ce serait comme passer directement à la lettre Z en récitant l'alphabet.

– Tu regardes trop les chaînes pour enfants avec Bea.

– Possible. En tout cas, tu en es à la lettre A, et mon sexe, c'est le Z. Et ça ne colle pas. Je l'ai compris ce soir. Tu n'en es pas encore là, même si tu parles d'aller baiser à l'hôtel. Je reviens.

Il est revenu en tenant quelque chose derrière son dos.

– Plus jeunes, que faisions-nous quand nous étions de mauvais poil ou désœuvrés ?

– Nous regardions *The Big Lebowski.*

Il a brandi le DVD.

– Gagné.

– Tu l'as gardé ?

– Je l'ai toujours à portée de main.

– Je vais préparer du pop-corn, j'ai dit en me précipitant dans la cuisine, soulagée que l'ambiance soit plus légère entre nous.

Il avait raison, je n'étais pas prête. Je ne voulais pas le perdre, mais malgré mon désir, je n'étais pas prête à faire l'amour, pas plus avec lui qu'avec un autre.

Dans un silence agréable, nous avons regardé ce film culte qui, avec le recul, n'était pas adapté à des adolescents de treize ans. Mais à l'époque, nous n'avions pas de parents pour surveiller ce que nous regardions. La scène d'ouverture, dans laquelle le personnage principal se fait enfoncer la tête dans la cuvette des toilettes, m'a rappelé de nombreux souvenirs. Et aussi que nous la trouvions inégalable.

Au milieu du film, Justin s'est allongé sur le dos, la tête sur mes genoux. Sans réfléchir, je lui ai passé naturellement la main dans les cheveux.

Il a grogné de plaisir, le regard rivé sur l'écran. Au bout d'un moment, il s'est tourné vers moi et, instinctivement, j'ai retiré ma main en repensant à l'été dernier, quand il m'avait dit d'arrêter.

– Pourquoi tu t'arrêtes ? Cette fois, je ne veux pas que tu arrêtes. Amelia, continue à me caresser les cheveux. Ça fait du bien.

J'ai continué pendant une bonne demi-heure, mon attention se détachant peu à peu du film.

– Qu'as-tu compris d'autre ce soir, dans ta voiture ?

– Que j'aime toujours autant tes fossettes. (Il a levé les yeux vers moi.) Tout n'est pas encore très clair, mais ça, j'en suis sûr.

CHAPITRE 16

Octobre est arrivé, et les feuilles des arbres ont pris leurs couleurs d'automne. Depuis que nous avions regardé *The Big Lebowski,* un mois plus tôt, nos rapports étaient restés assez innocents. Nous n'avions plus reparlé de sexe ni tenté de définir notre relation. Mais nous étions de plus en plus proches.

Bea avait sept mois, et sa personnalité se développait de jour en jour.

Justin s'était brièvement rendu à New York fin septembre pour rencontrer un agent qui souhaitait enregistrer une démo de ses compositions. Globalement, nous prenions les choses comme elles venaient, et son départ définitif restait vague.

Halloween tombait un samedi. Nous avons emmené Bea à une présentation de citrouilles décorées. Justin a pris de nombreuses photos de ma fille et moi dans une mer orangée et jaune paille, et quelques photos de nous trois aussi. Je savais que ces images deviendraient mes trésors. Justin et moi buvions du cidre chaud dans l'air frais. Bea, les joues roses, portait un bonnet et des mitaines. Malgré tous les souvenirs que nous pouvions accumuler au cours d'une vie, ce jour-là resterait éternellement gravé dans ma mémoire.

Nous avions prévu de sortir quelques heures, puis de rentrer nous déguiser pour distribuer des friandises.

Justin, qui savait que c'était ma fête préférée, avait sorti le grand jeu. Après nous avoir déposées à la maison, il est reparti en direction d'un magasin d'accessoires d'Halloween.

La nuit tombait quand il est revenu, les bras chargés de sacs. Il avait acheté des tonnes de décorations orange et noires, des sacs de bonbons et un costume d'abeille pour Bea.

– Ils n'avaient rien pour nous dans ce magasin, alors j'en ai fait d'autres. J'ai été long parce que j'avais du mal à me décider. Du coup, j'en ai pris plusieurs.

– Voyons ça. Passe-moi les sacs.

L'un des sacs venait de chez Adam et Ève.

– Ce n'est pas une boutique pour adultes ?

– Si, elle est juste à côté du magasin de déguisements.

Il m'a fait un sourire malicieux, et je l'ai regardé avec suspicion. Dans le premier sac, j'ai trouvé un déguisement de Catwoman, une combinaison en nylon noir complétée d'un masque.

– C'est pour ce soir… pour les enfants qui viendront réclamer des bonbons.

– Et l'autre ?

– Pour… quand on veut. Je me suis dit qu'il t'irait bien.

D'une main hésitante, j'ai ouvert le sac Adam et Ève, et découvert un morceau de tissu blanc transparent rehaussé de rouge. Une croix était cousue au niveau des seins.

Les yeux ronds, j'ai lu l'étiquette.

– « L'infirmière du bien-être » ?

– Ça m'a rappelé la fois où tu as pris soin de moi, quand j'étais malade.

De manière inhabituelle, il a rougi, comme si son cadeau l'embarrassait.

– Tu veux que je porte ça ?

Il s'est mordillé la lèvre.

– Pas maintenant.

J'ai lu la suite du descriptif.

– Petite culotte non inclue. Ça signifie que ça se porte sans sous-vêtements ?

– Bon… je sais que je ne te verrai peut-être jamais habillée comme ça. Honnêtement, t'imaginer là-dedans m'a excité. Je n'ai pas résisté, je l'ai acheté. On a le droit de rêver, non ?

Penser à moi l'excitait, et j'étais excitée de savoir que je l'excitais.

– Et toi, tu vas te déguiser comment ?

Il m'a fait un clin d'œil.

– C'est une surprise.

Il nous restait une heure avant l'arrivée des petits collecteurs de friandises. Justin a accroché les guirlandes orange aux fenêtres et allumé des bougies dans les citrouilles creusées sur les marches. Il a baissé l'éclairage à l'intérieur de la maison. L'ambiance était à la fois angoissante, romantique et douillette.

– À New York, Halloween me manquait, a-t-il dit en remplissant le saladier de friandises. Les enfants ne frappent pas aux portes.

J'ai souri intérieurement quand j'ai vu qu'il avait acheté mes barres chocolatées préférées.

– Je vais habiller Bea et passer mon déguisement.

– Très bien. J'irai me changer après toi.

Je suis montée et j'ai mis la combinaison noire qui était si moulante qu'on l'aurait cru peinte sur ma peau. J'ai ajusté le masque et me suis regardée dans le miroir. C'était très sexy, tout compte fait. Pas étonnant qu'il l'ait choisi. Mes bottes hautes à talons allaient très bien avec cette tenue. Debout dans son lit à barreaux, Bea semblait amusée de voir sa mère dans cet accoutrement.

Je lui ai mis son costume d'abeille et je suis redescendue.

Quand Justin m'a vue, il a ouvert de grands yeux.

– Wouah, magnifique. J'ai bien choisi.

– Plus sexy que terrifiant.

– Eh bien, je suis raide de peur, si tu vois ce que je veux dire. Eh, la belle abeille. (Il l'a embrassée et emmenée devant la fenêtre.) Regarde les lumières, Bea. J'ai tout décoré pour toi.

Pendant qu'il lui racontait les décorations en lui parlant à l'oreille, y compris les citrouilles illuminées à l'extérieur, je les observais de loin en me demandant depuis quand nous formions une petite famille. La ligne avait-elle été franchie à un moment précis ? Par réflexe d'autoprotection, j'étais tentée de le nier mais ces quatre derniers mois avaient été une découverte de la vie de famille telle que je ne l'avais jamais connue. Que ce fût ou non effrayant, c'était arrivé – et nous étions tous deux incapables de nous l'avouer. L'évolution s'était faite naturellement, sans avoir besoin d'en discuter. Bea allait être toute ma vie pendant au moins les dix-huit prochaines années, mais Justin ne jouait-il qu'un rôle temporaire ? L'avenir nous le dirait.

Justin a remis Bea dans mes bras.

– Je vais me changer. Je me dépêche.

Le premier groupe d'enfants est arrivé avant que Justin ne redescende. Portant Bea d'un bras, j'ai pris le saladier et suis allée leur distribuer des bonbons.

Je disais au revoir aux enfants lorsque j'ai senti sa chaleur dans mon dos.

– Me revoilà.

Quand je me suis retournée, j'ai failli m'évanouir. Tout en noir, il était habillé en agent des SWAT[1]. Sa chemise noire à manches courtes laissait voir ses bras musclés. Par-dessus, il portait un gilet noir décoré du mot SWAT en blanc, un pantalon noir et des rangers. Il était plus sexy que jamais.

– Mon Dieu…

---

1 Unité d'élite des forces de l'ordre, l'équivalent de nos CRS.

Mon corps s'enflammait sous ma combinaison moulante.

– Ça te plaît ?

– Oui… j'adore.

– Il ne restait plus beaucoup de déguisements à ma taille. C'était ça ou clown. Je ne voulais pas faire peur à Bea.

– C'est… oui… un excellent choix.

– Content que ça te plaise.

Nous n'avons eu la visite que de quelques groupes d'enfants, mais chaque fois qu'ils frappaient à la porte, nous étions ravis. Je me réjouissais que Roger soit parti à Irvine voir sa fille. Cela m'évitait de supporter les tensions entre Justin et lui. Je n'avais pas revu Roger depuis le festival de jazz, et ma relation avec Justin avait légèrement évolué entre-temps.

Il était presque l'heure d'aller se coucher. Chéri, la voisine, est passée voir Bea dans son déguisement. Après l'avoir saluée, je suis restée sur le pas de la porte à regarder Bea et Justin dans la cuisine. Pendant qu'il la berçait, j'ai pris conscience que j'avais beau ne pas coucher avec lui, mon cœur lui appartenait déjà.

Dans mon esprit, il m'appartenait. Par peur, je passais à côté de quelque chose dont j'avais désespérément besoin et envie. Le sexe ne changeait rien au fait que son départ serait dévastateur. Tandis que je l'admirais dans son déguisement, je savais que je ne pouvais pas continuer à laisser l'inquiétude me dominer.

Je suis rentrée et j'ai embrassé Bea sur la tête. Quand j'ai levé les yeux vers lui, il me fixait intensément, comme s'il avait lu dans mes pensées. Il a pris mon visage dans sa main et a plaqué mes lèvres sur les siennes. C'était notre premier baiser depuis que j'étais sortie avec Roger et, cette fois, son geste était plus tendre.

Je fondais déjà quand il a grommelé au bord de mes lèvres.

– Tu ne veux pas aller la coucher ?

J'ai acquiescé. Les jambes tremblantes, je suis montée dans ma chambre, j'ai enlevé le costume de Bea sans la réveiller et je l'ai couchée.

Toute en retirant ma combinaison de Catwoman, je considérais le sac Adam et Ève qui me faisait de l'œil sur le bureau.

Et si j'osais ?

Il avait avoué son fantasme, et j'allais le surprendre. J'ai enfilé le vêtement vaporeux. Mes seins gonflés étaient exposés, la croix rouge recouvrait à peine les bouts. C'était d'une obscénité excitante. Il allait devenir fou.

J'ai enfilé un string rouge, mouillant déjà en imaginant sa réaction. Ce soir, j'allais le toucher, le savourer, faire tout ce dont j'avais rêvé. Frissonnant, je me suis glissée dans le couloir sur la pointe des pieds.

Sa porte était à moitié ouverte. Torse nu, il regardait par la fenêtre, le clair de lune éclairait sa superbe silhouette. Justin m'attendait.

Il avait gardé son pantalon de SWAT. Il moulait si bien ses fesses arrondies que je salivais d'envie de les mordre. J'avais si souvent admiré son beau corps, de loin, mais cette fois, il était pour moi.

– Salut, j'ai dit pour qu'il se retourne.

Quand il m'a vue, son souffle s'est bloqué, ses yeux gourmands n'en rataient pas une miette.

– Putain, a-t-il grondé. Tu l'as mise.

Il s'est approché lentement et a pris mon visage entre ses mains. Je tremblais d'envie. Ses mains sont passées sur mon cou, mes seins et se sont arrêtées sur mon nombril. Subjugué, il examinait mon corps à travers le tissu fin.

Il a fermé brièvement les yeux. Quand il les a rouverts, il avait toujours le même air émerveillé. Comme s'il ne s'était pas attendu à ce que je sois devant lui.

– Personne n'a jamais autant compté que toi, Amelia. Il faut que tu le saches.

Mon cœur s'est embrasé. Il est tombé à genoux, a enroulé les mains autour de ma taille et m'a serrée contre lui, embrassant mon nombril. Sa langue traçait de petits cercles sur mon ventre. Sa bouche est descendue, semant de tendres baisers vers mon entrejambe.

Il a glissé la main à l'arrière de mon string et a agrippé le tissu pour le faire lentement descendre le long de mes jambes. Il s'est relevé, ma petite culotte dans la main.

– Elle est trempée. Je meurs d'impatience de te goûter. Regarde-moi.

Son pantalon contenait à peine son sexe qui semblait prêt à transpercer le tissu.

– Je n'ai jamais été aussi excité. Toute ma vie, j'ai rêvé de cet instant. Je n'aurais jamais cru que ça arriverait. Je veux le déguster.

Il m'a guidée vers son lit. Il s'est assis au bord. Mes genoux de part et d'autre de ses cuisses, mon sexe nu au-dessus de son érection. Il a posé ses yeux sur moi.

– Dis-moi quel est ton plus gros fantasme. Je veux le réaliser. Jouons à un peu. Dis-moi ce que tu veux. N'aie pas peur : il n'y a pas de limites. Tout ce que tu voudras.

Je savais exactement ce que je voulais, ce dont je rêvais depuis l'été dernier, chaque fois que je me masturbais.

– Caresse-toi comme le jour où je t'ai espionné, mais en me regardant. Je veux voir à quel point tu me désires.

Il a souri.

– J'ai une confidence à te faire.

– Laquelle ?

– Je pensais à toi, ce jour-là. Quand tu es apparue devant ma porte, le temps d'un instant, j'ai cru que mon imagination me jouait des tours.

– Vraiment ?

– Ça fait longtemps que je n'arrive plus à imaginer autre chose. Alors, comme ça, ton fantasme, c'est de me mater pendant que je me branle, vilaine fille ?

– Oui.

– Ça peut se faire. Mais il y a trois conditions.

– D'accord.

– La première… que tu sois entièrement nue.

– Très bien.

– La deuxième… que tu m'aides.

– Très bien. Et la dernière ?

– À la fin, je te pénètre. J'ai besoin d'être en toi, ce soir. Je ne peux plus attendre.

Incapable de parler, j'ai hoché la tête tandis qu'il reculait contre la tête de lit.

Il a glissé la main vers son bas-ventre et, lentement, a sorti sa verge de son pantalon.

– Tu as des seins magnifiques, Amelia. Enlève ça que je les voie.

Mes seins picotaient d'excitation. En cet instant, j'aurais tout fait pour lui. J'ai baissé les bretelles, ne révélant qu'une partie de ma poitrine.

– Très aguichant, a-t-il dit les dents serrées, caressant davantage son pénis. Enlève-la.

J'ai retiré la nuisette. Nue devant lui, j'ai couvert mes seins.

– Ne fais pas ça. Je veux tout voir.

Il a saisi son sexe à pleine main et l'a caressé en me regardant. Je n'avais jamais rien connu d'aussi excitant.

– C'est ce que tu voulais ? a-t-il murmuré en se caressant plus fort, tout en me dévorant du regard.

J'ai hoché la tête, j'avais l'entrejambe trempé.

– Tu es tellement belle, a-t-il réussi à dire entre deux respirations.

Je me frottais contre lui, excitée par son regard dévorant.

– Je sens comme tu es mouillée sur mes jambes. Continue à te frotter comme ça. Recouvre-moi de ton miel, a-t-il dit.

Je me suis léché les doigts et j'ai tracé des cercles autour de mes mamelons avant de presser mes seins l'un contre l'autre.

– Continue à faire ça.

Son gland était couvert de liquide. Savoir que j'étais la source de son excitation m'affolait.

Il s'est arrêté pour reprendre son souffle.

– Touche-moi, a-t-il dit simplement.

Je croyais qu'il n'allait jamais me le demander. J'ai enroulé les doigts autour de son membre épais, chaud et mouillé. C'était extraordinaire de le toucher. Je l'ai caressé d'abord lentement, et plus de plus vite, adorant sentir son membre se mouiller. Avide de le goûter, j'ai léché ma paume tandis qu'il observait les mouvements de ma langue.

– Très excitant.

Lorsque je me suis baissée pour lécher la goutte de liquide qui perlait sur son gland, il m'a arrêtée.

– Ne fais pas ça. Pas encore. Je jouirais en deux secondes, et je veux que ça dure.

– D'accord.

J'ai souri et repris mes caresses, appréciant ses gémissements alors qu'il tentait de se contrôler.

Au bout d'un moment, il a posé la main sur la mienne.

– C'est trop. J'ai besoin de te lécher.

Il s'est glissé sous moi en me soulevant pour m'asseoir sur sa bouche. J'ai retenu mon souffle lorsqu'il s'est mis à me lécher avec voracité. Il me suçait avec sa bouche, me pénétrait avec sa langue et léchait mon clitoris. Agrippé à mes hanches, il me guidait sur sa bouche, ses petits cris de plaisir me faisaient vibrer. Il me dévorait sans retenue, avec brutalité.

J'allais succomber.

– J'ai très envie de te faire jouir sur mon visage, mais je veux te pénétrer et que nous jouissions ensemble.

Il s'est dégagé et s'est agenouillé au-dessus de moi. Son érection était incroyablement gorgée de désir. Tout en se caressant, il m'a regardée dans les yeux. Il a pris mon visage entre ses mains et m'a embrassée profondément. De tout son poids, il m'a fait tomber sur le dos. Il frottait sa queue lisse sur mon ventre, m'embrassant de tout son cœur.

– Pourquoi avons-nous attendu aussi longtemps ?

Insatiable, j'ai secoué la tête et tiré sur ses cheveux pour qu'il m'embrasse plus fort. S'il ne me pénétrait pas immédiatement, j'allais exploser. Justin s'est écarté pour ouvrir le tiroir de la table de nuit. Il a déchiré l'emballage avec ses dents.

– Je vais te baiser délicieusement bien, Amelia. J'ai hâte de t'entendre jouir. Tu es prête ?

J'ai hoché la tête.

– Oh oui !

Au moment où il a déroulé le préservatif sur son sexe, les pleurs de Bea ont retenti dans le couloir. Nous nous sommes figés, moi les jambes écartées, prête à l'accueillir, et Justin la main sur son membre.

Non.

Pas ça !

Pas maintenant !

Nous ne bougions pas, comme si cela pouvait la calmer. Nous prenions nos désirs pour des réalités. Quand il est devenu évident que nous n'aurions pas autant de chance, Justin s'est levé et a rapidement remis son pantalon.

– Je vais la voir. Elle a peut-être besoin d'être changée.

– Tu es sûr ?

– Oui. Reste comme ça… les jambes écartées. Ne bouge pas. Je reviens.

Il a fait un détour par la salle de bains pour se laver les mains.

Trop excitée pour protester, je l'attendais impatiemment. Au bout de quelques minutes, j'ai entendu sa voix.

– Amelia !

J'ai sursauté.

– Tout va bien ?

– Bea va bien, mais j'ai besoin de toi.

J'ai enfilé un de ses tee-shirts en courant dans le couloir.

Dès que je suis entrée dans la chambre, une odeur de couche sale m'a assaillie. Justin tenait Bea à bout de bras.

– Situation d'urgence. Elle est pleine de caca… jusqu'en haut du dos.

Bea s'est mise à rire.

– Tu trouves ça drôle ? Comment tu as fait pour t'en mettre dans les cheveux ? Tu as un don, bébé bourdon, a dit Justin.

Elle a gloussé, et malgré la catastrophe, nous avons éclaté de rire avec elle.

– Bon, ai-je dit en me calmant. Voilà ce que nous allons faire. Tiens-la comme ça. Je vais chercher un sac en plastique pour ses vêtements et je vais enlever le plus gros avec des lingettes. Après, nous lui donnerons un bain.

Justin a continué à la tenir pendant que je la lavais. Il me faisait rire en lui parlant.

– Je comprends que tu souries. Tu dois te sentir mieux maintenant. Pas vrai, bébé bourdon ? Je vais appeler le *Livre des Records* demain pour les informer de la plus grosse diarrhée du monde.

Je savais qu'elle ne pouvait pas comprendre sa blague, mais elle réagissait comme s'il l'amusait. Quoi qu'il dise, il était hilarant pour elle.

J'ai fini par jeter ses vêtements dans la poubelle de la cuisine, pendant que Justin la maintenait dans la même position.

Nous l'avons assise dans la baignoire et douchée à grand renfort de savon moussant. Une fois propre, nous l'avons enveloppée dans une serviette chaude. Pendant que Justin la tenait dans ses bras, je lui séchais les pieds. Il m'a regardée.

– Nous sommes passés du coq à l'âne.

J'ai embrassé ses petits orteils.

– C'est un peu l'histoire de ma vie.

– Elle est complètement réveillée maintenant, tu sais.

– Je devrais lui donner le sein.

– Oui, elle ne doit plus rien avoir dans le ventre après tout ça.

Justin m'a suivie dans ma chambre et a posé la tête sur mon épaule pendant que j'allaitais Bea. C'était la première fois que je ne prenais pas la peine de cacher mon sein devant lui. Tous les trois, nous avons fini par nous endormir dans mon lit.

Même si nous n'avons pas fait l'amour, cette nuit reste l'une des plus mémorables de ma vie, pas tant à cause des événements que des bouleversements du lendemain.

CHAPITRE 17

Pendant que Justin dormait, je préparais du café dans la cuisine. C'était un dimanche matin paisible, jusqu'à ce qu'un simple SMS bouleverse ma vie. J'ai regardé le téléphone de Justin, en charge sur le plan de travail.

Olivia : OK. Appelle quand tu seras décidé.

Olivia ?

Son ex, sa seule longue histoire d'amour avant Jade. Mon cœur s'est mis à palpiter.

Ils se reparlaient ?

Il fallait que je sache. Sans me demander si c'était bien, j'ai fait défiler les messages précédents.

Olivia : Tu y as réfléchi ?

Justin : Oui. J'ai besoin d'un peu de temps.

L'effroi me crispait le ventre. La veille, la soirée avait marqué un tournant dans notre relation. C'est du moins ce que j'avais cru. Justin m'avait fait sentir que je pouvais lui faire entièrement confiance. Il avait communiqué avec son ex, autrement dit il me cachait des choses. J'avais l'impression de recevoir un seau d'eau glacée sur la tête, me réveillant brutalement d'une illusion.

Regardant distraitement par la fenêtre, j'ai vu qu'il bruinait. La journée promettait d'être longue et difficile. Quand il est descendu, je ne me suis pas retournée. Je l'ai entendu embrasser Bea, qui jouait sur le tapis.

Je me suis raidie lorsqu'il est venu derrière moi, pressant son érection matinale contre mes fesses.

– Bonjour, a-t-il dit en m'embrassant dans le cou.

Dès que je me suis retournée, il a compris que ça n'allait pas.

– Amelia… parle-moi.

Au lieu de lui répondre, je suis allée chercher son téléphone.

– Tu as besoin de temps pour quoi ?

Justin a regardé le téléphone en clignant des yeux.

– Je pensais te parler de ça aujourd'hui. Je ne voulais pas gâcher le premier Halloween de Bea.

Les murs se refermaient autour de moi.

– J'ai été stupide de te faire confiance.

– Eh, doucement ! À quelles conclusions hâtives es-tu arrivée exactement ?

– Pas besoin d'être grand clair, Justin. Tu échanges des messages avec ton ex. Pour décider de je ne sais quoi.

– C'est vrai. Il se passe quelque chose, mais ça n'a rien à voir avec elle. Ce n'est pas mon ex sans raison. Tu n'as aucune inquiétude à avoir. Tu n'as pas vu l'effet que tu me faisais hier soir ?

– Alors, sur quoi portent vos conversations ?

Il s'est passé les mains dans les cheveux.

– Olivia est manager de la tournée de Calvin Sprockett.

– Le chanteur ?

– Oui, dit-il avec un petit rire. Le légendaire artiste primé aux Grammy. Celui-là.

– Bon… et quel est le rapport avec toi ?

– Il part en tournée en Amérique du Nord et en Europe pendant cinq mois. Sa première partie est entrée en cure de désintoxication du jour au lendemain. Olivia est proche de mon agent, Steve Rollins. Ils se sont rencontrés quand nous sortions ensemble. Olivia était plus ou moins mon manager à l'époque. Je suppose que Steve lui a donné ma dernière démo, celle que j'ai enregistrée en septembre, et l'a fait écouter à Calvin. Il lui a demandé si ça m'intéressait de l'accompagner en tournée.

– Sérieusement ? Oh mon Dieu. Justin… c'est un rêve !

C'était étrange d'être heureuse pour lui tout en ayant l'impression que ma vie s'écroulait. Une chose était sûre, mes peurs ne m'empêcheraient pas de le soutenir.

– Je suis désolé de ne pas t'en avoir parlé plus tôt. Je voulais vraiment que tout soit parfait hier. Je te jure que j'avais prévu d'aborder le sujet pendant le week-end.

J'ai cherché une réponse qui ne trahisse pas mon appréhension.

– Il sait que tu n'es jamais parti en tournée ?

– Oui. Au début, j'ai trouvé bizarre qu'il me donne ma chance, mais Cal est connu pour faire découvrir de jeunes talents sur ses tournées. C'est comme ça que Dave Aarons a débuté.

– Formidable… et il t'a choisi, toi.

– Oui.

– Ton style colle bien avec le sien.

– Je sais. C'est une bonne association.

Toute appréhension mise à part, mon cœur débordait de fierté.

– Incroyable ! Je suis fière de toi.

– Je n'ai pas encore dit oui, Amelia.

– Tu vas accepter, j'espère ?

– Je ne sais pas.

– Tu ne peux pas refuser ça.

– Je voulais d'abord en discuter avec toi.

– Où est le problème ?

– Je devrai vous quitter, toi et Bea, pendant cinq longs mois.

– Tu n'as jamais dit que tu étais là de façon permanente. Tu étais supposé partir bientôt, tu te souviens ?

Il a ignoré ma question.

– Ce ne serait pas comme si j'étais à New York. Je ne pourrai plus venir sur l'île quand j'en aurai envie, ou quand tu auras besoin de moi. La tournée est ininterrompue. L'emploi du temps est serré. Il aime donner deux ou trois concerts dans chaque ville.

– Ne t'inquiète pas pour moi.

Je ne voulais pas qu'il parte, pas plus qu'il refuse une proposition en or par culpabilité. Il finirait par nous en vouloir, et je ne voulais surtout pas en arriver là.

– Comment veux-tu que je fasse ? Tu te souviens dans quel état je t'ai trouvée ?

– Les choses ont changé. Bea a beaucoup grandi. Elle est plus indépendante, elle dort mieux. Ne te sers pas de moi comme d'une excuse. Cinq mois, ça passe vite.

En vérité, ça me faisait l'effet d'une éternité. Il pouvait se passer tant de choses en cinq mois. De fait, il s'était passé énormément de choses entre nous sur une période équivalente. Nous avions inventé notre version personnelle d'une famille.

– Maintenant, tu dis que ça passe vite, mais quand tu n'auras personne pour prendre la relève, le temps d'aller faire des courses ou de prendre l'air, tu trouveras le temps long. Quand tu te sentiras seule le soir, tu verras… à moins que tu n'appelles le crétin d'à côté. Roger sautera sur l'occasion si je te laisse seule.

Toutes les excuses semblaient bonnes pour ne pas partir.

– Je n'ai pas envie que tu partes, Justin. Ça m'effraie, mais je sais que tu le regretteras toute ta vie si tu refuses. Une offre pareille, il n'y a pas à hésiter.

Il a fixé le sol un long moment.

– Tu as raison. Je me demanderais toujours ce qui se serait passé si j'avais accepté. Et je n'aurai sûrement pas d'autre opportunité comme celle-ci.

La gorge rêche comme du papier de verre, j'ai dégluti.

– Tu as ta réponse.

– Putain, c'est ma chance, dit-il, le regard perdu dans le vide.

Il m'a regardée nerveusement, comme s'il espérait que je l'en dissuade.

– Bea et moi serons toujours là.

– Je reviendrai un mois après son premier anniversaire. Je vais le rater, dit-il en la regardant.

Je m'efforçais de rester calme.

– Quand dois-tu donner ta réponse à Olivia ?

– Dans deux jours, grand maximum.

J'hésitais à poser la question.

– Es-tu sûre que Jade se trompait à son sujet ?

– Comment ça ?

– Elle ne veut pas se remettre avec toi ? C'est un beau geste de sa part, t'intégrer à cette tournée.

– Elle a toujours soutenu mon travail. Il n'y a rien d'autre, Amelia.

– Elle va vous suivre sur toute la tournée ?

– Oui, c'est le manager.

– Elle sort avec quelqu'un ?

– Je ne crois pas.

La jalousie m'a mis le feu aux joues.

– Je vois.

– Je t'ai raconté notre rupture. Elle n'était pas faite pour moi. C'est fini. Peu importe qu'elle suive la tournée. Ne bloque pas là-dessus, c'est une perte d'énergie.

– Bon, je vais essayer, mais imagine ce que tu ressentirais si je passais les cinq prochains mois à voyager en car avec un ex. Tu ne supportes même pas le voisin. Tu as vécu avec elle pendant deux ans. Tu comprends sûrement pourquoi ça coince.

– Bien sûr, je comprends, mais je ne peux rien faire de plus que répéter que c'est du passé. Oui, elle sera sur la tournée, mais ne t'inquiète pas pour ça, s'il te plaît.

– Très bien, je vais essayer.

J'avais le cœur lourd, mais je ne pouvais pas lui montrer que son départ imminent me dévastait.

– Ça t'ennuie si je vais courir sur la plage ? Tu veux bien surveiller Bea ?

– Depuis quand tu cours ?

– J'ai envie de commencer.

– Pas de problème, je la surveille.

Sans attendre, je suis allée mettre ma tenue de sport.

Sur la plage, mes jambes couraient plus vite que mon cœur ne le supportait. Je n'arrivais pas à suivre mon désir de fuir le chagrin causé par son départ.

Ce n'était pas tant son départ qui me dévastait que la peur qu'il ne revienne pas mener notre vie simple sur l'île. Il allait faire des tas de découvertes. Une tournée était une expérience exaltante, pleine de tentations. Sans limite.

Je ne pouvais pas lui montrer mes angoisses. S'il renonçait à cause de mes inquiétudes, ce serait encore pire que de le voir partir. Je ne pouvais pas le retenir, mais je pouvais me protéger de la seule manière que je connaisse. Jusqu'à la fin de son séjour, je garderais mes distances, autant sur le plan physique qu'émotionnel. Si nous survivions à son absence, alors je saurais que c'était sérieux entre nous. Mais en attendant, je devais impérativement vivre ma vie sans l'attendre. Cette tournée serait l'épreuve ultime.

L'air iodé m'emplissait la gorge. Pendant que je courais, évitant les mouettes, le vent me projetait du sable dans les yeux et la bouche.

J'ai fait une pause devant la porte avant d'entrer. Justin avait allumé la radio et dansait avec Bea dans la cuisine. Elle riait à chaque tourbillon. J'ai réalisé alors que je ne serais pas la seule à souffrir de son absence. Bea ne savait pas que, dans quelques jours, il ne serait plus là. Elle n'était même pas en mesure de comprendre pourquoi. J'avais de la peine pour elle alors qu'il n'était pas encore parti.

C'est toujours quand on aimerait que le temps ralentisse qu'il file.

Après que Justin avait accepté de partir en tournée, il a appris qu'il devait se rendre à Minneapolis dix jours plus tard. Il prévoyait de rentrer en voiture à New York et d'aller rejoindre Calvin et l'équipe en avion, dans le Minnesota, d'où la tournée partirait.

Le groupe prévu à l'origine s'étant désisté à la dernière minute, il n'avait que peu de temps pour se préparer. Par chance, quand Justin eut expliqué la situation à ses employeurs, ils lui accordèrent un congé sans solde. Le directeur de la société d'informatique était un grand fan de Calvin Sprockett.

Si, dans les faits, tout se mettait en place, dans mon esprit, tout s'effondrait. Je voulais sincèrement me réjouir pour lui, mais c'était indissociable de la tristesse et de la peur.

Nous profitions sagement de ces derniers jours, passant du temps tous les trois, mais nos rapports étaient tendus. Juste après qu'il avait pris sa décision, un matin, j'avais expliqué à Justin qu'il valait mieux que nous ne couchions pas ensemble pour l'instant. Cela ne rendrait le départ que plus pénible. C'était ma grande excuse. Il avait beau affirmer qu'il comprenait, dans le fond, il sentait que je doutais de sa loyauté. Tous les soirs, je m'enfermais dans ma chambre et il n'essayait pas de m'en empêcher.

Deux jours avant son départ, j'ai dû aller récupérer mes affaires à Providence. Je ne pouvais plus m'offrir le luxe de les entreposer plus longtemps. Je prévoyais d'en donner le plus possible et de vendre les plus petits articles dans un vide-greniers à Newport. De toute façon, je n'avais plus besoin de ces affaires. Le mari de Tracy est venu avec sa camionnette et m'a aidée à tout charger avant d'en transporter une grande partie à l'Armée du Salut.

Justin était resté à Newport avec Bea. Sur le chemin du retour, j'avais le cœur gros. J'entendais presque le compte à rebours dans ma tête. Ces sept derniers mois se rejouaient dans ma tête comme un film qui touche à sa fin. J'étais certaine que Justin allait devenir célèbre. Il allait être avalé par le monde de la musique, et il ne semblait pas en être conscient. À une moindre échelle, j'avais vu les femmes réagir quand il se mettait à chanter. Cet engouement allait être multiplié par mille. Sa vie ne serait plus jamais la même. La mienne non plus.

La maison était d'un calme inhabituel. Une odeur de sauce tomate émanait de la cuisine. J'ai allumé la lumière, un plat de lasagnes cuisait dans le four.

– Vous êtes là ?

– En haut ! a répondu Justin.

Un bruit de pluie, mélangé à une musique, semblait provenir de la chambre de Justin. Quand j'ai ouvert la porte, mon cœur s'est serré.

Son lit avait disparu, remplacé par celui de Bea. Il avait étalé un tapis de jeux jaune sur le sol. Des étoiles projetées au plafond tournaient lentement. Des bruits naturels sortaient d'un appareil, sur le bureau. Au mur, une photo représentait un bébé déguisé en abeille.

J'ai posé la main sur ma bouche.

– Comment… quand… as-tu…

Il tenait Bea dans ses bras.

– Elle a besoin d'avoir sa chambre. Elle grandit, elle ne peut plus dormir avec toi. Tu étais à Providence, c'était l'occasion idéale pour te faire la surprise.

Bea, fascinée par les étoiles animées, se tordait le cou pour suivre leur trajectoire.

J'ai souri.

– Elle les adore, hein ?

– Je savais que ça lui plairait. Parfois, quand elle ne dort pas le soir, je l'emmène sur la terrasse et nous regardons les étoiles ensemble. Peut-être qu'elles lui feront penser à moi quand je ne serai pas là.

Ses mots me serrèrent le cœur.

– Je ne savais pas que vous faisiez ça tous les deux. Où sont tes affaires ? j'ai demandé en faisant le tour de la pièce pour admirer la transformation.

– J'ai démonté mon lit et je l'ai rangé dans un coin de mon bureau.

Le fait qu'il libère la pièce et la transforme en chambre d'enfant était un acte définitif. Ça passait mal. Interprétant son geste, j'ai réagi violemment. Paniquée, mon cœur battait la chamade.

– Tu ne reviendras pas.

– Quoi ?

– Tu lui as donné ta chambre parce que tu ne reviendras pas. Tu vas disparaître, devenir une star. Tu passeras peut-être nous voir, mais en fait, tu ne vivras plus ici.

Mes inquiétudes s'exprimaient librement, après une longue journée stressante.

Justin est resté sans voix, puis son ton a viré à la colère.

– C'est ce que tu penses ?

– Je ne sais pas. Je pense tout haut.

– J'ai installé sa chambre parce qu'elle est devenue trop grande pour dormir avec toi. Elle mérite une jolie chambre. J'avais ce projet avant qu'on me propose la tournée. Ça fait un mois que je rassemble des affaires. Je les cachais dans mon placard.

Du tiroir du bureau, il a sorti une pile de tickets de caisse et les a lancés dans les airs. Les petits papiers blancs sont retombés en pluie.

– Vérifie les dates. Ça remonte à plusieurs semaines.

Je me sentais idiote.

– Je suis désolée. Ton départ me stresse. J'ai essayé de le cacher, mais c'est sorti tout seul.

– Tu crois que j'essaie de me détacher de vous ? C'est toi qui as bâti un mur à la seconde où j'ai évoqué cette tournée. Si ça ne tenait qu'à moi, je dormirais dans ton lit ce soir – en toi, même – parce que je pars dans deux petits jours. Deux jours, Amelia ! Au lieu d'en profiter, tu te fermes.

Je respecte ta volonté, et je ne te force pas parce que je sais que c'est dur pour toi, mais merde !

– Je dramatise, je suis désolée. La chambre est très belle, j'ai dit, honteuse.

– Je dois aller jeter un œil au four.

Justin a posé Bea dans son lit et est sorti brusquement, claquant la porte derrière lui. J'ai levé les yeux vers les étoiles, regrettant profondément mon éclat. La musique était passée à des coups de tonnerre et des éclairs, entièrement en phase avec l'humeur ambiante.

Nous avons peu parlé durant le dîner.

Justin n'ayant plus de chambre, il a dormi sur le canapé.

Je n'ai pas dormi du tout.

Justin part demain.

Je devais arranger les choses avant qu'il parte, ou je le regretterais. Pendant que Bea faisait la sieste dans sa nouvelle chambre, j'ai décidé de lui parler.

Ses bagages étaient empilés dans un coin du bureau. Cette seule image m'angoissait.

Tandis que je marchais dans le couloir, je l'entendais frapper le punching-ball dans la salle de gym.

Sur le pas de la porte, je restais là, à le regarder taper avec plus de force que jamais. Absorbé par ses coups, il n'avait pas remarqué ma présence.

– Justin.

Il a continué à taper. Comme il avait ses écouteurs, je ne savais pas s'il m'avait entendue.

– Justin, j'ai répété plus fort.

Il a donné un violent coup de poing tout en continuant à m'ignorer.

– Justin ! j'ai hurlé.

Cette fois, il m'a lancé un bref coup d'œil, toujours en mouvement. Donc, il m'ignorait.

Déterminée à affronter la situation, malgré la douleur, j'ai attendu qu'il arrête. Agrippé au punching-ball, il a repris son souffle en regardant ses pieds.

– Je suis en train de te perdre alors que je ne suis pas encore parti. Cette tournée n'en vaut pas la peine.

– Tu dois la faire. Tu ne me perdras pas. Seulement, je ne sais pas comment m'y prendre.

Un filet de sueur coulant le long de son torse luisant, il est venu tout près de moi. L'odeur de sa peau et de son eau de toilette m'a instantanément rappelé que je me faisais des illusions. Comment lui résister ?

– C'est compréhensible.

– Quoi donc ?

– Tes inquiétudes… Si tu partais en tournée, j'en aurais aussi. Ce milieu est particulier. Je comprends tes craintes.

Ça ne me réconfortait pas qu'il trouve mes appréhensions fondées.

– Ce n'est pas un problème de confiance, tu crois que ce milieu va me changer, que mes envies ne seront plus les mêmes.

– Oui, exactement. Si tu comprends ma peur, pourquoi es-tu en colère contre moi ?

– C'est plus de la… frustration. Tout est arrivé si vite, je manque de temps pour tout réparer. Nous devons rester confiants. Ce que nous avons bâti est plus fort que tout ce que la vie nous réserve pour les cinq prochains mois. Moi aussi j'ai peur, parce que je ne veux pas vous laisser tomber, toi et Bea.

Ses yeux trahissaient une angoisse sans précédent, et ses incertitudes m'ont mise mal à l'aise.

– Nous laisser tomber ?

– Oui, Bea s'est attachée à moi. Elle oubliera ces derniers mois, mais en grandissant, elle comprendra de plus en plus de choses. Ce n'est pas un jeu. Plutôt mourir que de lui faire du mal.

Il ne le disait qu'à demi-mot, mais selon moi, il essayait de me rappeler son souhait de ne pas avoir d'enfant et, par conséquent, il ne savait plus où il en était avec moi. Ses doutes persistants m'attristaient, d'autant qu'il était merveilleux avec Bea.

Et avec moi.

Cette tournée l'obligeait à agir comme il ne l'aurait jamais fait dans d'autres circonstances : elle le forçait à nous quitter, à prendre du recul et à s'interroger sur les responsabilités qu'il avait involontairement endossées le jour où il était venu à Newport, pour un mois à l'origine, s'attendant à trouver la maison vide. Son séjour avait été plein de surprises. Il était devenu notre rocher. Même si je ne voulais pas le perdre, cette séparation lui permettrait de faire le point sur ses désirs les plus profonds.

Je savais que je voulais sincèrement être avec lui. Mais je l'aimais suffisamment pour le laisser partir. Je me suis promis d'alléger tout sentiment de culpabilité.

Cette tournée était une bénédiction déguisée, car elle lui donnait le temps de faire ses propres choix. Si nous n'étions pas assez forts pour supporter la séparation, mieux valait que Bea ne s'attache pas davantage à lui. Dans l'immédiat, le cœur de ma fille passait avant le mien.

De mauvais gré, je lui ai confié mes pensées.

– Cette séparation sera peut-être bénéfique. Elle te donnera le temps de te demander ce que tu veux vraiment.

– Tu as raison.

Surprise, j'ai senti mon estomac se nouer. En même temps, je devais être forte, laisser le destin suivre son cours. Je ne devais pas agir bêtement ni tout saboter, ni dans un sens ni dans l'autre, parce que je l'aimais. Énormément. Je lui souhaitais le meilleur, qu'il soit heureux même sans nous.

L'univers m'avait déjà montré qu'il avait des projets pour moi, et qu'ils échappaient à mon contrôle. Bea en était la preuve. Je devais m'accrocher à la croyance qu'une force supérieure était aux commandes et que ce tout dernier défi avait un but. Ma seule certitude : nous en ressortirions déchirés ou plus forts que jamais.

Dans cinq mois, j'aurais ma réponse.

Il a plu toute la journée.

Comme si Bea sentait le changement, elle a refusé de dormir dans sa nouvelle chambre. J'en venais à croire que les bébés avaient un sixième sens. Depuis que Justin avait aménagé cette pièce, elle adorait y dormir et admirer les étoiles. Mais cette nuit – la dernière de Justin – Bea ne s'est calmée que dans mes bras. L'intuition, peut-être. Je l'ai allongée dans mon lit, même si, comme moi, elle n'arrivait pas à dormir.

À mesure que minuit approchait, je devenais plus mélancolique et l'insomnie l'emportait.

Justin a frappé légèrement à ma porte.

– Tu dors, Amelia ?

– Non, entre.

Il est venu s'allonger sur le lit à côté de nous.

– Je n'arrive pas à dormir.

– Tu es nerveux ?

– Plutôt mort de trouille.

– À quel sujet, précisément ?

– Tout. J'ai peur de te laisser seule, peur qu'elle m'oublie… J'ai peur de chanter devant des milliers de gens. Tout m'inquiète.

– Tu peux avoir confiance en ton talent. Tu vas faire un tabac.

Sans réagir à mes paroles de réconfort, il a pris Bea et l'a posée sur son torse. Sa respiration est devenue plus régulière.

Le cœur en miettes, je l'ai regardé l'embrasser sur la tête et lui murmurer à l'oreille.

– Pardonne-moi, bébé bourdon.

Toute la journée, j'avais été d'humeur changeante, alternant entre la tristesse pour moi et Bea, la fierté et l'excitation pour lui. Pendant ce moment intime, je savais qu'en tant que simple amie, je devais l'aider à comprendre qu'il méritait cette tournée pour laquelle il avait travaillé dur. Il n'avait rien à se faire pardonner. C'était comme ça que je l'aimais, et je devais chasser son sentiment de culpabilité, alléger son cœur même si son départ m'anéantissait.

– Nana serait fière de toi, Justin. Elle me disait souvent que tu étais destiné à de grandes choses. Quand tu monteras sur scène, ne pense pas au nombre de gens présents dans le public, chante pour Nana… fais ça pour elle.

– Elle serait contente de voir comme tu es devenue, toi aussi, Patch… tout ce que tu as traversé. La mère que tu es devenue, même si la tienne est nulle. Nana serait super-fière. Je suis fier de toi.

Tout en tenant Bea endormie sur son torse, Justin s'est penché pour m'embrasser. Il s'est mis à me dévorer la bouche, fermement mais tendrement. Nous nous sommes embrassés pendant plusieurs minutes, en prenant soin de ne pas réveiller Bea.

– J'ai tellement envie de te faire l'amour. Mais je comprends que tu aies peur que ça rende le départ plus difficile. Je ne sais pas si j'arriverais à partir après ça, dit-il au bord de mes lèvres.

– Je ne crois pas que Bea te laisserait faire. Elle est trop bien installée.

Il l'a regardée en souriant.

– Sûrement. Amelia, promets-moi deux ou trois choses.

Ses yeux bleus luisaient dans la pénombre.

– D'accord.

– Promets-moi que nous communiquerons par *Facetime* de temps en temps.

– D'accord. C'est facile.

– Promets-moi de m'appeler si tu te sens seule, de jour comme de nuit.

– Promis. Quoi d'autre ?

– Promets-moi que nous ne nous cacherons rien d'important, et que nous serons toujours honnêtes l'un envers l'autre.

Je me demandais dans quel domaine il pensait avoir des choses à m'avouer.

– Bon, c'est promis. Autre chose ?

– Non. Enfin, j'aimerais dormir avec vous cette nuit. Tu veux bien ?

Je lui ai pris la main.

– Bien sûr. Tout va bien se passer, Justin. Entre nous aussi.

Il a déposé Bea entre nous deux. Avec elle au milieu, nous nous sommes endormis les yeux dans les yeux.

Le lendemain matin, je me suis réveillée paniquée. Justin n'était plus dans le lit. Je me suis calmée en réalisant qu'il n'était que neuf heures et qu'il ne partait qu'à midi.

L'odeur de son café m'a rendue triste. C'était la dernière fois que je sentais son café fusion avant longtemps.

Les larmes aux yeux, je me suis occupée, le temps de me ressaisir. J'ai rangé ma chambre, fait une lessive, tout pour éviter qu'il me voie pleurer. Dans son trotteur, Bea me regardait m'affairer dans la pièce.

Justin est entré pendant que je passais l'aspirateur.

– Amelia.

Évitant son regard, je me concentrais sur le tapis.

– Amelia !

J'ai fini par le regarder. Il a vu la tristesse dans mes yeux, car son visage s'est assombri. L'aspirateur toujours en marche, je l'ai regardé. Une larme a coulé sur ma joue, et j'ai compris que j'avais officiellement échoué à cacher mes émotions.

Il a éteint l'aspirateur, sa main s'est attardée sur la mienne.

– Je t'attends pour prendre le café. J'ai besoin de prendre le petit déjeuner avec vous une dernière fois avant de partir. C'est ce que je préfère au monde.

Je me suis essuyé les yeux.

– D'accord.

– C'est normal d'être triste. Arrête de me le cacher. Moi non plus, je ne me cacherai pas. Je suis fou de chagrin, Amelia. Je n'ai aucune envie de vous quitter. Mais nous n'avons plus beaucoup de temps, ne le perds pas à te cacher.

Il a raison.

J'ai reniflé.

– Allons prendre le café.

Justin a pris Bea dans ses bras, fermé les yeux et a respiré son odeur comme pour le graver dans sa mémoire.

– Qui est mon bébé bourdon ?

Quand elle lui a souri, mes émotions m'ont submergée de nouveau. Égoïstement, j'étais en colère contre lui.

Comment peux-tu nous quitter ?

Pourquoi tu ne m'as pas dit que tu m'aimais ?

Pourquoi tu ne dis pas à Bea que tu l'aimes ?

Tu ne nous aimes pas.

Mais surtout, je m'en voulais d'avoir ce genre de pensées. Je commençais à comprendre que ce qui m'ennuyait le plus, ce n'était pas qu'il parte mais que je ne sache pas à quoi m'en tenir.

Il me traitait comme s'il m'aimait, mais alors que nous vivions comme une famille, il n'avait jamais défini notre relation, n'avait jamais parlé de moi comme de sa petite amie.

Pendant qu'il répétait les gestes de son rituel matinal, je l'observais en me demandant où nous en serions la prochaine fois qu'il préparerait le café pour nous.

J'ai pris ma tasse en m'efforçant de sourire. Je ne voulais pas qu'il garde ma tristesse en mémoire.

Pendant que j'essayais d'afficher un air enjoué, lui se renfrognait.

– Qu'est-ce qu'il y a, Justin ?

– Je me sens impuissant. Si tu as besoin de quelque chose, j'ai dit à Tom que tu l'appellerais. J'ai laissé son numéro sur le frigo. N'hésite pas à lui demander de l'aide, plutôt qu'au crétin de voisin. J'ai également installé un nouveau système d'alarme. Viens, je vais te montrer comment ça fonctionne.

Sa voix, qui m'expliquait les fonctions du panneau de contrôle, se fondait dans un bourdonnement alors que la panique s'emparait de moi.

Justin l'a remarqué.

– Je t'enverrai les instructions par mail.

Il m'a enlacée me frottant le dos. Nous ne pouvions pas ralentir le temps.

De la fenêtre, je l'ai regardé charger ses bagages dans le coffre de la Range Rover.

Quand il est revenu, nous sommes allés faire un tour sur la plage avec Bea, sans parler. Lorsqu'il s'est rapproché du bord de l'eau avec elle, je suis restée en retrait. Il lui murmurait des mots à l'oreille, mais malgré ma curiosité, je ne lui ai pas demandé ce qu'il lui avait dit.

À notre retour, Justin devait partir. La matinée était passée trop vite, c'était presque injuste.

– C'est déjà le moment du départ, ai-je dit en ravalant mes larmes.

Par miracle, j'étais parvenue à me contrôler toute la matinée. J'étais sous le choc, en vérité.

La meilleure chose à faire était de l'assurer de mon soutien durant ce nouveau chapitre de sa vie, que je serais là pour lui comme au début, en tant qu'amie.

– Pareil pour toi, Justin. Si tu as besoin de moi, ou si tu te sens seul, ou si tu as des doutes, appelle-moi à n'importe quelle heure. Je serai là.

Tout en tenant Bea, il a posé son front contre le mien.

– Merci.

Nous sommes restés ainsi un moment, Bea prise en sandwich entre nous. Je me suis écartée, poussée par le besoin de retenir mes larmes.

– Tu devrais y aller. Tu vas rater ton avion.

Il a embrassé tendrement Bea sur la tête.

– Je t'appelle quand je serai à Minneapolis.

Sur le pas de la porte, Bea et moi l'avons regardé partir. Il est monté en voiture, a démarré. Il ne bougeait pas, il nous regardait. Bea tendait la main vers lui en babillant, inconsciente de la gravité du moment.

Pourquoi ne part-il pas ?

Il est subitement descendu de voiture. Mon cœur battait plus fort à chaque pas qu'il faisait vers nous. Avant que je n'aie pu lui demander s'il avait oublié quelque chose, il m'a embrassée à pleine bouche, sa langue cherchant désespérément la mienne. Le goût du café se mélangeait à sa saveur unique. Ce n'était pas le moment d'être excitée, mais je ne contrôlais pas mon désir.

Il s’est écarté, le regard plein de confusion et de passion. Je me suis remémoré le vieil adage selon lequel quelqu’un qui part nous revient toujours s’il nous appartient. S’il ne revenait pas, c’est que ce n’était pas le bon.

Reviens-moi.

Sans un mot, il est reparti vers sa voiture et a disparu.

CHAPITRE 18

Confiance aveugle.

C'est ce qui m'a aidée à tenir durant le premier mois sans lui. En un sens, il suffisait que je lui fasse confiance, même si je n'étais pas sur place pour voir ce qu'il faisait.

Il nous téléphonait tous les soirs. Parfois, pendant son temps de relaxation, comme il l'appelait, vers vingt heures, avant d'entrer en scène à vingt et une heures. D'autres fois, c'était pendant les pauses repas. D'après ce qu'il m'avait dit, ses journées étaient bien remplies, entre les balances et les répétitions à chaque étape. Le seul moment libre était après le concert, mais souvent, il était entraîné dans des fêtes, ou épuisé. Si le groupe passait plusieurs nuits dans la même ville, ils allaient tous à l'hôtel. S'ils ne restaient qu'un soir, ils roulaient toute la nuit et dormaient dans le car.

Il y avait deux cars, un pour Calvin et son groupe, et l'autre pour Justin et le reste de l'équipe. Une douzaine de personnes pouvaient dormir dans chaque véhicule. Je n'ai pas demandé dans lequel Olivia dormait, de peur de connaître la réponse.

Confiance aveugle.

Malgré ma foi en lui, j'ai découvert une petite fenêtre ouverte sur leur monde, qui a suffi à apaiser mes crises de paranoïa. La page Instagram d'Olivia.

Quand Jade vivait à la maison et se plaignait des commentaires d'Olivia sur les publications de Justin, j'avais cherché la page pour jeter un œil au profil d'Olivia. Je la suivais épisodiquement, même avant le départ de Justin. Désormais, tous les jours, elle postait des photos de la tournée. La plupart montraient des paysages, comme un lever de soleil pris du car à l'arrivée dans une nouvelle ville, ou ce qu'ils mangeaient. Certaines montraient Calvin et ses musiciens en coulisse.

Un soir, alors que Bea dormait, je suis allée sur Instagram et j'ai découvert une photo assez classique de Justin sur scène. Penché au-dessus du micro, son beau visage mal rasé était éclairé par les projecteurs. L'envie d'y être, de le voir sur une grande scène me dévorait. J'ai lu les hashtags.

#LadyKiller

#JustinBanks

#UsedTotapThat

#ExesOfInstagram

Même s'ils m'ennuyaient, je ne lui en parlai pas, refusant de devenir la petite copine jalouse, d'autant qu'il ne m'avait jamais donné ce titre.

Surprise d'entendre frapper à la porte, j'ai fermé l'ordinateur.

Qui peut venir aussi tard ?

En plus d'installer une alarme, Justin avait percé un judas dans la porte avant de partir.

Une femme aux longs cheveux bruns, comme les miens, tremblotait sur mon palier. Comme elle semblait inoffensive, j'ai ouvert.

– Bonsoir. En quoi puis-je vous aider ?

– Salut. Vous êtes Amelia, c'est ça ?

– Oui.

– Je voulais me présenter. Je suis Susan. J'habite la maison bleue, juste à côté.

– Roger a déménagé ?

– Non, je suis sa femme.

Sa femme ?

– Ah bon, je croyais qu'il était…

– Divorcé ?

– Oui.

– Sur le papier, il l'est. Nous nous sommes réconciliés durant son séjour à Irvine. Il devait rester une semaine, mais ça a duré presque un mois. Alyssa et moi sommes finalement revenues avec lui ici.

– Eh bien, dis-je, surprise. Je ne savais pas. C'est formidable. Où sont mes bonnes manières ? Entrez.

– Merci, dit-elle en s'essuyant les pieds sur le paillasson. Notre fille dort, mais j'aimerais vous la présenter aussi. Elle vient d'avoir huit ans.

– Ma fille, Bea, dort aussi. Elle va bientôt avoir neuf mois.

– Roger m'a parlé de votre bébé.

– Il m'a beaucoup parlé d'Alyssa.

– Roger m'a dit que vous aviez sympathisé ?

– En toute camaraderie, au cas où vous vous poseriez la question.

Elle a hésité.

– Ce n'est pas grave s'il s'est passé des choses. Nous étions séparés.

– Pour moi, ce serait grave. J'aimerais savoir. Je comprends qu'on se pose ce genre de questions quand on tient à quelqu'un.

– Merci pour cette précision, a-t-elle répondu, soulagée. Je mentirais si je disais que je ne m'étais pas posé la question.

– Je suis amoureuse de mon colocataire, en réalité. Il est en tournée actuellement. Il est musicien. Je comprends qu'on puisse éprouver de la jalousie.

Elle s'est assise.

– Eh bien… vous avez envie d'en parler ?

– Vous voulez un thé ?

– Avec plaisir.

Nous sommes rapidement devenues amies. Je lui avais confié mon histoire avec Justin, et elle m'a proposé de garder Bea en cas de besoin, précisant qu'Alyssa serait heureuse de s'occuper d'un bébé. Je me réjouissais qu'il ne se soit rien passé entre Roger et moi, sinon j'aurais été mal à l'aise.

Je devais admettre que, sur le moment, lorsque j'avais appris que Roger s'était remis avec sa femme, je m'étais sentie plus seule que jamais. Mais cet élan d'égoïsme passé, j'étais heureuse d'avoir rencontré une nouvelle amie, ce qui me manquait sérieusement.

Susan et moi passions beaucoup de temps ensemble. Elle m'encourageait à faire des découvertes, à sortir. Je me suis inscrite à un cours mère-enfant, et plusieurs fois par semaine, je profitais de la garderie de la salle de gym pour faire du sport. Je faisais de mon mieux pour prendre de nouvelles habitudes sans Justin.

Les journées devenaient supportables, contrairement aux soirées. Quand Bea dormait et que Justin était en scène, je me sentais très seule à la nuit tombée.

Un soir, vers minuit, j'ai reçu un SMS.

Justin : Nous sommes à Boise. Un membre de l'équipe est d'ici, et son bébé est monté dans le car avant le concert, ce soir. Bea m'a manqué plus que jamais.

Amelia : Tu nous manques aussi.

Justin : Nous passons à Worcester, dans le Massachusetts, dans deux semaines. Tu pourrais venir me voir ?

À un peu plus d'une heure de route de la maison, c'était l'étape la plus proche de Newport de toute la tournée.

Amelia : Le son et l'agitation ne seraient pas bons pour Bea, mais je vais voir si je trouve quelqu'un pour la garder.

Susan accepterait probablement, mais je l'avais cachée à Justin pour des raisons égoïstes. J'aimais bien qu'il soit jaloux de Roger. C'était mon seul avantage sur lui. Aussi, j'ai décidé de repousser leur réconciliation à plus tard.

Justin : Je suis d'accord. Trop bruyant pour elle.

Amelia : Je vais trouver une solution.

Justin : Ce n'est qu'une nuit, hélas. Le car partira pour Philly après le concert.

Amelia : Je croise les doigts pour venir te voir.

Justin : Il n'y a pas que Bea qui me manque.

Amelia : Tu me manques aussi.

Justin : Fais de beaux rêves.

Amelia : Bisous.

Comme je n'étais pas certaine de pouvoir faire garder Bea, Justin m'a envoyé un passe pour le concert. De son côté, il ne savait pas s'il pourrait m'accueillir avant le concert. La carte me permettrait d'entrer au cas où j'arrive pendant la balance ou le spectacle.

Je ne saurais qu'à la dernière minute si je pouvais venir, Susan étant ma seule option. Elle avait justement un rendez-vous important à Boston le même jour, impossible à annuler. En fonction de la circulation, elle ne pouvait pas garantir de rentrer à temps.

Le jour du concert, j'ai commencé à devenir très nerveuse. J'avais réfléchi à l'éventualité de m'y rendre avec Bea, mais elle avait attrapé un rhume et ce n'était plus envisageable. La sortir dans le froid pour l'emmener dans un lieu bondé, ce n'était pas une bonne idée. Elle pouvait développer une pneumonie.

En début de soirée, Susan m'a informée que, coincée dans les bouchons, elle n'avait pas encore franchi le tunnel de Boston. À ce stade, je savais qu'au mieux, je raterais le début du concert. Ce serait la seule occasion de rejoindre Justin, et c'était injuste.

Néanmoins, je m'étais préparée, m'accrochant à l'espoir. Dans ma robe satinée bleue, courte et bordée de dentelle noire, je ressemblais plus à un mannequin de lingerie qu'à une mère au foyer. Mais si j'arrivais à le voir, je voulais lui plaire. Après tout, j'étais en compétition avec tout un monde de mannequins et de groupies avides d'attirer son attention. L'estomac noué, j'ai coiffé mes cheveux en boucles souples et j'ai mis du rouge à lèvres bordeaux. L'instinct me soufflait que je me donnais du mal pour rien, mais j'avais besoin d'être prête à partir si Susan rentrait à temps. À vingt heures, j'avais renoncé à le voir chanter.

À vingt heures quarante-cinq, Justin a téléphoné, juste avant d'entrer en scène.

– Pas de chance ? a-t-il demandé.

– Je suis désolée. J'avais tellement envie de venir, mais elle n'est pas encore rentrée. Je ne serai jamais là à l'heure.

Ma voix tremblait, mais je refusais de pleurer, craignant que mon mascara dégouline sur mon visage.

– Je ne vais pas te mentir. Je suis très déçu. J'avais hâte de te voir. Ça m'a aidé à tenir toute la semaine. Mais bon, je comprends. Bea passe en premier. C'est normal. Embrasse-la pour moi. J'espère qu'elle va rapidement guérir.

Un long silence chargé de déception a suivi, puis il a soupiré. Un homme a crié son nom dans le fond.

– Merde, je dois y aller.

– Bon, amuse-toi bien.

– Je penserai à toi en jouant.

Il a raccroché avant que j'aie pu répondre.

Un quart d'heure plus tard, on a frappé violemment à la porte. Susan haletait.

– Vas-y, Amelia ! Dépêche-toi !

– C'est sûrement trop tard. Le concert sera terminé le temps que j'arrive.

– Oui, mais tu le verras avant qu'il parte, non ?

– Sûrement. Je ne sais pas à quelle heure ils reprennent la route exactement.

– Ne perds pas de temps. Dis-moi juste où est Bea.

– Elle dort. J'ai laissé des instructions dans la cuisine.

– J'ai la situation en main. Va voir ton homme, Amelia.

Je lui ai envoyé un baiser.

– Je te revaudrai ça. Merci beaucoup.

Ça faisait longtemps que je n'avais pas pris l'autoroute de nuit. Au moment où j'accélérais à l'embranchement, j'ai été prise de panique. Me concentrant sur Justin plutôt que sur les voitures, je suis parvenue à recouvrer un semblant de calme et à me laisser guider par le GPS dans cette région inconnue.

Plus j'approchais, plus j'étais en nage. Malgré le froid, j'ai allumé l'air conditionné pour me calmer. Le concert était terminé. Je ne lui avais même pas laissé de message. Je me disais que c'était pour lui faire la surprise, mais dans le fond, je désirais le surprendre dans son élément.

Je me suis garée sur le vaste parking de la salle de concert, et j'ai serré mes bras autour de moi. J'étais sortie si précipitamment que j'avais oublié mon manteau. Mes bottes à talons aux pieds – celles de mon déguisement de Catwoman –, j'ai couru le long de la haute barrière qui séparait la partie VIP du reste du parking.

Deux cars noirs aux vitres teintées étaient garés du côté protégé. Un surveillant équipé d'un micro-casque gardait l'entrée. Des femmes étaient agglutinées sur le côté, espérant probablement apercevoir les artistes.

Mon souffle formait des nuages de buée dans la nuit froide. J'ai montré mon badge au gardien.

– Le concert est terminé ?

– Presque. Calvin est au milieu de la dernière partie.

– Où puis-je trouver Justin Banks ? Il m'a donné ce passe.

– Justin est dans le car numéro deux. Celui de droite.

Le cœur tambourinant dans la poitrine, j'ai traversé le chemin recouvert de graviers.

J'ai ouvert la porte et, à ma grande surprise, le car était vide. C'est du moins ce que j'ai cru, avant d'entendre des bruits en provenance de l'arrière. Des couchettes étaient alignées sur le côté, mais Justin m'avait parlé de la chambre dans le fond. Ils l'occupaient à tour de rôle.

Une boule dans la gorge, je me suis dirigée vers la porte fermée. Les gémissements d'une femme me sont parvenus aux oreilles.

D'après le surveillant, Justin était là.

Je dois savoir.

Je devais l'ouvrir. Le voir de mes yeux.

La confiance m'avait peut-être aveuglée, mais j'allais ouvrir les yeux.

J'ai tourné lentement la poignée et entrouvert la porte. Je n'ai vu qu'une chevelure noire. Une femme le chevauchait. Elle ressemblait à Olivia, mais je n'en étais pas sûre. Ça aurait pu être n'importe quelle femme. Aucune importance. Ils n'ont pas remarqué ma présence. L'estomac retourné, la bile me montait dans la gorge. Je ne pouvais pas en supporter plus.

Je suis descendue du car, les jambes tremblantes. Trop choquée pour pleurer, j'ai marché dans un état second. Je voyais flou. Mon cœur se désintégrait à chaque pas. J'avais été idiote de croire qu'il m'attendrait. Qu'il résiste à toutes les tentations quotidiennes. S'il ne m'avait rien promis, c'était pour une bonne raison.

Tu es une imbécile, Amelia.

La stupeur semblait figer mes larmes. Mes yeux étaient à vif, froids, incapables de produire la moindre larme.

Mon téléphone a vibré.

Tu m'as horriblement manqué ce soir.

CHAPITRE 19

Quoi ?

Comment peut-il m'envoyer un message en baisant avec une autre ?

Emportée par un tourbillon d'émotions, je cédai à la nervosité.

Amelia : Tu es dans le car ?

Justin : Non. Je prends un verre au Dave and Buster, à côté de la salle. Comment va Bea ?

Ce n'était pas lui.

Ce n'était pas lui avec cette fille dans le car !

J'ai libéré dans un souffle tout l'air qui me faisait suffoquer. J'avais l'impression de recevoir une flèche de tranquillisant additionnée d'euphorisant.

Amelia : Toujours enrhumée. Elle est avec Susan. Je suis là. Devant ton car.

Justin : Putain ! Ne bouge pas ! J'arrive.

Gelée, j'ai attendu dix minutes dans le froid. Le couple du car en est descendu tranquillement. L'homme était séduisant, mais ce n'était pas Justin. Et la fille n'était pas Olivia.

Des femmes s'étaient rassemblées devant l'entrée.

– Reculez ! Laissez-le passer ! a crié le vigile.

Justin a traversé le groupe de fans, franchi la chaîne de sécurité tout en me cherchant des yeux.

Quand nos regards se sont trouvés, l'agitation a semblé se dissiper. Il a marché vers moi et m'a enveloppée dans ses bras. Je me suis littéralement abandonnée contre lui. Il sentait l'eau de toilette, la fumée et la bière, une odeur enivrante dans laquelle je me baignais. Je voulais m'imprégner de lui de toutes les manières possibles.

– Tu es glacée.

– Garde-moi dans tes bras. Réchauffe-moi.

– J'ai besoin de plus que ça. Putain ! Ne le prends pas mal, mais pourquoi tu es habillée comme une pute ?

– Je me suis habillée pour l'occasion. C'est trop ?

– Pas du tout. C'est exactement ce qu'il me faut. Mais je n'aime pas que tu m'aies attendu dehors comme ça. Tous ces gars sont des tombeurs, plus racoleurs que des filles. Quelqu'un t'a embêtée ?

– Non. Désolée si c'est trop. Je croyais devoir faire concurrence à tes groupies.

– Ne t'excuse pas. Mais tu n'es en compétition avec personne, Amelia. (Front contre front, le temps était suspendu.) Pendant le concert, ce soir, je n'arrêtais pas de me répéter que je voulais que tu sois là. Je noyais mon chagrin au bar quand tu m'as écrit. C'est merveilleux que tu aies réussi à venir.

La bouche dans mon cou, il a inspiré longuement.

– Ton odeur me fait bander, Amelia. Nous devons trouver un coin tranquille. Il reste peu de temps avant que je reprenne la route.

– Où pouvons-nous aller ?

Il a pris mon visage entre ses mains.

– J'ai juste envie de t'emmener avec moi dans le car, de passer la nuit avec toi jusqu'à ce que le soleil se lève sur la prochaine ville.

– J'aimerais énormément. Je suis désolée de ne pas pouvoir te suivre en tournée.

– Tu as des responsabilités. Au fait, tu as confiance en la personne qui garde Bea ?

– Oui, sinon je ne serais pas là.

Il me massait les épaules.

– Ne bouge pas. Je vais vérifier à quelle heure nous reprenons la route.

Justin a couru vers l'autre car. Il est revenu, l'air anxieux.

– Nous avons deux heures devant nous. Je t'aurais bien présentée au groupe mais ils vont te taquiner et je ne veux pas gâcher mon temps avec ça.

– Qu'allons-nous faire ?

– Ils m'ont dit qu'il y avait un petit hôtel au bout de la route. Si tu veux, nous y serons tranquilles. Sinon, nous pouvons rester ici, avec les autres.

– Je préfère que nous soyons tous les deux.

– Bon choix, a dit Justin en me caressant la joue.

Il a pris les clés de la voiture et nous a conduits à l'hôtel. Pendant tout le trajet, il m'a tenu par la main.

Il me regardait d'un air séduisant.

– Tu es jolie.

– Même dans ma tenue de groupie ?

– Surtout dans ta tenue de groupie.

Il m'a fait un clin d'œil avant de reporter son attention sur la route.

– Je ne m'attendais pas à me sentir aussi seul sur cette tournée. Je m'en rends compte maintenant que tu es là.

Nous nous sommes garés devant l'hôtel et Justin a pris une chambre. Il nous restait exactement une heure et quarante-cinq minutes.

La chambre était plongée dans l'obscurité, mais nous n'avons pas allumé la lumière. Je me sentais si maladroite que j'ai attendu qu'il referme la porte pour me guider.

Il a marché lentement vers moi.

– Ton cœur bat fort. Ça te rend nerveuse d'être seule avec moi ? Vu l'état dans lequel je suis, c'est justifié.

Redoutant d'admettre mon trouble et d'assombrir l'ambiance, je l'ai regardé sans un mot et j'ai baissé les yeux.

Il m'a relevé la tête.

– Regarde-moi. Je n'ai couché avec personne, Amelia… au cas où tu te poses la question. Je n'ai envie de personne d'autre. J'espère que c'est pareil pour toi.

– Comment sais-tu à quoi je pense ?

– J'imagine que nous sommes connectés. J'ai senti que tu avais besoin d'être rassurée. Je ne veux plus que tu te poses de questions. Maintenant que tout est clair sur ce point, je dois te dire quelque chose.

– Je t'écoute.

– Je croyais pouvoir tenir cinq mois sans sexe, mais en réalité… je me sens plus comme un animal en chaleur que comme un moine célibataire.

J'ai ri.

– Eh bien… je peux peut-être t'aider. Dis-moi de quoi tu as besoin.

– Je dois t'avouer que je ne t'ai pas emmenée ici pour discuter.

Je l'ai embrassé.

– Je dois t'avouer que je ne me suis pas habillée en groupie pour t'entendre chanter.

Le visage près du mien, il a souri et m'a embrassée langoureusement. Un gémissement dans sa bouche avide, nos langues s'enroulaient avec ferveur. J'aimais sa façon de tenir mon visage quand il m'embrassait. Contrairement à nos précédents baisers, il n'y avait ni prudence ni hésitation dans nos gestes. Il prenait ouvertement ce qu'il voulait, et je le laissais faire sans retenue. Nous étions sur la même longueur d'onde, succombant au désir, sans limites. Si le temps n'avait pas été compté, j'aurais dit que mon rêve devenait réalité.

Ses mains ont saisi mes fesses, me pressant contre son érection.

– Dernière chance de m'arrêter.

– Profitons de chaque seconde, ai-je dit entre deux baisers. Pendant l'heure qui vient, je suis toute à toi, Banks.

– Je n'ai attendu que dix ans pour entendre ça.

La conversation s'est arrêtée là. Son torse ferme pressé contre moi, il m'a poussée vers la fenêtre. Le dos contre la vitre, nous nous embrassions si fougueusement que j'avais mal aux lèvres. Mes mains l'exploraient. J'enfonçais les doigts dans ses cheveux, frottais mes paumes sur son torse, empoignais ses fesses. Bouleversée, j'aurais voulu le toucher tout entier d'un seul geste.

– La prochaine fois n'est pas pour demain. Faisons durer le plaisir, a-t-il dit en attrapant mes cheveux pour rejeter ma tête en arrière.

Il a semé des baisers dans mon cou.

– N'oublie jamais à quel point je te respecte, a-t-il dit en glissant la main sous ma robe pour saisir ma petite culotte.

– Pourquoi dis-tu ça ?

– Parce que je vais te faire l'amour violemment.

Il a déchiré mon sous-vêtement, l'élastique a brûlé mes cuisses. Mon sexe était déjà mouillé, prêt à satisfaire tous ses désirs. Moins tendre, il a sucé la base de mon cou et insinué deux doigts dans mon sexe. Sa bouche s'est figée dans mon cou lorsqu'ils ont été plongés en moi. Il a prononcé quelques mots inintelligibles et a secoué la tête de bien-être avant de me retourner face à la fenêtre.

Il a retiré ses doigts et, très rapidement, son membre les a remplacés entre mes lèvres.

– Putain !

J'ai été surprise qu'il me pénètre aussi vite. À en croire ses gémissements, lorsqu'il a été entièrement en moi, il n'avait pas dû s'attendre à perdre le contrôle lui non plus.

Sa verge était grosse, et si je l'admirais déjà avant, la sentir me remplir était une tout autre expérience. Peau contre peau. Il n'avait pas mis de préservatif, mais j'étais trop abandonnée aux vives sensations pour m'en soucier.

– Dis-moi que tu prends la pilule. Je ne l'ai jamais fait comme ça, mais je ne peux pas m'arrêter. C'est trop bon.

Je ne l'avais jamais vu perdre le contrôle à ce point.

– Je viens de commencer à la prendre. Ne t'inquiète pas.

– Ouf, merci.

Il a semblé se détendre.

Sans cesser de me pénétrer, il m'a retiré ma robe. C'était excitant d'être entièrement nue pendant qu'il était habillé. Son pantalon pendait sur ses genoux et la boucle de sa ceinture cliquetait à chaque mouvement.

Je voyais notre reflet dans la fenêtre. Il ne quittait pas mes fesses des yeux, hypnotisé par l'union de nos corps. D'une main ferme, il guidait ses coups de boutoir, ses ongles s'enfonçant dans ma peau

Il a sucé son doigt, et sans me laisser le temps de réagir, il a plongé un doigt entre mes fesses tout en me pilonnant. Personne ne m'avait jamais fait ça, et si son doigt était intrusif, la double pénétration me procurait un plaisir incroyable.

Il l'a enfoncé lentement, jusqu'au bout. J'ai libéré un long souffle.

– Tu aimes ça, hein ? Quand nous aurons plus de temps, nous ferons l'inverse. J'ai tellement envie de ton cul. Mais il faut du temps pour ça.

J'ai gémi de contentement, trop excitée pour parler.

Il a retiré son doigt et m'a agrippé les fesses à deux mains, les écartant avec ses pouces tout en butant plus fort contre moi. Puis, il m'a donné une claque sur la fesse.

– J'adore regarder tes fesses bouger pendant que je te baise. Magnifique.

Mes muscles se crispaient à chaque mot. J'avais toujours aimé parler en faisant l'amour, mais ses mots cochons étaient plus affolants que tout.

– Recommence à te serrer comme ça autour de ma queue.

J'ai contracté mon sexe.

– Putain, c'est bon. Fais-le au moment où je jouirai.

Je voulais qu'il me fesse encore. Je n'aurais jamais imaginé que ce serait aussi bon.

Qu'est-ce qui m'arrive ?

– Tape-moi encore les fesses, j'ai demandé d'une voix éraillée.

Il s'est exécuté, et cette fois, la brûlure était parfaite.

Le contact de sa peau, la violence de ses mouvements ne ressemblaient à rien d'autre. Il m'avait amenée à franchir une barrière vers de nouvelles sensations. Comment allais-je vivre sans lui maintenant ?

Son corps tremblait dans mon dos.

– Je vais jouir. Dis-moi quand tu es prête, a-t-il chuchoté à mon oreille.

J'ai observé le reflet de son visage. À présent, il me regardait dans les yeux.

– Je jouis, ai-je dit en contractant mes muscles.

– Oh, putain, Amelia… c'est… je jouis… Oui, mon trésor, je jouis. C'est si bon.

Le liquide chaud m'a remplie tandis que mes muscles pressaient son membre. Justin a continué à bouger lentement en moi après avoir joui, embrassant délicatement mon dos.

– Quand ton sexe se serre autour de moi, ça me fait un effet incroyable. Je vais y penser en me caressant pendant les quatre prochains mois.

– Que venons-nous de faire ? Ce n'était pas seulement du sexe. C'était bien trop bon.

– C'était la libération de dix années de retenue.
– Ça valait le coup d'attendre.
Il est sorti prudemment de moi et m'a retournée vers lui pour m'embrasser.
– Il nous reste quarante minutes.
– Qu'allons-nous faire ?
– J'ai encore besoin de te faire l'amour.
J'ai écarquillé les yeux.
– Tu peux déjà recommencer ?
– Avec toi ? Je pourrais tenir toute la nuit. Je n'avais jamais perdu le contrôle aussi rapidement. Le sexe devrait toujours être comme ça, comme s'il n'y avait rien d'autre au monde. Quand j'étais en toi, le monde aurait pu s'écrouler que ça m'aurait été égal.

Nous nous sommes souri, les lampadaires faisaient briller ses beaux yeux bleus. Quarante minutes, c'était trop court. Pour chasser l'effroi qui me menaçait, j'ai enlevé sa chemise et embrassé son torse.

– Cette fois, ça va être différent, d'accord ?
J'ai hoché la tête, attendant ses ordres. Il a enlevé son boxer, et j'ai vu qu'il était à nouveau prêt.
– Allonge-toi, Amelia.
Tout en admirant sa musculature, je me suis couchée.
Il a allumé la lampe de chevet.
– Que fais-tu ?
– J'ai envie de te regarder. Tu veux bien ?
– Oui.
– Écarte les cuisses.

Il s'est agenouillé au pied du lit sans me quitter des yeux.

– Tu es tellement sexy… tes jambes écartées, mon sperme entre tes cuisses. Putain, Amelia. (Il a regardé son sexe tendu.) Je suis déjà prêt, c'est fou.

– Nous n'avons pas beaucoup de temps. Prends-moi encore.

– Touche-toi un peu.

J'ai posé mes doigts sur mon clitoris et me suis caressée. Dans le silence, sa main sur son sexe humide produisait des bruits affriolants.

– Écarte davantage, Amelia.

J'ai ouvert plus largement les genoux, saisie par le besoin de jouir.

– Tu es prête ?

– Oui.

Cette fois, il a plongé lentement en moi. Quand il a été tout au fond, il s'est immobilisé un instant.

– Comment vais-je pouvoir te laisser partir après ça ?

Quand il s'est remis à bouger, c'était meilleur que jamais, non seulement parce que son corps entier était pressé contre moi, mais parce que nous étions tous les deux nus. La chambre était froide, mais son corps me réchauffait.

Agrippée à ses fesses, je l'ai plaqué contre moi pendant que ses hanches ondulaient. Sa respiration suivait le rythme de ses mouvements. Quand l'orgasme m'a emportée, il a joui au même moment, grommelant dans mon oreille.

Il s'est effondré sur moi.

– Merci de me donner ça. C'est ce qui va m'aider à vivre sans toi.

J'ai eu la nausée en vérifiant l'heure sur mon téléphone. Il nous restait dix minutes avant de retourner au car. C'était étrange de se sentir comblée et effrayée en même temps. Physiquement, j'étais satisfaite, mais mon cœur en voulait plus.

Je voulais désespérément entendre les trois petits mots magiques.

Quand nous sommes arrivés devant le car, je me suis accrochée à sa veste noire, incapable de le laisser partir. Après ce que nous venions de vivre, mon attachement était plus fort que jamais. Je me sentais incapable de le lâcher.

– Je peux te présenter l'équipe avant qu'on parte.

– D'accord, ai-je dit bien que d'humeur pas très avenante.

Justin m'a fait monter dans le car. Quelques gars se partageaient une tarte aux pommes géante. Ça sentait le café et la bière. Justin m'a présentée à tout le monde en remontant l'allée. Ils étaient tous très sympas. Je n'ai pas eu la chance de rencontrer Calvin Sprockett, qui était dans l'autre car.

Quelques minutes plus tard, la personne que je redoutais le plus est apparue.

– Tout le monde est là ? a demandé Olivia dans un talkie-walkie.

– C'est Olivia, a murmuré Justin qui ignorait que je la suivais sur Instagram.

Je me sentais mal, et ça s'aggravait à chaque pas qu'elle faisait dans ma direction. Avec son abondante chevelure brune et son grand sourire, elle était encore plus jolie que sur les photos.

Je la déteste.

– Nous avons un passager en plus ? a demandé Olivia.

Incapable de parler, j'ai souri bêtement.

– Olivia, c'est ma petite amie, Amelia, a répondu Justin.

Ma petite amie.

Mon cœur s'est gonflé de bonheur. Il ne m'avait pas fait de déclaration d'amour, mais il m'avait accordé la validation dont j'avais tant besoin, surtout avant de le quitter.

Olivia n'a pas eu l'air surprise.

– Enfin ! Contente de faire ta connaissance, Amelia.

– Moi aussi, ai-je dit en souriant.

– Tu nous accompagnes à Philly ?

– Non, j'ai une petite fille qui m'attend à la maison. Je ne peux pas voyager.

– C'est vrai. Justin m'a montré des photos.

Apprendre qu'il lui avait parlé de Bea m'a pleinement rassurée.

– Bon, nous partons dans cinq minutes, a annoncé Olivia à Justin.

J'ai attendu qu'elle s'éloigne.

– C'est donc elle, Olivia…

– Eh oui.

– Elle dort dans l'autre car ?

– Oui, le manager de la tournée est logé à bord du car principal.

Il a souri, amusé de me voir soulagée. Lorsque son coude a frôlé ma robe, mes mamelons se sont immédiatement tendus.

– Je vais te trouver un gilet. Je vais demander au chauffeur d'attendre, le temps que je t'accompagne à ta voiture. Je ne veux pas que tu te retrouves toute seule sur le parking.

Il est allé chercher un gilet noir à capuche. Je l'ai enfilé, me baignant sans son parfum. Main dans la main, nous avons traversé le parking VIP.

Devant ma voiture, il a plongé ses yeux dans les miens. Il m'a serrée contre lui, le nez enfoui dans mes cheveux.

– Tu as de la chance que je sois pressé, sinon je t'aurais baisée sur la voiture.

– Je t'aurais laissé faire.

– Merci pour ce soir, Amelia. Tu vas tellement me manquer.

– Je peux te poser une question, ai-je dit, le visage enfoui contre son torse. Depuis quand je suis ta petite copine ?

Il a levé les yeux vers le ciel et a hésité un instant avant de me surprendre.

– La séance du matin d'*El Amor Duele*, au petit cinéma rouge, en 2005, je crois. Je n'ai pas vraiment fait attention au film, mais toi, tu étais complètement absorbée par l'écran. Moi, il n'y avait que toi qui m'intéressais. Tu ne t'es même pas rendu compte que je te dévorais des yeux pendant tout le film. Ni que tu avais terminé tes pop-corns. Tu continuais à porter les doigts à ta bouche. J'ai remplacé ton seau vide par le mien, qui était plein, sans que tu t'en aperçoives. Tu as continué à manger. C'est à ce moment-là que j'ai décidé que, tu l'ignorais peut-être, tu étais mon amoureuse. J'avais prévu de te le dire après la séance.

– Pourquoi tu ne l'as pas fait ?

Il a haussé les épaules.

– La trouille. Je me suis débiné.

Nous avons éclaté de rire, nos souffles dessinaient des tourbillons dans l'air froid. Justin a consulté son téléphone.

– Merde, un message. Faut que je file, ils m'attendent.

– Très bien.

Il m'a serrée de toutes ses forces et m'a embrassée une dernière fois.

– Tu vas énormément me manquer. Tu es merveilleuse. Merci encore d'être venue. Et merci de m'avoir fait venir.

J'ai gloussé.

– Appelle-moi demain.

– Sois prudente sur la route.

– D'accord.

Il s'est attardé un instant.

– Je n'ai jamais connu ça. Jamais ressenti ça pour personne.

C'est bon à entendre.

– Moi non plus.

Nos doigts sont restés entrelacés jusqu'à ce qu'il s'élance en courant sur le parking.

Je suis montée et j'ai allumé le chauffage. Désœuvrée, je regardais les cars sortir du parking.

Plus tard dans la nuit, je venais d'arriver à la maison quand j'ai reçu un message de Justin.

Tout ce temps où j'étais en colère contre toi… j'aurais mieux fait de te faire l'amour. Quel crétin !

CHAPITRE 20

Les jours les plus durs ont été les derniers de l'année. Nous allions passer le premier Noël de Bea sans lui.

Sa tournée l'emmenait vers l'ouest, pour deux concerts à Los Angeles, un le soir du réveillon et l'autre le jour de Noël. Il lui était impossible de nous rejoindre, ne serait-ce que brièvement. Après ces dates, le groupe passerait une semaine de plus aux États-Unis avant de poursuivre la tournée en Europe, jusqu'au printemps. Tous ces voyages me donnaient le tournis.

Toutefois, je devais reconnaître que, fidèle à sa parole, il me contactait régulièrement par Skype. J'attendais impatiemment ces *chats*, mais ils renforçaient le manque. À mesure que le temps passait, le souvenir de notre interlude dans le Massachusetts se dissipait. Si cette nuit-là, il m'avait rassurée, peu à peu, la peur et l'insécurité reprenaient le dessus. Je lui faisais plus confiance depuis que nous avions fait l'amour, mais il ne m'avait toujours pas dit qu'il m'aimait. Dans mon esprit, cela signifiait que rien n'était gravé dans la pierre. Je devenais d'autant plus parano qu'il restait plus de douze semaines d'absence à supporter.

Deux jours avant Noël, Bea et moi étions invitées à une fête « pull moche » chez Roger et Susan. Justin avait appelé dans la journée, en arrivant en Californie. J'étais heureuse de me changer les idées en sortant. Pendant quelques heures, je ne bouderais pas seule devant le sapin.

Dans un dépôt-vente, j'avais trouvé un horrible pull rouge avec des boules de Noël cousues sur le devant. J'avais même dégoté une vilaine barboteuse pour Bea sur Internet. Nous étions prêtes pour les festivités.

Il gelait dehors et, Bea emmitouflée dans mes bras, j'ai couru vers la maison voisine, illuminée de guirlandes multicolores. Dans le jardin, un bonhomme de neige gonflable s'agitait dans le vent. Le bord de mer, l'hiver, n'était pas un endroit de rêve.

Un plat de cookies au sucre dans une main, j'ai tapé à la porte du bout du pied. Roger a ouvert.

– Amelia, tu es venue ! Susan ne savait pas si tu viendrais !

Je lui ai tendu le plat.

– Je n'aurais pas manqué la fête. Susan est dans la cuisine ?

– Oui, tu es la première.

J'ai souri largement.

– Facile, je n'ai pas beaucoup de route à faire.

J'allais rejoindre Susan quand Roger m'a arrêtée.

– Amelia ?

– Oui.

– Depuis le retour de Susan, nous n'avons pas eu l'occasion de discuter. J'aurais dû t'annoncer moi-même que je m'étais remis avec elle.

– Tu ne me devais pas d'explication. Je lui ai déjà dit qu'il ne s'était rien passé entre nous.

– Je sais. C'est bien que vous soyez devenues amies. Et je tiens à ce que tu saches que j'ai apprécié ton amitié, à une époque où j'en avais vraiment besoin.

– Je suis très heureuse pour vous deux.

– Merci. Et toi ?

– Quoi, moi ?

Roger a penché la tête sur le côté.

– Es-tu heureuse ?

– Oui. Juste un peu seule, depuis que Justin est parti.

– Tu sais, tu me disais toujours qu'il n'y avait rien entre vous…

– C'était vrai, avant. Mais j'ai toujours eu des sentiments pour lui.

– Il va revenir ? Après la tournée.

– Oui.

– C'est ce qu'il veut faire dans la vie ? Musicien ? Vivre sur la route ?

– Je ne sais pas si ça va durer. Il travaille dans la vente de logiciels, mais ce n'est pas son rêve. C'est la musique, sa passion. C'était une occasion unique, il ne pouvait pas la refuser.

– Avec qui est-il parti en tournée ?

– Calvin Sprockett.
– Wouah, pas mal, en effet.
– Eh oui.
Après un silence gêné, Roger a demandé :
– Il y a des hommes mariés parmi ces gars ?
– Qui ça ? Calvin et ses musiciens ?
– Oui…
J'ai réfléchi.
– Maintenant que tu en parles… non, je ne crois pas.
– Je suppose que le mariage fait mauvais ménage avec le sexe, la drogue et le rock'n'roll. Sans parler des voyages. Tu sais, c'était vraiment difficile quand je vivais loin de Susan et Alyssa. Je connais mal Justin, mais il semble très attaché à Bea. S'il veut être un père pour elle, ça ne fonctionnera pas s'il est souvent absent. Je l'ai compris en le vivant. Et c'était plus simple pour moi parce que je ne suis pas célèbre.
– Il n'est pas sûr de vouloir des enfants.
– Tu ne crois pas que ce serait le moment de se décider, s'il veut être avec toi ?
Roger a senti qu'il me stressait.
– Je suis désolé, Amelia. Je m'inquiète pour toi.
– C'est gentil, mais ce soir, je veux seulement m'amuser. D'accord ?
Compréhensif, il a ri.
– Message reçu.
Malgré les rires de ses invités, tous vêtus de pulls chamarrés plus horribles les uns que les autres, je me perdais dans mes pensées. Bien

après notre conversation, je continuais de réfléchir à ses conseils. Il n'avait rien dit que je ne sache déjà, mais l'entendre de la bouche d'un autre, de quelqu'un qui comprenait les responsabilités d'un père, m'ouvrait les yeux.

De retour à la maison, j'ai endormi Bea en la berçant devant le sapin, un CD de chants de Noël interprétés par un chœur d'enfants en fond sonore. En début de semaine, j'avais emballé des cadeaux et je les avais déposés au pied du sapin. Ils étaient tous pour Bea. L'un d'eux avait été envoyé par Justin, et ne devait être ouvert que le matin de Noël.

Je n'avais besoin de rien cette année. Bea était mon cadeau, le plus beau de tous. Elle m'avait appris l'amour inconditionnel. Elle me donnait un but. Je l'ai embrassée, promettant d'être toujours là pour elle, quoi qu'il se passe avec Justin. J'ai promis d'être la mère que je n'avais pas eue.

Dans mon vilain pull, je la couchais dans son lit, en admirant la chambre créée par Justin.

À mon tour, je suis allée me coucher, mais j'ai eu du mal à trouver le sommeil. Je venais de m'assoupir quand mon téléphone a vibré.

Tu dors ?

Amelia : Réveillée maintenant.

Justin : Tu peux m'appeler ? Je ne sais pas si Bea est avec toi et je ne veux pas la réveiller.

Il a répondu à la première sonnerie.

– Salut, ma beauté.

– Salut.

– Je t'ai réveillée ? a-t-il demandé d'une voix endormie.

– Oui, mais ça ne fait rien. Je préfère te parler que dormir. Où es-tu ?

– Dans un hôtel de Los Angeles. Je n'aurai plus à prendre le car avant le soir de Noël.

– Ça doit te faire du bien de dormir dans un vrai lit.

– Ça me rappelle surtout que tu n'es pas avec moi.

– J'aimerais bien être dans ton lit.

– Ça m'ennuie vraiment de ne pas être avec vous pour Noël.

– Ils pourraient t'accorder un jour de congé.

– Calvin donne toujours un concert à Noël. C'est une sorte de tradition. C'est pénible. On dirait que ces gens n'ont pas de famille. C'est dur pour les techniciens qui ont des enfants.

– Ça ne s'arrête jamais vraiment, hein ?

Justin a paru confus.

– Quoi, précisément ?

– Cette tournée aura une fin, mais la vie de musicien restera la même.

– J'ai mon avis à donner. Je ne ferai rien sans en avoir envie.

– Oui, mais après cette tournée, tu vas être connu. Les occasions vont devenir plus nombreuses et la célébrité sera addictive. C'est le but, non ? Développer ta carrière de musicien ? Tu vas reprendre ton boulot dans l'informatique, comme si de rien n'était ? Que feras-tu après, exactement ?

– Je ne sais pas. Je n'y ai pas réfléchi. Pour l'instant, je veux rentrer à la maison, avec toi. C'est tout ce que je veux. Je ne repartirai pas de sitôt.

– Mais plus tard, il est possible que tu repartes. Ce n'est pas une expérience isolée. Ça ne s'arrêtera jamais.

– Pourquoi tu t'inquiètes autant, d'un coup ?

– Je ne sais pas. Je crois que je réfléchis trop parce que je suis seule.

– Je suis désolé. Mais, en vérité, je n'ai pas toutes les réponses. Je peux seulement te dire ce que je ressens aujourd'hui. Je donnerais n'importe quoi pour passer Noël avec toi et Bea.

Fatiguée, je me suis frotté les yeux.

– D'accord, excuse-moi. Il est tard, tu dois être vanné.

– Ne t'excuse jamais de partager ce que tu ressens. N'oublie pas, tu as promis de me parler honnêtement de tes inquiétudes.

– Je sais.

Alors que je commençais à me calmer, j'ai entendu frapper à sa porte.

– Une seconde.

J'ai entendu une voix féminine, et mon cœur s'est emballé. Je ne pouvais pas discerner ce qu'elle disait, mais Justin a répondu : « Non merci. C'est gentil, mais je n'en veux pas. D'accord, bonne nuit. » Il a refermé la porte.

– Désolé !

– Qui était-ce ?

– Quelqu'un qui me proposait un massage.

– Un massage ?

– Oui. Calvin a engagé des masseuses. Il a dû m'envoyer une fille.

J'ai été prise de nausée.

– Alors une fille, une inconnue, monte dans ta chambre pour te masser ?

– Amelia… je n'ai rien demandé et je n'en veux pas. Je l'ai renvoyée. Je ne peux pas empêcher les gens de frapper à ma porte.

– Tu as déjà accepté ?

– Non !

– C'est trop pour moi.

– Je comprends que la venue d'une inconnue dans ma chambre d'hôtel te mette en colère, d'accord ? Mais soit tu me fais confiance, soit tu ne me fais pas confiance. C'est tout l'un ou tout l'autre. On ne peut pas faire un peu confiance. On l'a ou on ne l'a pas. Putain, je croyais que tu me faisais confiance.

– J'ai confiance en toi ! Je n'ai jamais dit le contraire. Seulement… ce style de vie me perturbe. Et je me sens seule. Je ne sais pas si c'est le genre de vie que je veux.

– Qu'essaies-tu de me dire ?

– Je ne sais pas.

Dans le long silence qui a suivi, je l'entendais respirer.

– Je ne vois même pas le visage des gens dans le public. Quand je chante, je chante pour toi, et je compte les jours jusqu'à mon retour à la maison. Ça serait vraiment con qu'il ne reste plus rien à l'arrivée.

Pourquoi tu ne me dis pas que tu m'aimes ?

Je l'avais vraiment mis en colère. Je devais raccrocher avant de prononcer des paroles que je regretterais.

– Tu as deux gros concerts en vue. Tu ne peux pas te permettre de stresser. Je suis désolée de t'avoir énervé.

– Moi aussi, je suis désolé.

– Je vais essayer de dormir.

– Très bien.

– Bonne nuit.

– Bonne nuit.

Après avoir raccroché, j'ai eu du mal à trouver le sommeil. Je m'en voulais de l'avoir quitté en mauvais termes.

Les événements de la matinée suivante allaient rendre notre dispute insignifiante.

C'était peut-être l'intuition maternelle.

Quelque chose m'a réveillée, même si la maison était calme. Il était quatre heures du matin. Pendant que j'essayais de me rendormir, j'ai entendu un léger sifflement dans le moniteur de bébé. C'était à peine audible.

Paniquée, je me suis levée si rapidement que j'en ai eu le tournis. Je me suis précipitée dans le couloir.

Tout est allé si vite, ça a été le moment le plus effrayant de ma vie. Bea avait du mal à respirer et me regardait avec ses petits yeux remplis d'impuissance. Elle étouffait, sans parvenir à tousser. J'ai essayé de me souvenir des gestes de secourisme que j'avais appris à Providence.

J'ai retourné son visage sur mon avant-bras, tenant sa mâchoire d'une main pour bloquer sa tête. Je lui ai donné cinq tapes entre les omoplates. Elle n'arrivait toujours pas à respirer et ne crachait pas.

Je l'ai placée face à moi et j'ai posé deux doigts sur sa poitrine pour appliquer des pressions rapprochées. L'objet restait coincé. J'ai couru chercher mon téléphone avec elle dans les bras, et j'ai appelé les urgences. Je ne savais plus ce que j'avais dit à l'opérateur car, soudain, Bea n'a plus eu aucune réaction, je suffoquais.

Suivant les instructions des secours, j'alternais les tapes dans le dos et les compressions du thorax. L'objet a fini par jaillir de sa bouche. C'était une boule de mon pull, qui avait dû tomber dans son lit.

Elle avait craché l'intrus, mais elle restait toujours inconsciente.

Bientôt, les sirènes ont retenti. J'ai couru leur ouvrir. Des hommes se sont engouffrés à l'intérieur et ils lui ont prodigué les gestes de réanimation cardio-respiratoire.

Alors que ma vie entière était en jeu, je les regardais, impuissante, paralysée par la peur, comme si c'était moi qui étais inconsciente.

Quand un secouriste a indiqué qu'elle respirait de nouveau, je suis revenue à la vie. Les larmes m'empêchaient de la distinguer clairement pendant qu'ils l'allongeaient sur un brancard et m'indiquaient de les suivre dans l'ambulance. Comme elle avait perdu connaissance un certain temps, ma petite fille devait être emmenée à l'hôpital pour vérifier s'il n'y avait pas de souffrance cérébrale ou de lésions internes.

En pyjama et sans manteau, je me suis assise dans l'ambulance à côté d'elle, un homme tenait un masque à oxygène sur son visage.

Trop bouleversée pour parler, j'ai envoyé une série de messages hachés à Justin.

Bea est vivante.
Elle s'est étouffée avec un bout de tissu.
L'a recraché.
Secours ont fait RCR.
Dans l'ambulance, vers l'hôpital.
J'ai peur.

Quelques secondes plus tard, mon téléphone a sonné. Il devait être une heure trente du matin à Los Angeles.

– Amelia ? J'ai eu tes messages. C'est horrible. Comment va-t-elle ? a demandé Justin d'une voix tremblante.

– Je ne sais pas. Elle est consciente, elle respire. Je ne sais pas s'il y aura des séquelles.

– Tu la vois ? Elle est avec toi ?

– Oui, elle a un masque à oxygène, mais ses yeux sont ouverts. Je crois qu'elle est terrorisée.

– Je prends le premier avion.

Toujours sous le choc, je n'ai pas réagi. Sa voix paraissait lointaine.

– Amelia ? Tu es là ? Tiens bon, Bébé. Ça va aller. Elle va s'en remettre.

– D'accord, j'ai murmuré en pleurant.

– Où l'emmènent-ils ?

– L'hôpital pour enfants de Providence.

– Appelle-moi dès que tu as du nouveau.

– D'accord.

– Sois forte, Amelia. S'il te plaît.

CHAPITRE 21

Les premières heures aux soins intensifs ont été atroces, les plus terrifiantes de ma vie.

Ils lui avaient posé une intraveineuse et l'avaient mise sous oxygène. Les médecins lui faisaient passer une série d'examens pour écarter tout soupçon de lésions internes et de problèmes neurologiques. Après un arrêt respiratoire, les lésions cérébrales ne se décelaient pas toujours immédiatement. J'allais devoir patienter avant d'avoir tous les résultats.

Dans l'attente d'un diagnostic définitif, je priais constamment. Je suppliais Dieu d'épargner mon bébé d'un traumatisme irréversible. Comme Bea dormait beaucoup, il m'était difficile d'évaluer son état.

Toutefois, elle pouvait ouvrir les yeux et je ne pouvais qu'être reconnaissante pour cela et pour le fait qu'elle soit vivante. Grâce à Dieu, je m'étais réveillée au bon moment. Si j'étais allée dans sa chambre une minute plus tard, l'issue aurait été tout autre. Je ne supportais même pas d'y penser. Quelqu'un veillait sur nous la nuit dernière. Tant que je n'avais pas de réponses, je devais me concentrer sur le positif – elle respirait – et prier.

Je n'avais pas bougé de son chevet. J'avais peur de manquer le médecin si j'allais aux toilettes. Une infirmière a fini par me contraindre en douceur à aller boire quelque chose et à me rafraîchir. Elle a promis de veiller sur Bea et m'a assuré qu'il n'arriverait rien en mon absence.

Aux toilettes, juste après la salle des infirmières, les larmes se sont mises à couler. Pleine de culpabilité, je lâchais tout. Sans ce pull ridicule et ma négligence, rien ne serait arrivé. Pourquoi n'avais-je pas vérifié son lit en la couchant ? Il fallait que je me ressaisisse et que je sois forte pour ma fille. Elle était sensible, elle sentirait ma peur.

Le docteur est entré peu après que j'avais repris ma place à côté de Bea.

– Mlle Payne…

Je me suis levée, le cœur alourdi par la terreur.

– Oui ?

– Nous venons de recevoir les résultats des examens. Il n'y a pas de lésions internes, mis à part une légère fracture des côtes. Ça guérira tout seul. Son bilan neurologique semble parfait, mais j'aimerais la garder en observation cette nuit. Elle n'a plus besoin d'être en soins intensifs. Nous allons la déplacer dans une chambre simple.

Une immense vague de soulagement m'a submergée.

– Merci, Docteur. Merci. Je pourrais vous embrasser ! Je peux vous embrasser ?

Mal à l'aise, il a hoché la tête et je l'ai embrassé sur la joue.

– Merci mille fois.

– Ça aurait pu être grave. Trop souvent, le même scénario se termine mal. Les nourrissons et les jeunes enfants s'étouffent avec des grains de raisin, des hot-dogs, des petits jouets. Vous avez eu de la chance.

Après son départ, j'ai envoyé un message à Justin.

Le docteur dit que ça va aller. Ils veulent la garder en observation pendant au moins vingt-quatre heures. Je suis tellement heureuse !

Je n'ai pas eu de réponse.

Peu de temps après, ils l'ont emmenée dans une chambre du troisième étage. Couchée dans son nouveau lit, Bea avait les yeux ouverts. Confuse, elle fixait les lumières du plafond. Elle semblait vive, mais moins que d'habitude. Elle devait se demander ce qu'elle faisait là.

On m'a autorisée à la prendre dans mes bras. Même si on lui avait injecté des vitamines et des sérums par intraveineuse, on m'a conseillé de l'allaiter. Je lui donnais plus souvent le biberon dernièrement, mais j'ai choisi le sein pour la réconforter. J'étais soulagée qu'elle boive sans problème.

À chaque minute qui passait, ma confiance en son avenir se renforçait.

Il fallait qu'elle aille bien.

Après l'avoir recouchée, Shelly, l'infirmière, est venue vérifier ses constantes. Concentrée sur ses gestes, je n'ai pas remarqué sa présence dans l'embrasure.

Le souffle court, il regardait Bea couchée dans son lit d'hôpital. Il avait bien dit qu'il sautait dans le premier avion mais, n'ayant pas eu de nouvelles depuis, j'en avais déduit qu'il n'avait pas décollé. Il avait les cheveux en bataille et les yeux rougis. Malgré son allure débraillée, il était incroyablement beau.

Mon cœur a bondi.

– Justin.

Sans rien dire, sans détacher son regard de Bea, il a marché lentement vers le lit. Il semblait choqué de la voir là, si vulnérable.

– Elle va bien ?

– Les nouvelles sont bonnes. Tu n'as pas eu mes messages ?

Les yeux rivés sur Bea, il a secoué la tête.

– Non. Non, j'étais dans l'avion et je n'avais plus de batterie. J'ai pris le premier avion et je suis venu directement.

Shelly l'a regardé.

– Vous êtes son père ?

Justin a tendu le bras pour effleurer la joue de Bea.

– Oui, dit-il.

Des frissons m'ont parcourue quand il m'a regardée.

– Oui, je suis son père.

Il a reporté son attention sur elle, les yeux pleins de larmes. Depuis le temps que je le connaissais, je ne l'avais jamais vu pleurer. Il s'est assis de l'autre côté du lit.

Shelly a remarqué que Justin pleurait.

– Je vais vous laisser seuls.

Quand elle a refermé la porte, Justin a embrassé délicatement Bea sur la joue. Ahurie et touchée qu'il se soit présenté comme son père, j'attendais qu'il parle. Il l'observait d'un air émerveillé et soulagé, qui chassait lentement le premier choc. Je savais qu'il avait remarqué qu'elle n'était pas comme d'habitude. Bea aurait souri ou rigolé en le voyant, alors qu'elle était à peine réveillée, et toute calme. J'espérais que c'était dû au fait qu'elle ne l'avait pas vu depuis un moment plutôt qu'à un problème grave.

– Je t'aime, mon bébé bourdon. Je suis désolé qu'il m'ait fallu autant de temps pour te le dire.

Il s'est essuyé les yeux et s'est tourné vers moi.

– Je n'ai jamais eu aussi peur de ma vie, Amelia. J'avais peur qu'il lui arrive malheur avant que j'arrive, de ne plus jamais la voir sourire, de ne jamais avoir l'occasion de lui dire à quel point je désire être son père. Pendant tout le vol, j'ai prié, négocié avec Dieu. J'ai dit que si elle s'en sortait, je lui dirais que je l'aime sans perdre une seconde. Seulement… même si je ne le dis pas…

elle croit déjà que je suis son papa. Je sais que je ne suis pas son père biologique, mais elle l'ignore. Ce ne sont pas les liens du sang qui font un père. Elle m'a choisi, et c'est ce qui fait de moi son père. Je suis à elle depuis la première fois qu'elle m'a souri. Avant, ça me terrifiait mais, maintenant, je ne peux plus imaginer ma vie sans elle.

– Je croyais que tu ne voulais pas avoir d'enfant.

– Moi aussi. Peut-être que c'était l'idée de l'enfant que je rejetais. Mais elle, je la veux. Je la veux.

Je pleurais moi aussi.

– Elle t'aime aussi, tu sais. Beaucoup.

– Je suis le seul père qu'elle ait jamais connu. Elle croit que j'ai disparu du jour au lendemain. Ça me bouffe, tous les jours.

– Et la tournée ?

– Ils n'auront pas de première partie pour les concerts de Noël, mais Calvin a compris ma situation. Ça ne les empêchera pas de bien jouer. Ils savent tous que je tiens à Bea. Si j'ai besoin, je peux sauter quelques concerts. Je n'y retournerai pas avant d'être certain qu'elle va bien et qu'elle est à la maison.

Bea s'est mise à gazouiller.

– Alors, tu as quelque chose à dire toi aussi ? Je peux la prendre, ou il vaut mieux éviter ? m'a-t-il demandé.

– Oui, mais ne la lance pas dans les airs ou je ne sais quoi.

Justin l'a soulevée prudemment et l'a allongée dans ses bras.

– Tu m'as fichu la trouille, petite demoiselle. Ce ne serait pas un coup monté pour passer Noël avec moi ? Dans ce cas, chapeau.

J'avais totalement oublié que c'était le réveillon. Nous allions passer notre premier Noël à l'hôpital.

La tête inclinée sur le côté, je les admirais. Je les avais toujours sentis proches, mais je craignais que Justin renonce à l'élever. J'étais folle de joie pour Bea qui avait un homme merveilleux pour père. Je savais que quoi qu'il arrive entre Justin et moi, il serait toujours là pour elle.

Quand Bea s'est endormie dans ses bras, je lui ai raconté toute l'histoire du mieux que je pouvais, car mes souvenirs étaient flous.

– Tu n'as pas mangé depuis combien de temps, Amelia ?

– Depuis hier.

– Je vais nous chercher à manger et des cafés pendant qu'elle dort.

– Ce serait formidable.

Seule avec Bea qui dormait, je me suis mise à broyer du noir. La nuit commençait à tomber et, dans le silence, je m'accusais d'avoir laissé cet incident se produire. J'avais une seule occupation, prendre soin de ma fille et veiller à son bien-être. J'avais échoué.

Justin est revenu avec des sachets en papier et un petit sapin de Noël qu'il avait dû trouver dans une boutique. Je devais avoir la mine sombre, car il a tout laissé tomber pour se précipiter vers moi.

– Qu'est-ce qui ne va pas ?

– C'est de ma faute. J'aurais dû vérifier son lit avant de la coucher.

– C'était un accident. Ce fichu bout de tissu s'est décousu de ton pull. Tu ne l'as pas remarqué.

– Je sais, mais je ne peux pas m'empêcher de penser que si j'avais…

– Qu'est-ce que tu racontes ? Tu lui as sauvé la vie.

– Oui, mais c'est parce que, par hasard, je me suis réveillée à temps. Sinon, je n'ose pas imaginer ma vie sans elle.

– Arrête de penser à ça. Dieu a veillé sur elle. Elle va bien. Elle va se rétablir. Tu n'y es pour rien.

– C'est plus fort que moi, je trouve que je suis une horrible mère.

– Écoute-moi. Tu te souviens de notre nuit blanche, à la maison, le premier été ? Tu m'as dit qu'enseigner n'était pas une vocation, que tu étais faite pour autre chose et que tu devais trouver ta voie ?

– Oui.

– Je n'oublierai jamais l'été dernier, quand je suis arrivé à l'improviste et que je vous ai trouvées là. Tu pataugeais. Je n'ai jamais vu personne se donner entièrement à un autre être humain. Jamais, à aucun moment, tu ne la fais passer après toi. Tu ne penses pas à toi, à ton bien-être, à faire une pause. Parfois, quand je te vois allaiter, je regrette de ne pas avoir eu une mère comme toi. Pas pour sucer tes seins, hein ? a-t-il précisé avec un clin d'œil. Mais pour ta façon de la choyer. Quand nous étions gosses, je te trouvais assez formidable, mais ça n'était rien par rapport à ce que tu es devenue. Alors, ne dis pas ça. Ne dis jamais que tu es une horrible mère, Amelia Payne. Ta vocation, ce pour quoi tu es faite ? Être la maman de cette petite fille. C'est ta voie. Et tu t'en sors drôlement bien.

J'ai fermé les yeux, reconnaissante qu'il me rassure, me sauvant plus ou moins d'un accès de folie.

– Merci.

Il a ramassé les sacs et m'a donné un café glacé et un saladier de burritos.

– Avale ça… avant qu'elle se réveille.

Après avoir mangé, Justin a branché le petit sapin dans le coin de la pièce. Dans ces circonstances, c'était le meilleur Noël possible.

Quand Bea s'est réveillée, nous avons eu le droit à notre petit miracle de Noël. Justin la regardait quand, soudain, elle a souri pour la première fois depuis l'incident. Je n'aurais pas pu rêver d'un plus beau cadeau.

– Joyeux Noël, mon bébé bourdon, a dit Justin.

Le soulagement était palpable dans la chambre. C'était peut-être un sourire parmi tant d'autres, mais il avait de la valeur à mes yeux. Pour nous, il signifiait que tout allait bien.

Justin a mis de la musique de Noël sur son téléphone. L'hôpital nous a prêté deux lits de camp que nous avons installés de chaque côté de Bea.

Il était vingt-trois heures, et Justin, épuisé par le voyage, s'est endormi en même temps que Bea. Quant à moi, je ne parvenais pas à me détendre suffisamment pour fermer les yeux. Je ne serais heureuse que lorsque nous rentrerions à la maison.

Pendant qu'ils dormaient, je jouais un peu avec mon téléphone. Je suis revenue aux messages que je lui avais envoyés dans l'ambulance. J'étais tellement stressée que je ne me souvenais pas de ce j'avais écrit dans ce moment d'horreur. J'ai découvert un message qu'il m'avait envoyé pendant la nuit et que je n'avais pas remarqué dans l'agitation.

Je n'aime pas me disputer avec toi. Je t'aime. Au cas où tu en douterais.

Expédié peu après quatre heures. Presque au moment où je m'étais réveillée, juste avant que Bea ne s'étouffe. J'avais attribué mon brusque réveil au hasard mais, en réalité, le message avait dû interrompre mon sommeil.

Je regardais Justin qui dormait paisiblement, le cœur gonflé de bonheur. Pas parce qu'il avait enfin dit les mots que j'attendais, mais parce que je venais de comprendre que sans ce message, je ne me serais pas réveillée.

Ce n'était pas moi qui avais sauvé la vie de Bea. C'était Justin.

CHAPITRE 22

Bea a pu quitter l'hôpital le jour de Noël. Au comble de la joie, nous pouvions rentrer à la maison après que les médecins eurent confirmé l'absence de séquelles. Il a même commencé à neiger sur la route, et nous avions un vrai Noël blanc.

Justin prévoyait de rester deux jours avec nous, puis de rejoindre le groupe à Londres d'où débutait la tournée européenne. Cette visite était du temps volé, pas question que je m'autorise à être triste au moment du départ.

Le soir de Noël, réunis au pied du sapin, nous aidions Bea à ouvrir ses cadeaux. Je gardais le petit paquet envoyé par Justin pour la fin. Quand est venu le moment de le déballer, Justin m'a regardée anxieusement déchirer le ruban et enlever les épaisseurs de papier bulle.

À l'intérieur, une petite guitare en bois se dressait sur une base cylindrique. Dans le bas amovible, on pouvait ranger des petits objets. Sur la guitare, un bourdon jaune et noir était peint à la main, comme s'il venait de se poser sur l'instrument.

Justin me l'a prise des mains et a remonté la base. La guitare a tourné sur elle-même, au son d'une chanson inconnue.

– J'ai un ami à New York qui fabrique des boîtes à musique sur mesure. Je lui ai demandé d'en créer une pour Bea. C'est ma façon de dire qu'elle est toujours avec moi, où que je sois.

Profondément touchée, je me suis concentrée sur la chanson pendant quelques secondes.

– D'où vient cette chanson ? Elle est belle.

– C'est une mélodie sur laquelle je travaille en ce moment. Il a réussi à l'intégrer. Mais je n'ai pas encore écrit les paroles.

– C'est magnifique, tu n'aurais pas pu trouver meilleur cadeau pour elle.

– Ce cadeau me donne l'impression d'être avec elle en permanence.

Il a regardé Bea qui était fascinée par la rotation de la guitare.

– Qu'est-ce qu'on peut offrir à quelqu'un à qui on ne pourra jamais rendre la pareille… pour tout ce qu'elle t'a appris, tout ce qu'elle t'a donné ?

– Je crois que tu lui fais un gros cadeau en acceptant la responsabilité d'être son père.

Il a embrassé Bea.

– C'est moi qui reçois le plus beau cadeau.

Souriant, j'ai enfin posé la question qui me trottait dans la tête depuis qu'il était rentré.

– Qu'est-ce qui a changé ?

– Comment ça ?

– Avant de partir, tu n'avais pas l'air sûr du rôle que tu voulais tenir dans sa vie. Qu'est-ce qui a changé ?

Il a regardé un instant la boîte à musique, puis s'est tourné vers moi.

– Mes doutes concernaient Bea. Je me demandais si je méritais son amour. Je ne voulais pas décevoir quelqu'un que j'aime tant. Mais, avec la distance, j'ai compris qu'elle faisait déjà partie de moi. Ma peur mise à part, elle était déjà ma fille dans mon cœur. Partir m'a ouvert les yeux.

Plus tôt, j'avais expliqué à Justin ma lecture de la chronologie des messages de la nuit. Il refusait l'idée d'avoir sauvé Bea et estimait que tout le mérite me revenait. J'avais évité le premier sujet du SMS jusqu'à présent.

La tête sur son épaule, j'étais reconnaissante de l'avoir à la maison, ne serait-ce que pour deux jours.

– Je t'aime, Justin. Tu sais, j'étais obnubilée par ces trois petits mots que tu ne prononçais pas, j'ai accordé trop d'importance au fait de t'entendre dire que tu m'aimais. Quand tu l'as fait, par écrit, ça ne m'a pas surprise parce qu'au fond de moi, je le savais déjà. Tu m'as appris que l'amour n'est pas une simple question de mots. C'est une série d'actions. Tu m'as montré ton amour à travers tes regards, ta façon d'être avec moi et, surtout, en aimant ma fille comme la tienne.

Il m'a embrassée.

– Je vous aime toutes les deux énormément. Cette nuit, j'ai réalisé que c'était absurde que je ne l'aie jamais dit. Pourtant, c'était presque anormal de le dire parce que ce n'est pas d'hier. Je suis amoureux de toi depuis des années. Je n'ai jamais cessé de t'aimer. J'ai souvent essayé de te détester, mais même dans ces moments, je t'aimais toujours.

– Moi aussi, je t'ai toujours aimé. J'ai eu tort de supposer que tu ne m'aimais pas parce que tu ne le disais pas.

Il a haussé les sourcils.

– Tu sais ce qui arrive quand on fait des déductions hâtives ?

– On finit dans un cinéma porno devant une scène de pénétration anale ?

– Exactement.

Il m'a fait un clin d'œil.

Je n'avais pas dormi depuis la nuit dernière, et je commençais à manquer d'énergie. Nous nous sommes couchés de bonne heure. Je n'étais pas encore prête à laisser Bea seule dans son lit. Elle a dormi entre Justin et moi, ses parents. Ça, je n'allais pas avoir de mal à m'y habituer.

Il nous restait un jour ensemble, le lendemain de Noël. Ensuite, Justin s'envolerait pour Londres.

Me réveiller avec l'odeur de son café fusion était magique.

Bea dormait encore quand je suis descendue, Je l'ai enlacé. Ma poitrine nue sous ma chemise de nuit pressée contre son dos large, nous observions les vagues glaciales agiter l'océan. J'attendais l'été, non seulement pour bénéficier d'une météo plus clémente mais aussi parce que Justin serait avec nous.

Il s'est retourné et m'a embrassée avec gourmandise. Maintenant que mes angoisses étaient derrière moi, mon désir se ravivait. Les cheveux de Justin partaient dans tous les sens, une petite barbe recouvrait ses joues. Elle me grattait agréablement la peau, et j'ai senti mon sexe mouiller. Je me suis pressée contre son érection et j'ai respiré son odeur virile mélangée à l'arôme du café.

J'avais plus envie de lui que de ma tasse matinale. Les prochains mois sans lui n'allaient pas être faciles, mais au moins, je savais où nous en étions.

Il a caressé mon visage, l'air pensif.

– J'ai deux questions à te poser, a-t-il dit.

– Très bien…

– Je me disais… j'aimerais beaucoup que toi et Bea me rejoigniez pour le dernier concert, au printemps. Ce sera à New York, ce n'est pas un long voyage. Je peux vous prendre un billet d'avion, si tu ne veux pas conduire. Ensuite, nous pourrons rentrer ensemble en voiture. J'aimerais beaucoup que tu me voies une fois sur une grande scène. Qu'en penses-tu ? Si c'est trop bruyant pour Bea, je trouverai un casque à réduction de bruit.

– Je ne manquerais ça pour rien au monde. Je me disais justement qu'il faudrait que je te voie au moins une fois. New York, c'est parfait.

– Bien, je vais organiser ça.

– Et l'autre question ?

– Aurai-je la chance de te faire sauvagement l'amour sur le comptoir avant qu'elle se réveille ?

J'ai hésité. J'avais très envie de lui, mais je venais d'avoir mes règles. Je n'étais pas à l'aise, le jour où je perdais le plus de sang.

– J'en ai très envie, mais…

La déception est apparue sur son visage.

– Quoi ?

– Je me suis poignardée… assez violemment.

Déçu, il a fermé les yeux.

– Merde. J'ai trop envie de toi. Ça ne me dérange pas, moi… si tu es d'accord. Je vais tellement bien te transpercer que tu oublieras la douleur.

J'en meurs d'envie, mais j'en suis incapable.

J'ai tiré sur l'élastique de son pantalon pour lorgner son érection.

– J'ai une meilleure idée.

– Ah oui ?

Je me suis agenouillée et j'ai dénoué le cordon de son bas de pyjama. S'adossant au plan de travail, Justin s'est laissé faire sans protester.

– Ça aussi, c'est bien.

J'ai admiré la ligne en V de ses abdos et la bande de poils qui descendait au milieu.

– J'ai envie de te sucer depuis longtemps. Le film porno, au cinéma, tu te souviens ? Je ne pouvais pas, à l'époque, mais toute la nuit, je me suis imaginée en train de te prendre dans ma bouche.

– Je n'oublierai jamais cette nuit-là. J'étais tellement excité de te voir dévorer ce film des yeux. J'aurais voulu que tu t'asseyes sur moi et que je te pénètre dans le petit cinéma rouge. J'avais tellement envie de toi que j'en souffrais. Presque autant que maintenant.

Son souffle s'est coupé quand j'ai libéré son sexe. Je l'ai pris entre mes lèvres. Il a poussé un râle, déjà mouillé au premier passage de ma langue sur son gland.

– Putain, c'est bon. Ta bouche sur ma queue. Amelia… il n'y a rien de meilleur. C'est comme un rêve.

J'ai sucé sa verge chaude et salée tout en le caressant. Il me tenait par les cheveux pour guider ma bouche pendant que je l'engloutissais.

Je parvenais à l'avaler entièrement sans m'étouffer. Tout en serrant le fond de ma gorge autour de sa queue, j'ai levé les yeux vers lui.

– Petite garce. C'est merveilleux.

J'ai répété la pression. Les yeux fermés, il planait dans une autre dimension.

Mes gémissements vibraient sur son sexe au moment où il a donné un coup de reins et a joui dans ma gorge.

– Prends tout, Bébé. Avale.

J'ai bu les jets chauds qui coulaient dans ma gorge.

Je le couvais d'un regard aguicheur tout en le buvant jusqu'à la dernière goutte.

– Tu y vas à fond. J'ai toujours su que tu aimais le lait dans ton café, mais à ce point-là… C'est excitant que tu apprécies autant.

Il a poussé un long soupir de bien-être en rajustant son pantalon.

– J'ai déjà envie de recommencer. C'est une ruse pour m'empêcher de partir ? Ça pourrait bien marcher.

– Ah oui ? Alors, ma bouche est prête.

– Ne t'en fais pas, nous recommencerons avant que je parte. C'était… étourdissant. Où as-tu appris à sucer comme ça ? Ne dis rien, je ne tiens pas à le savoir.

Il a essuyé les coins de ma bouche.

– Qu'ai-je fait pour mériter ça ?

– Tu as sauvé la vie de ma fille. Tu méritais la fellation de ta vie.

Il m'a serré dans ses bras.

– Vite, va te jeter dans l'océan.

– Pourquoi ? j'ai demandé, intriguée.

– Pour que je puisse te sauver. Peut-être qu'alors tu me donneras tes fesses.

Dans l'après-midi, Justin a passé un temps fou à essayer de faire dire « papa » à Bea. Elle babillait beaucoup en général, mais elle utilisait peu le son « p ». Elle savait aussi dire « bye bye ». Dans la cuisine, je les regardais assis sur le canapé.

– Dis papa. Je suis papa.

– Baba.
– Papa.
– Baba.
– Papa.

Elle a soufflé entre ses lèvres humides et a gloussé.

– Petite coquine. Répète : papa.

Bea a hésité un instant.

– Maman.

Puis elle a éclaté de rire. Justin l'a chatouillée en frottant ses cheveux sur son ventre, et elle a été prise d'un fou rire.

Tout en essuyant le plan de travail, je me délectais de les voir ainsi. Soit ma fille avait une préférence pour sa mère, soit c'était une future comédienne.

CHAPITRE 23

Les trois mois suivants sont passés lentement.

Bea a commencé à marcher pour son premier anniversaire, le quinze mars. Justin était furieux de rater ce grand jour et ses premiers pas. Sur Skype, il continuait vainement d'essayer de lui faire dire papa.

Ces semaines étaient difficiles, mais avoir l'assurance qu'il reviendrait m'aidait à tenir. De plus, le projet de le voir en concert, pour sa dernière date, était la cerise sur le gâteau.

La tournée les a enfin ramenés aux États-Unis, les derniers concerts ayant lieu à Nova Scotia, dans le Maine, et à New York.

Le week-end du concert à Manhattan est arrivé. Justin avait acheté nos billets d'avion. De l'aéroport, nous irions directement à l'hôtel, près de la salle de concert. Le groupe n'arriverait du Maine qu'en soirée, trop tard pour voir Justin avant le concert.

Bea a été très sage pendant le court vol de Providence à La Guardia. J'avais un petit sac pour nous deux, et une poussette dotée d'une ombrelle à pois.

À l'atterrissage, Steve, le manager de Justin, est venu nous prendre à l'aéroport et nous a conduites à l'hôtel. En traversant Time Square, Bea regardait partout avec émerveillement, découvrant les couleurs primaires clignotantes et l'agitation. C'était une abondance sensorielle pour nous deux. J'étais recluse sur l'île depuis si longtemps que j'avais presque oublié à quoi ressemblait la vie citadine.

L'hôtel se trouvait à quelques pas de la salle de spectacle. Après le concert, nous y passerions la nuit et nous nous baladerions dans la ville le lendemain, avant de rentrer à la maison.

Après m'être enregistrée à la réception, j'ai eu le trac. Voir Justin sur scène était émouvant, mais sur une grande scène, j'allais être bouleversée.

Je me suis allongée sur le lit confortable pour faire faire une sieste à Bea, l'heure habituelle du coucher étant dépassée. Elle a dormi une heure avant d'aller au concert.

Devant la salle, la file d'attente s'étirait sur un kilomètre. Les néons lumineux m'ont fait frissonner : Calvin Sprockett. Justin Banks en première partie. Je me suis engouffrée du côté VIP, et j'ai été escortée à nos places, au milieu du troisième rang.

Assise sur mes genoux, Bea était toute mignonne. Elle ressemblait à un petit Martien avec son immense casque réducteur de bruit. Les trois premiers mois, elle avait beaucoup pleuré mais elle était devenue calme en grandissant, si bien que j'espérais pouvoir rester assise jusqu'à la fin du concert.

Quand les lumières ont diminué et que le projecteur a éclairé Justin, mon cœur s'est emballé. L'excitation me dévorait. Justin m'avait dit qu'il ne distinguait pas le visage des spectateurs plongés dans l'obscurité, mais je l'ai vu scruter la foule du regard juste avant le premier morceau. Je fondais dans mon siège, envoûtée par la puissance de sa voix amplifiée. Cette toute première note, de sa voix grave chargée d'émotions, m'a retournée.

Serrant Bea contre moi, je me balançais d'avant en arrière, l'écoutant enchaîner des chansons nouvelles pour moi. J'ai découvert qu'il ne présentait que des morceaux originaux sur la tournée. J'ai eu le sentiment d'avoir manqué beaucoup. De temps en temps, je fermais les yeux, m'imprégnant des ondes sonores produites par les cordes de sa guitare tout en déchiffrant ses paroles.

Je passai vingt minutes, entièrement subjuguée : la danse rapide de ses doigts habiles sur l'instrument, les variations de sa voix en fonction des chansons, son magnétisme qui fascinait des centaines de personnes avec seulement sa voix grave, une guitare et un micro.

Justin avait précisé que la première partie ne durait que quarante-cinq minutes, et la fin approchait.

Il a parlé dans le micro.

– C'est un soir particulier pour plusieurs raisons. C'est le dernier concert de la tournée, mais nous sommes dans mon deuxième endroit préféré du monde. New York. C'était chez moi, jusqu'à récemment. Désormais, je vis sur une île avec l'amour de ma vie et ma fille. Après ce soir, je vais rentrer à la maison et les retrouver après une longue période d'absence. Mais si cette soirée n'est pas comme les autres, c'est surtout parce que ma fille est là. Bea, merci de m'avoir appris que parfois, ce que nous redoutons le plus, c'est ce dont notre âme a le plus besoin. Cette dernière chanson, j'ai eu du mal à la terminer. Je me suis appliqué parce que j'y tiens beaucoup. Je l'ai écrite pour elle. Elle s'appelle « Bea-utifull Girl ».

J'ai immédiatement reconnu le début de la mélodie programmée dans la boîte à musique.

Quand il a commencé à chanter, j'étais foutue.

Mon âme malade, tu l'as guérie.
Un amour pur comme le cristal
Ma peur qui me dévorait
Fait maintenant fondre mon cœur.

Bea-utifull Girl,
Je ne t'ai pas faite, mais tu es faite pour moi.

Bea-utifull Girl,
Merci de m'avoir montré
La vie qui m'attendait.

Dès que tu pleures,
C'est un bout de mon cœur qui meurt.
Mais quand tu me souris,
Tu me reconstruis.

Bea-utifull Girl,
Je ne t'ai pas faite, mais tu es faite pour moi.

Bea-utifull Girl,
Merci de m'avoir montré
La vie qui m'attendait.

Un ange déguisé,
Danse dans tes yeux,
Mon tout petit bourdon,
Merci de m'avoir choisi.

Bea-utifull Girl,
Je ne t'ai pas faite, mais tu es faite pour moi.

Bea-utifull Girl,
Merci de m'avoir montré
La vie qui m'attendait.

À la fin de la chanson, le public s'est levé pour l'applaudir. Des larmes de joie me piquaient les yeux. La chanson écrite pour elle me touchait de nombreuses façons. Je regrettais seulement qu'elle ne comprenne pas les paroles.

Justin a disparu pendant que les techniciens préparaient la scène pour Calvin. Avec mon badge, je pouvais entrer en coulisse, mais nous n'avions rien fixé de précis. Je me demandais si je devais m'y rendre ou attendre qu'il me fasse signe et peut-être écouter Calvin.

Impatiente de le voir et de lui dire que j'aimais sa chanson, je me suis levée et j'ai emprunté la longue allée centrale. Un placeur m'a indiqué l'entrée des coulisses, et un agent de la sécurité m'a accueillie devant l'entrée.

– Vous avez un badge ?

– Oui, je suis la petite amie de Justin Bank et voici sa fille, ai-je dit en montrant mon passe.

Il l'a soigneusement examiné avant de me laisser passer.

– Par ici. Il est dans la loge numéro quatre.

La porte était entrouverte mais, à mon étonnement, Justin n'était pas seul. Je me suis décalée sur le côté pour écouter discrètement sa conversation.

– J'espère que ça ne te dérange pas que je sois venue, disait-elle. Quand j'ai appris que tu donnais un concert à New York, je n'ai pas résisté. J'ai contacté Steve, il m'a donné un passe.

– Tu as bien fait. Ça me fait plaisir de te voir, Jade.

Malgré une pointe de jalousie, ce n'était pas comme avant. Désormais, ma confiance en ses sentiments l'emportait sur l'insécurité. Toutefois, imaginer qu'ils avaient été ensemble me mettait mal à l'aise.

– J'ai besoin de te parler, Justin. Steve m'a dit que tu étais avec Amelia maintenant, et je… pour être honnête, ça m'étonne. Et cette chanson que tu as chantée…

– Je suis désolé, Jade. J'aurais dû te l'annoncer moi-même. Je ne voulais pas te faire plus de mal.

– Alors, apparemment, tu veux avoir des enfants, mais pas les miens ?

– Je ne m'attendais pas à tomber amoureux de cette petite fille.

– Mais tu savais d'avance que tu tomberais amoureux de la mère. Quand nous vivions ensemble, tu faisais semblant de la détester. Ce n'était pas du tout de la haine, pas vrai ? J'aurais dû m'en douter. On ne se comporte pas de cette façon quand quelqu'un nous laisse indifférent.

– Tu ne pouvais pas le deviner, je gardais tout en moi. C'était compliqué. Les premiers temps, j'ai lutté contre mes sentiments. Je voulais que tout s'arrange entre toi et moi. Je ne pensais pas que je finirais avec Amelia. Mais oui, mon animosité envers elle cachait des sentiments profonds que je ne pouvais pas contrôler. C'était très compliqué.

Un silence gêné a suivi, puis elle a repris.

– Il s'est passé des choses avec elle pendant que nous étions ensemble ?

– Non, rien avant notre séparation. Je ne voulais pas te faire de mal mais, manifestement, c'est raté. Pour ça, je m'excuse. Tu es une belle personne, intérieurement et extérieurement. Je garde un très bon souvenir de notre histoire. Je te souhaite de rencontrer un homme qui te mérite.

Jade a fondu en larmes. Embarrassée, je me suis éloignée. Ils avaient besoin d'intimité.

J'avais sincèrement de la peine pour elle, et en toute logique, j'étais la dernière personne qu'elle souhaitait voir en quittant la loge.

Je suis retournée dans le hall et j'ai demandé par SMS à Justin de me prévenir quand je pourrais le rejoindre. Comme les employés du vestiaire avaient accepté de garder la poussette de Bea, je l'ai récupérée. De mon coin, j'ai vu Jade traverser le hall en courant et pousser les portes battantes.

Presque aussitôt, j'ai reçu un message de Justin.

Viens en coulisse.

Dos à la porte, il n'a pas immédiatement remarqué notre présence. Je me suis accordé le temps d'admirer ses belles fesses fermes. Quand Bea a poussé un cri de joie, il s'est retourné.

Je l'ai détachée de la poussette et lui ai tenu la main pendant qu'elle marchait d'un pas mal assuré vers lui.

Il s'est agenouillé pour l'accueillir à bras ouverts.

– Bébé bourdon ! Mon Dieu, tu marches.

Il a semblé amusé de la voir avec son casque démesuré sur la tête, que j'avais oublié de lui enlever.

– Ces écouteurs sont plus gros que ta tête.

Il l'a embrassée avant de se lever pour m'embrasser. Lorsqu'il a gémi dans ma bouche, j'ai senti qu'il était très excité. Penser à ce qui se passerait, une fois que Bea serait endormie, m'a fait mouiller. J'avais demandé à l'hôtel d'installer un lit pour enfants dans la chambre, pour être seule avec Justin dans le lit. En espérant que ça fonctionne.

– Tu étais formidable. Cette chanson…

– Elle te plaît ?

– Je l'adore. Tout va bien ?

– Jade est passée. Elle a vu le concert, entendu la chanson. Steve lui a donné un passe, et elle est venue dans ma loge par surprise. Elle m'a posé des questions sur nous.

Je me réjouissais qu'il soit honnête avec moi.

– Je sais.

– Tu sais ?

– Oui, nous étions dans le couloir. J'ai entendu une partie de votre conversation, mais j'ai préféré vous laisser tranquilles.

– Wouah.

– Tu ne me dois pas d'explications. C'est comme ça. Et je comprends ce qu'elle traverse. Je sais ce que c'est de t'aimer et de te perdre. Je suis reconnaissante d'être avec toi maintenant.

J'ai hésité. J'avais tant de choses à lui dire. Ce que j'avais éprouvé en le voyant sur scène était plus fort que de la fierté.

– Maintenant que je t'ai vu sur une grande scène, je suis plus convaincue que jamais que tu es fait pour ça. Tu es extrêmement talentueux et, en plus, tu as un magnétisme fou. Je ne veux pas que tu arrêtes par culpabilité. Je ne te demanderai jamais de choisir. Nous serons toujours là pour toi.

Il a soulevé Bea et m'a embrassée sur la bouche.

– Tu es merveilleuse, parce que je sais que cette période a été difficile pour toi. Avant, je croyais que je voulais être célèbre, mais cette expérience m'a appris que, pour moi, l'essentiel est la musique. À long terme, je ne veux pas de tout ce qui va avec. Si c'était à refaire, je le referais et si on me donnait une autre occasion, j'y réfléchirais, mais vivre des semaines loin de sa famille, ça ne me convient pas. Ce n'est pas ce que je veux. (Il a pris mon visage entre ses mains.) Il n'y a pas de musique sans toi. La musique est l'expression de tout ce pour quoi on vit, elle reflète la passion nichée au fond de notre âme. Je vis pour toi. Tu es ma passion. Vous êtes ma musique… toi et Bea.

– Je t'aime tant.

Il a pris sa veste.

– Partons d'ici.

– Quoi ? Pas de grosse fête après le concert ? Quel genre de rockstar es-tu ?

– Qu'est-ce que tu crois ? Bien sûr, je suis un sauvage, j'emmène deux filles à l'hôtel !

ÉPILOGUE

Justin

Jamais je n'aurais imaginé que ma vie prenne ce virage.

Si vous aviez demandé au morveux que j'étais à quinze ans ce qu'il ferait dix ans plus tard, il aurait probablement répondu : « Je serai sur une île lointaine avec Patch. »

J'imagine que certaines choses ne changent pas, parce qu'aujourd'hui, ma réponse serait la même. À l'époque, c'était un rêve inaccessible, mais il est devenu réalité.

Tout en observant Amelia jouer avec Bea au bord de l'eau, je repense à tous les rôles qu'elle a joués dans ma vie.

La fille mystérieuse avec son cache sur l'œil.

La meilleure amie.

Le fantasme d'adolescent.

La fille qui a conquis mon cœur et l'a brisé, puis l'a emporté avec elle le jour où elle s'est enfuie.

L'amie perdue de vue.

La colocataire interdite.

La petite amie.

La mère de mes bébés.

Elle n'a jamais été plus séduisante qu'en ce moment – avec mon bébé dans le ventre. À quatre mois de grossesse, Amelia commence à avoir un petit ventre, mais surtout des seins et des fesses plus rebondis. Je ne m'en plains pas.

Il y a un an, le vingt-six juillet, quelques mois après la fin de la tournée, je lui ai demandé de m'épouser. Je pensais attendre, puis j'ai choisi ce jour, dans l'idée de nous marier un an plus tard, jour pour jour. Cette date est tout pour moi. 0726 sont les derniers chiffres de mon tatouage et ils étaient censés représenter le jour où elle m'a quitté, dix ans plus tôt. J'étais décidé à redéfinir leur signification. Maintenant, cette date – aujourd'hui – restera le jour où elle est devenue ma femme.

Nous voulions un mariage simple, juste une cérémonie privée, tous les trois sur la plage. Passer la matinée au bord de l'eau, se marier au coucher du soleil et terminer devant un plateau de fruits de mer, avec les crabes puants qu'Amelia adore, et du homard.

Finalement, il se trouve que Roger le voisin a été ordonné en vue de marier l'un de ses amis, il y a des années. Alors, c'est lui qui va nous marier. Ironie du sort, Roger le nul est devenu un bon ami, même si je continue à le charrier.

Les mouettes se dispersent au passage de Bea qui court vers moi. La robe trempée, elle me montre un coquillage.

– Papa ! Bleu !

– Montre-moi ça, Beatrice Banks ?

Amelia enlève le sable sur sa jupe.

– Nous cherchons un objet vieux, un neuf, un emprunté et un bleu pour la cérémonie. Nous avons trouvé ce coquillage bleu.

– C'est parfait, bébé bourdon.

Elle me fait un grand sourire.

– Il manque les autres, dit Amelia en sortant quelque chose de sa poche pour le donner à Bea. Nous avons quelque chose de neuf, mais c'est plus pour toi que pour moi. Bea, donne-le à papa.

Ma fille me donne une minuscule boîte. À l'intérieur, un médiator porte l'inscription : *Merci de m'avoir choisie.*

Je la prends dans mes bras et lui murmure à l'oreille.

– Merci de m'avoir choisi aussi, ma chérie. J'adore ce cadeau.

Après le mariage, je vais officiellement adopter Bea. Elle a deux ans à présent, et elle est de plus en plus attachée à moi. Par bonheur, Adam le crétin a renoncé à ses droits parentaux sans se battre.

La vie est belle. Je travaille toujours pour l'entreprise de logiciels et je joue quelques soirs par semaine au Sandy. On m'a proposé une autre tournée, avec un artiste moins connu, mais j'ai refusé. Les tournées sont exaltantes, mais les inconvénients m'ont rebuté. Je ne veux rater aucun moment de la vie de ma précieuse famille. Avant, je croyais que la musique était toute ma vie. Je me trompais. Ma vie, ce sont mes filles.

– Alors, nous avons quelque chose de neuf et quelque chose de bleu. Il ne manque plus qu'un objet prêté et un vieux, dis-je.

Amelia passe le bras autour de mon cou.

– Je pensais chercher dans les affaires de Nana, dans le coffre-fort. Je ne l'ai pas ouvert depuis que nous avons emménagé. Je suis certaine d'y trouver des vieilleries.

– Allons voir ça, dis-je en me levant.

Nous rentrons à la maison. La robe bustier d'Amelia, simple et blanche, est accrochée au manteau de la cheminée. Elle me rend joyeux car, ce soir, elle va légalement devenir Amelia Banks. Même si un bout de papier ne va pas changer grand-chose. Elle est ma femme depuis toujours. Je la regarde triturer le coffre-fort. Je suis ému qu'elle attende mon enfant. Quand j'admire ses formes voluptueuses, son corps changeant, et que je me dis que j'en suis l'origine, un instinct primitif s'éveille en moi. Mon appétit sexuel est surnaturel mais, heureusement, le sien aussi. J'ai hâte de commencer notre nuit de noce. Pour la première fois, Bea va dormir chez Susan et Roger. J'ai l'intention de profiter au maximum de la maison vide, et d'Amelia.

Le coffre-fort se trouve derrière une peinture, dans le mur de la cuisine. Elle réussit enfin à le déverrouiller. Ensemble, nous inspectons le contenu.

Des documents officiels, quelques bijoux et plusieurs photos.

Je m'empare d'une vieille barrette en strass, et l'attache dans les cheveux d'Amelia, ramenant des mèches derrière son oreille.

– Très beau. Voilà ton objet emprunté.

Je vois brièvement les filles dont je suis tombé amoureux qui se reflètent sur son visage, à la fois Bea et la petite Patch.

Amelia remue les photos, certaines de sa mère et de son grand-père. Sa main se fige, et elle prend un Polaroïd. Nana aimait se servir de son vieil appareil photo, même à l'ère du numérique.

Cette photo-là représente Amelia et moi, à dix et onze ans. Pris de dos, nous sommes assis sur les marches de la maison de Nana. Je tiens ma première guitare et Amelia pose la tête sur mon épaule. Nana a écrit au stylo bleu, sur la bordure du bas : *Faits pour être ensemble.*

J'examine attentivement la photo.

– Wouah.

– C'est la preuve, Justin. Elle nous a donné cette maison pour nous réunir. Elle savait que nous trouverions cette photo et elle espérait que nous comprendrions que nous n'aurions jamais dû nous séparer. Elle craignait que nous ne nous retrouvions pas de nous-mêmes. Elle a voulu nous envoyer un message. (Elle fixe la photo.) Regarde ça. C'est précieux. Songe à toutes ces années que nous avons gâchées.

– Ce n'était pas pour rien, dis-je.

– Tu crois ?

– Oui. Réfléchis. Sans toute cette attente, le sexe n'aurait pas été aussi bon. (Je souris.) Nous n'aurions peut-être pas réussi à créer la petite fille que tu portes.

Nous avons récemment appris que c'est une fille. Nous envisageons de l'appeler Melody.

– Je sais que c'est bizarre de dire ça, parce que je n'aime pas t'imaginer avec Adam le crétin. Mais si nous ne nous étions pas éloignés, Bea ne serait pas là. Alors, non… même si je pouvais tout refaire, je ne changerais rien.

Je relis la légende de la photo.

Faits pour être ensemble.

Je prends un stylo pour compléter la phrase.

Faits pour être ensemble, avec Bea.

REMERCIEMENTS

Avant toute chose, je remercie mon mari pour son amour et sa patience durant toute l'écriture de cette histoire.

Mes parents : merci de m'avoir encouragée à suivre mes rêves de petite fille.

Allison : merci pour les évidences, et à mes meilleures amies, Angela, Tarah et Sonia, merci pour votre amitié.

Vi : comment ferais-je sans toi ? À qui parlerais-je ? Comment aurais-je réussi seule ? Merci pour tout… du matin au soir ! Ton arrivée en tête de Kindle Store a été le point culminant de l'année !

Juile : merci de toujours me montrer que le talent et l'intégrité peuvent aller de pair.

Kim, mon éditrice : merci de veiller à ce que mon travail soit abouti, prêt à être publié.

Mon groupe de fans de Facebook, Penelope's Peeps et Queen Peep Amy : merci pour tout ce que vous faites. Je vous aime ! Vivement les fêtes et les rassemblements Peeps, sur Internet et en live.

Erika G : merci d'être toujours là, pour les rassemblements de July et les connexions spéciales.

Luna : *te adoro mucho. Gracias para todo.*

Mia A. : merci d'égayer mes journées pendant nos marathons d'écriture qui se terminent en bavardages qui n'ont rien à voir avec l'écriture.

Aussi Lisa : merci pour ton amitié et ton soutien permanent. Je compte les jours jusqu'à ta prochaine visite !

Natasha G : merci pour les rires et notre amour commun de *90-day Fiance* !

Merci aux blogueurs et défenseurs qui m'aident et me soutiennent : vous êtes LA raison de mon succès. Si je faisais une liste, j'oublierais quelqu'un sans le vouloir. Vous vous reconnaîtrez, et n'hésitez pas à me contacter si je peux vous rendre service.

Lisa et PRSoR Promotions : merci d'avoir géré mon blog tour et les fêtes de lancement. Vous êtes fantastiques !

Letitia de RBA Designs : merci de continuer à travailler avec moi jusqu'à ce que la couverture corresponde à mes envies. C'est ma préférée, mais c'est ce que je dis toujours !

Mes lectrices : merci à vous. Rien ne serait possible sans vous, et rien ne me rend plus heureuse que de savoir que j'apporte un peu d'évasion dans vos vies stressantes. C'est aussi pour m'évader que j'ai commencé à écrire. Dans ce métier, il n'y a pas de plus grande joie que d'avoir directement de vos nouvelles et de savoir que mes écrits vous touchent.

Et enfin, mais non des moindres, ma fille et mon fils : maman vous aime. Vous êtes ma motivation et mon inspiration !